MILENA
Verlag

Silvia Pistotnig
geb. 1977 in Klagenfurt, lebt und arbeitet in Wien. Seit Abschluss des Studiums der Publizistik und Politikwissenschaften an der Universität Wien arbeitet sie als Redakteurin. Ihr Debütroman *Nachricht von Niemand* ist 2010 erschienen.

Silvia Pistotnig

TSCHULIE

Roman

MILENA

Es hat fast vierzig Grad. »Das ist der heißeste Sommer, seit es Wetteraufzeichnungen gibt«, sagt die Radiofrau.

Ich habe keine Ahnung, seit wann es Wetteraufzeichnungen gibt.

»Und ich habe eine gute Nachricht für das Wochenende«, redet die Radiofrau weiter. »Die nächsten Tage bleibt es so.«

Sie ist die Einzige, die was zu mir sagt, weil ich allein bin. Mir ist so heiß, dass meine Stirn klatschnass ist. In unserem Sonnenstudio gibt es keine Klimaanlage.

»Achtung an alle da draußen, aufgepasst! Wir suchen den heißesten Job des Landes!«

Soll ich anrufen? Aber mein Handy ist in meiner Tasche. Und meine Tasche liegt im hinteren Zimmer. Bis ich dort bin, habe ich fünf Schweißausbrüche. Im hinteren Zimmer ist es noch heißer als hier. Du bist so faul, sagt meine Mama in meinem Kopf, du wirst nicht einmal Putzfrau.

Jetzt arbeite ich im Solarium. Das ist auch nicht viel besser als Putzfrau. Na ja, wenigstens muss ich mich nicht bewegen. Mama ist auch zufrieden, sie hat durch mich einen billigeren Zehnerblock bekommen. Wenn ich will, kann ich mich auch vor und nach Geschäftsbeginn unter die Röhren legen und warten, bis ich schwarz werde. Alles gratis.

Mama hat mir die Arbeit im Soli besorgt. Das hält sie mir ständig unter die Nase. Wenn ich genug Geld habe, habe ich ihr gesagt, ziehe ich aus. Sie hat gelacht und gesagt, ja sicher. Die Arbeit im Soli ist nicht gut bezahlt. Das habe ich Mama gesagt. Da war sie sauer. Du bist undankbar, hat sie gemeint, sei froh, dass du überhaupt was verdienst.

Soll ich mich unter eine eiskalte Dusche stellen? Hier gibt es eine Dusche. Die hat noch nie wer benutzt. Eine Powerplate haben wir auch. Die hat auch noch nie wer benutzt. Aber wenn ich dusche, ist niemand da. Und das geht nicht. Sogar das Klogehen muss ich mir aufsparen. Kein Witz! Dabei – Klogehen muss man ja. Sonst bleibt die ganze Pisse im Körper und landet im Herz. Das hört dann auf zu schlagen, weil es voller Pisse ist. Ich wollte das beim Einstellungsgespräch sagen, aber ich hab's dann doch nicht getan.

Im Dinge-für-mich-Behalten bin ich sehr gut. Das habe ich in der Schule gelernt. Das ist das Einzige, was ich von der Schule brauchen kann. Ich meine, was soll ich jetzt mit Bruchrechnen oder so? Aber vielleicht mache ich die Schule nach. So wie Dominik aus *Gute Zeiten, schlechte Zeiten*. Er war Zimmermann, bis er einen Unfall gebaut hat. Danach hat er seine Hand nicht mehr bewegen können. Das ist für einen Zimmermann blöd. Also hat er das Abitur nachgemacht. Vielleicht mache ich das ja auch nach, irgendwann. Was ist Abitur überhaupt?

Schule ist so fad. Arbeiten ist fad. Meine AMS-Betreuerin hat beim letzten Termin gesagt, ich soll einfach mal überlegen, was mich wirklich interessiert. Das sollte ich aufschreiben. Ganz ehrlich und ganz schnell, was mir so in den Kopf kommt. Ich habe aufgeschrieben:

Lesen
Kinder
Spaß haben
Malen
Bewegen
Natur

Die Beraterin war begeistert. Sie wollte mich sofort für eine Kindergartenschule anmelden.

Ich war natürlich nicht ehrlich. Mir sind die Sachen nur eingefallen, weil ich *Germany's Next Topmodel* gesehen habe. Da hat

Heidi Klum zu einer gesagt: Du musst mehr können als schön sein. Und ein anderes Topmodel hat dann ihre wichtigsten Dinge aufgezählt. Das waren genau die. Ich habe nur »Spaß haben« selber dazuerfunden. Und das ist ehrlich. Spaß habe ich gern. Die Beraterin hat schon den Hörer in die Hand genommen und gesagt: »Ich ruf jetzt die Kindergartenschule an.« Ich hab ihr das ausgeredet. Das war nicht leicht, fast eine Stunde hab ich dafür gebraucht. Oder mindestens zehn Minuten. Ich weiß gar nicht mehr, was ich alles gesagt habe, aber irgendwann hab ich gemeint, dass ich eine gesunde Watschen gut finde. Da hat sie sofort aufgelegt. Zuhause habe ich meine eigene Liste gemacht, eine wirklich ganz ehrliche. Die war so:

Fernsehen
Essen
Schlafen

»Guten Tag.«

Eine uralte Frau steht da. Sie hat einen Stock und eine riesige Tasche.

»Ich suche die Wäscherei«, sagt sie.

»Das ist sie nicht«, antworte ich. Das ist die dritte Person, seit ich hier arbeite, die wissen will, wo die blöde Wäscherei ist.

»Wo ist sie denn?«

»Bin ich der Herold?«

Die Frau sagt nichts. Sie schaut nur böse. Hexe.

»Die Straße hinunter, glaube ich.«

Sie wackelt mit ihrer Tasche hinaus. Ich kann Leute nicht leiden, die hereinplatzen, wenn ich arbeite. Ich schau ihr nach. Immer wenn ich alte Leute sehe, denke ich mir: So will ich nicht werden. Vielleicht haben die als Junge dasselbe gedacht. Das ist traurig. Daran darf ich nicht denken. Ich muss mich auf das Hier und Jetzt konzentrieren! Das hat Zoe bei *Buffy* auch einmal gesagt: Ich muss im *Hier und Jetzt* leben. Hier und jetzt muss ich einen Plan haben.

Also meine Liste. Ich habe lange nachgedacht und ein paar andere Sachen hingeschrieben. Zum Beispiel Facebook. Aber ich hab es wieder weggestrichen. Ich mag Facebook gar nicht, obwohl ich fast immer auf Facebook bin. Aber es passiert so wenig.

Ich finde auch telefonieren blöd. Und shopping. Das ist nur teuer. Vielleicht, wenn ich einmal ganz viel Geld habe. Ich habe kein Geld. Ich mag nicht einmal rauchen so richtig. Das ist wie mit dem Trinken. Ich kann ja nicht nicht fortgehen und *nicht* saufen. Dabei mag ich fortgehen genauso nicht. Aber daheim bleiben noch weniger. Das ist deswegen, weil ich Depressionen habe. Das kenne ich aus *Vampire Diaries.* Da hat Elena auch Depressionen bekommen, wie sie sich zum Vampir verwandelt hat. In dieser Folge ist das Wort Depressionen vorgekommen. Das habe ich gegoogelt, weil ich es schon einmal in *Gossip Girl* gehört habe. Da hat Serena Depressionen gehabt. Und ich hab auch ganz arge Depressionen.

Damit ich nicht so hineinkippe, hab ich voll viel dagegen gemacht. Das *muss* man, das hat eine Psyche-Tante bei so einer Talkshow gesagt. Da ging es um: »Hilfe, ich habe Depressionen«. Sie hat gesagt, dass man sich überall Zettel hinpicken soll, auf denen was Positives steht. »Positiv« habe ich auch gegoogelt. Dann hab ich mir überall in der Wohnung Zettel hingeklebt. Da stand drauf: »Ich bin glücklich«. Es ist auf allen nur das gestanden. Etwas anderes ist mir nicht eingefallen. Aber es war eh wurscht, weil meine Mama alle wieder heruntergerissen hat. Sie hat sich voll aufgeregt, weil ich die Zettel mit doppelseitigem Klebeband fixiert hab. Beim Runternehmen ist die halbe Mauer mitgegangen. Es hat aber sowieso nichts genützt, ich hab danach noch immer Depressionen gehabt.

Vielleicht sollte ich mich in den Tod stürzen. Anna wollte sich bei *Anna und die Liebe* auch in den Tod stürzen, damit sie bei Jonas ist. Am Ende hat sie es aber nicht gemacht und diesen Langweiler Tom geheiratet. Weil ich mich so anscheiße vor dem Umbringen, mache ich es nicht. Also mache ich weiter nichts.

Aber wenn ich schon so Depressionen habe, möchte ich das machen, was ich mag. Dafür brauche ich eh nur einen Fernseher, Essen und ein Bett. Nur leider kann ich mit dem Soli-Gehalt keine Miete zahlen. Meine Mama hat mir schon angedroht, dass Mario bald fix zu ihr zieht und ich dann hinausmuss.

***

Auf dem Bild führte ein rotes Rinnsal durch einen blau-grünen Abgrund in ein schwarzes Nichts, in dem das Rot aufging. Sie hatte das Bild nie als deprimierend empfunden, obwohl andere es immer als negativ verspürt hatten. Die meisten hatten Blut mit dem roten Rinnsal assoziiert, das Schwarz mit dem Tod – die einfachste Konnotation, die diese Farben der westlichen Kultur darboten. Für sie selbst hatte das Bild etwas Lebendiges, sogar Freudig-Erregtes, und sie fragte sich, ob das vielleicht weniger an dem Bild als an ihrer damaligen Empfindung gelegen hatte. Es war das letzte Bild gewesen, das sie für die Vernissage vorbereitet hatte, das Bild, bei dem sie sich nur noch von ihrer Lust hatte leiten lassen, etwas entstehen zu lassen. Etwas, das war das richtige Wort.

Karin betrachtete das Bild und stellte es zurück zu den anderen. Im Abstellraum warteten sie darauf, dass etwas mit ihnen passierte, aber dieses Etwas blieb leer. Sie schaffte es nicht, sich von ihnen zu trennen, genauso wenig wollte sie eines davon aufhängen.

Als knapp Zwanzigjährige hatte sie an die Kraft ihrer Kunst geglaubt, hatte sich in einer New Yorker Galerie gesehen. Manchmal ertappte sie sich noch immer dabei, wie sie sich vorstellte, auf einem Zeitungscover abgebildet zu werden. Als Kind hatte sie gedacht, mit dem Alter höre das Träumen auf, weil die Vorstellungen sich *realisierten*. Sie musste lächeln bei der Erinnerung, als ihre Mutter erzählt hatte, sie wäre gern Opernsängerin geworden. Karin hatte zum ersten Mal begriffen, dass

Träumereien auch solche blieben und Wünsche nicht automatisch in Erfüllung gingen, nur weil man erwachsen wurde.

Sie war jetzt eine Frau über vierzig. Ob sie auf dem Cover einer Zeitung abgedruckt wurde oder nicht änderte nichts daran, dass sie ein gemütliches und komfortables Leben führte. Sie sah sich um. Das Sofa, der kleine Tisch und dahinter das speziell angefertigte Bücherregal, das Herz ihres Wohnzimmers. Wie oft hatte sie das Regal verflucht, diesen überdimensionierten Staubfänger, an dem sie sich ständig stieß. Trotzdem würde sie es nie hergeben. Sie war und blieb eine Nostalgikerin.

»Wir müssen los!«, rief Markus.

»Ja, ich komme.«

Sie hatte sich auf den Abend gefreut, und jetzt war es nur mühsam. Am liebsten hätte sie abgesagt und sich mit einem Buch ins Bett gelegt, jetzt, wo sie endlich wieder mal ein Buch gefunden hatte, das sie nicht schon nach der ersten Seite langweilte. Ob es irgendwann einen Punkt gab, an dem sie alle Bücher nur noch langweilig fand?

Im Vorraum zog sie ihre Sandalen an, Markus betrachtete sie eine Spur zu lang.

»Gefallen sie dir nicht?«, fragte sie.

Er hob die Schultern. »Nicht so mein Geschmack, aber dir müssen sie ja gefallen.«

»Nein, wir sind gemeinsam unterwegs«, sagt sie und zog die Sandalen wieder aus.

Wie viel Höflichkeit und Rücksichtnahme ein Streit nach sich ziehen konnte. Karin schlüpfte in ihre Flipflops, und sie gingen in die laue Nacht hinaus. Am Himmel war kein einziger Stern zu sehen, die Beleuchtung der Stadt machte sie unsichtbar.

»Fahren wir mit der Straßenbahn?«, fragte Markus.

»Von mir aus können wir auch gehen, es ist so ein schöner Abend, und wir haben ja noch genug Zeit.«

Sie gingen schweigend, Hand in Hand. Sie hätte gern losgelassen, ihre Hand fühlte sich glitschig an, die Hitze ließ nicht locker. Der Sommer drückte seine ganze Kraft auf die Stadt. Unvorstellbar, dass es irgendwann wieder kalt sein konnte.

»Sind viele Irre unterwegs«, bemerkte Markus und deutete mit dem Kopf auf eine Frau, die verwirrt vor einem Kaufhaus hin- und herlief. Wie ein gehetztes Tier, dachte Karin. Einer ihrer Freunde hatte einmal gemeint, in der Hitze würde der Wahnsinn erst richtig ausbrechen. »Hoffentlich gefällt Marianne das Geschenk«, sagte er.

»Bestimmt. Hast du Geld mit? Ich habe vergessen, was abzuheben.«

Er nickte. Sie waren vor dem Lokal angekommen, Jugendliche standen davor und rauchten.

»Das hat erst vor einem halben Jahr aufgemacht. Draußen wäre es heute angenehmer«, bemerkte Karin und öffnete die Tür.

Die Einrichtung war aus weiß gestrichenem Holz, die Bar eine alte Kredenz, wie sie Karins Großmutter gehabt hatte. Der Raum war nicht besonders groß, es gab nur wenige Tische mit kleinen Gießkännchen als Blumenvase. »Shabby«, sagte Karin, und Markus sah sie verständnislos an. »Was ist?« Bevor sie es erklären konnte, rief Marianne ihnen zu und winkte sie zum Tisch. Nach der Reihe begrüßten sie die Gäste, Karin kannte nur ein Paar. Sie setzte sich neben einen der Unbekannten. Markus war mit seinem Tischnachbarn sofort in ein Gespräch verwickelt. »Peter«, sagte der Mann neben Karin und reichte ihr die Hand. »Karin«. Auf neue Bekanntschaften war sie nicht gefasst gewesen, sie war viel zu müde, um sich vorzustellen und sah sich hilfesuchend um, doch ihre einzigen Bekannten saßen zu weit weg. »Woher kennst du Marianne?«, fragte er. »Von der Uni«, entgegnete sie und schaute demonstrativ auf die Karte. Es gab Veilchenspritzer und hausgemachten Hollersaft zu unmöglich hohen Preisen. »Ach so. Ich habe ja als Kurator mit Marianne zusammengearbeitet. Was machst *du*?« Marianne lächelte ihnen zu. Karin wäre gern aufgestanden und gegangen. »Ihr habt euch also schon kennengelernt?«, rief Marianne von gegenüber und beugte sich zu ihnen. »Karin ist auch Künstlerin«, setzte sie fort. »Ach wirklich?«, fragte Peter. Er nickte, doch Karin reagierte nicht, sie lächelte nur, wollte das Thema wechseln. »Bildend, oder?« – »Ja, aber nur nebenbei.« Sie bemerkte selbst, dass sie mit dem Fuß zu wippen begann. Wie eine Vierzehnjährige, dachte sie. »Nebenbei? Ist Kunst nebenbei denn möglich?« – »Ich mache es nur noch als Hobby«, sagte sie, als müsste sie sich entschuldigen. »Als Hobby, ach so.« Er dehnte das Wort Hobby in die Länge. »Da muss ich immer an Frauen um die siebzig denken, die Aquarelle malen.« Sie lächelte gequält. Was für ein arroganter Idiot. »Was tust du dann beruflich?« – »Ich arbeite für die Stadtverwaltung.« – »Kunstsektion, oder wo?« – »Gewerbewesen.« Sie wünschte sich, er würde es damit belassen und hoffte, Marianne würde sie retten. Doch die hatte bereits ein Gespräch mit ihrer Tischnachbarin begonnen und sich abgewandt. »Aha, was macht man da?«, fragte Peter und klang mehr amüsiert als interessiert. Verarschte er sie? Warum nicht ein Märchen erzählen, irgendetwas, um interessanter zu klingen? Nein, wozu. »Wer ein Gewerbe anmelden will, muss sich bei uns melden. Oder wer den Standort eines Gewerbes verlegen will. Solche Sachen. Ich überprüfe, ob die Gewerbeberechtigung erteilt werden darf oder nicht.« Während sie es sagte, erkannte sie schon, wie seine Langeweile auf sie überschwappte. »Also bist du Beamtin?« Sie schüttelte den Kopf. »Nein, ich bin Vertragsbedienstete.« – »Was ist da der Unterschied?« – »Ich bin zum Beispiel nicht pragmatisiert.« – »Na gut, aber du musst schon was Ärgeres anstellen, um den Job zu verlieren, oder?«, bemerkte er süffisant. »Ja, das stimmt, aber.« Sie hörte einfach mitten im Satz auf, sie hatte keine Lust sich zu verteidigen. Dem Mann fiel es nicht einmal auf. »Na ja, sicherer Job. Nicht schlecht.« Sie wusste, dass er sich genauso eine Ablenkung durch einen Tischnachbarn wünschte, wie sie es tat.

Warum war sie überhaupt mitgekommen? Marianne hatte gesagt, es würden in erster Linie Leute sein, mit denen sie zusammenarbeitete. Berufliche Kontakte aus der Kunstszene. Karin bestellte einen Spritzer. Ihr Tischnachbar Peter nutzte die Zwischenzeit und mischte sich in das Gespräch seiner anderen Sitznachbarn ein. Er drehte ihr den Rücken zu.

Der Kellner brachte den Spritzer. Immerhin konnte sie sich an etwas festhalten. Sie sah sich um, mittlerweile waren alle in Gespräche verwickelt, einander zugewandt, interessiert, lachend, zumindest nicht gleichgültig. Sie versuchte in das Gespräch zwischen Markus und seinem Tischnachbarn einzusteigen, aber sie konnte nichts beisteuern. Sie versuchte, Markus' Blick einzufangen, ihm zu zeigen, wie langweilig ihr war, doch er war völlig abgetaucht. Karin packte ihr Handy aus, um irgendwie beschäftigt zu wirken. Sie rief ihre E-Mails ab – drei Spams –, kontrollierte ihre Nachrichten – keine –, schaute auf Facebook, kommentierte das Hochzeitsfoto einer ehemaligen Kollegin mit »Gefällt mir«, scrollte nach unten und sah sich einige nichtssagende Postings und langweilige Bilder an. Sie schrieb eine Nachricht an eine Freundin (Wie geht's dir?) und eine an Markus (Mir ist langweilig!!!!!!!!).

Sie hoffte, er würde das Piepsen hören oder die Vibration spüren, doch er griff nicht nach der Hosentasche, um das Handy herauszuholen. Sie trank ihren Spritzer aus. Nachdem Markus schon ein neues Getränk vor sich stehen hatte, bestellte auch sie ein zweites. Sie dachte an mögliche Ausreden und bereute es, kein kleines Kind mehr zu haben. Moment, sie war vierzig, brauchte es in diesem Alter noch Ausreden, um zu gehen? Und wieso fühlte sie sich so minderwertig neben diesem unsympathischen Mann? In dem Moment fing sie endlich Markus Blick ein, er lächelte sie an. »Alles okay, unterhältst du dich gut?«, fragte er und streichelte ihren Oberschenkel. Karin nickte. »Sicher.«

***

»Tschulie!«

Ich drehe die Musik noch lauter und stopfe meine Kopfhörer ganz tief in die Ohren. Es tut fast weh. Frau Kratochwa vom oberen Stock hat gesagt, dass man von zu lauter Musik taub wird. Aber was soll ich denn sonst tun, wenn ich meine Ruhe haben will? Gegen meine Mama hat Katy Perry keine Chance. Dabei hat Katy eine starke Stimme. Ich finde, sie hat die beste Stimme. Ich bin ein riesiger Katy-Perry-Fan und habe mir einmal überlegt, was ich sie frage, wenn ich sie irgendwann treffe. Als Erstes möchte ich wissen ...

»Tschulie!« Meine Mama fetzt mir meine Kopfhörer aus den Ohren.

»Was ist denn?«, frage ich und schaue ganz unschuldig mit großen Augen. Das habe ich *Hannah Montana* schon vor Ewigkeiten abgeschaut. Die hat das auch immer gemacht. Ich habe das Große-Augen-Machen ganz oft vor dem Spiegel geübt.

»Ich brüll seit einer halben Stunde!«

Sie sieht wütend aus. Wenn Mama wütend ist, werden ihre Augen ganz klein, und ihr Mund ist nur noch ein Strich. Das ist nicht schön. Wut passt meiner Mama nicht. Dabei sieht sie sonst super aus. Wenn uns Leute nicht kennen, fragen sie immer, ob sie meine Schwester ist. Das fragen meistens Männer. Oder eigentlich nur Männer. Ich glaube, ich wiege doppelt so viel wie Mama, obwohl ich nicht dick bin, vielleicht ein bisschen mollig. Aber ich wiege mich schon seit mindestens zwei Monaten nicht mehr. Unsere Waage ist kaputt, und Mama sagt, sie hat kein Geld für eine neue. Sie wiegt sich, wenn sie im Solarium ist, und das ist sie fast jede Woche.

»Hast du schon wieder meine Zigaretten genommen?«

Ihr Nasenpiercing glänzt in der Sonne wie ein Edelstein. Aber ich weiß ganz genau, dass es keiner ist, es ist ein voll hässliches Geschenk von ihrem Trottel-Freund, sonst nichts. »Ich habe deine Zigaretten nicht, ich rauche ja gar nicht mehr.« – »Was?« Sie sieht hektisch hin und her und dreht jeden Polster um. »Ich rauche nicht mehr!« – »Jaja, sicher.« Meine Mama glaubt mir nie etwas, und das ärgert mich. »Seit einer Woche hab ich keine Tschick mehr in der Hand gehabt.« – »Da!«, ruft sie und holt aus einer meiner Hosen ein Packerl heraus. »Und das?« Sie sieht drein, als ob sie 500 Euro gefunden hätte. »Das ist ein uraltes Packerl, die sind da schon lang drinnen.« Sie nimmt sich eine Zigarette und das Feuerzeug vom Kästchen. Feuerzeuge haben wir immer genug, weil Mama sie sammelt, nur funktionieren sie meistens nicht. Zigaretten haben wir immer zu wenig. Das Feuerzeug ist kaputt. »Ich glaube, das ist leer«, sage ich, aber sie probiert es weiter. Klick, klick, klick macht es, ohne dass eine Flamme auftaucht. »Scheiß Ding«, sagt sie mit der Tschick im Mund. Sie schmeißt das Feuerzeug auf das Bett. Ich hole ein anderes aus einer Lade. »Da.« Sie nimmt es und es funktioniert sofort. »Ist eh meins«, sagt sie und verschwindet. Ich sehe ihren Hintern, bei der Hitze trägt Mama nur Leiberl und String. »Übrigens kommt Mario heute«, sagt sie im Gehen. »Was? Warum?« Sie stellt sich tot und macht die Tür zu. Wir machen normal nie die Tür zwischen Schlaf- und Wohnzimmer zu – außer, wenn der Kotzbrocken Mario da ist.

Ich sitze auf dem Bett mit einem Blatt Papier. Es ist nicht richtig ein Blatt Papier, sondern irgendeine Rechnung. Nur finde ich, dass »Blatt Papier« schöner klingt als »alte Rechnung«.

Seit gestern habe ich einen Plan. Ich habe so eine *Bachelor*-Sendung angeschaut. Da geht es um reiche Typen. Die können aus lauter supergeilen Weibern eine auswählen. Und dann ist mir voll eingefallen, was ich machen muss. – Ich bin ja auch eine Frau. Und supergeil kann ich auch sein. Mit den richtigen Klamotten und Schminke. Nicht so geil wie Michelle vielleicht. Aber ein bisschen. Deshalb muss ich jetzt nur noch draufkommen, wo und wie ich reiche Männer kennenlernen kann. Das schreibe ich auf mein Blatt Papier. Ich denke nach. Die erste Möglichkeit ist natürlich, bei einer dieser Soaps mitzumachen.

Ich notiere auf meinem Zettel:

»1. Bei einem *Bachelor*-Casting mitmachen.«

In dem Moment läutet mein Handy. Kann ich hier nicht in Ruhe arbeiten? Es ist Michelle. Ich gehe nicht dran. Mir fällt ein, dass eine Lehrerin einmal erzählt hat, dass Handy in Amerika Mobile heißt. Wahrscheinlich hat sie uns angeschwindelt. Ich war noch nie in Amerika. Das weiteste war Italien, mit Mama und ihrem damaligen Freund. Der Strand war voller Sand, es gab tausend Liegestühle und noch mehr Sonnenschirme. Wir haben keinen Sonnenschirm genommen. Ist ja logisch, wir wollten ja braun werden. Mama hat sich für den Urlaub extra die Haare blond gefärbt. Es war der schönste Urlaub meines Lebens. Bis jetzt war ich dreimal auf Urlaub. In dem Moment habe ich eine neue super Idee:

»2. Auf Partys gehen, wo reiche Männer sind.«

Gehen reiche Männer auf Partys? Ich glaube, fast nur alte Männer sind reich. Und alte Männer gehen sicher nicht auf Partys. Ich streiche Partys durch und schreibe stattdessen: »Veranstaltungen«.

»3. Internet-Singlebörse.«

Suchen reiche Männer Frauen im Internet? Wahrscheinlich nicht. Ich war schon auf Singleseiten, aber auf lustig. Getroffen habe ich noch nie wen. Da kann man nämlich ganz schön draufzahlen! Michelles Cousine hat einen Typen getroffen, es hat sich herausgestellt, dass alles, was er erzählt hat, gelogen war und er nur mit ihr ins Bett gehen wollte. Es gibt auch Singleseiten, für die man zahlen muss, so wie *Parship*. Mama hat sich da einmal anmelden wollen, aber es war ihr dann doch zu teuer.

Mir fallen keine Punkte mehr ein. Also nehme ich mein Handy und google bei RTL, RTL II, Viva, ProSieben, SAT1, ATV, Puls4, Super RTL und ORF nach *Bachelor*. Der Handy-Bildschirm ist winzig, ich sehe fast nichts. Aber Mama und ich haben keinen Computer.

Bei drei Sendern finde ich *Bachelor* oder *Millionär sucht Frau*.

Ich wähle eine *Bachelor*-Sendung aus. Jetzt muss ich zur Anmeldung. Ich gebe meinen Namen ein, beim Alter schwindle ich ein bisschen. Das Tippen ist mühsam. Was die alles wissen wollen – meine Hobbys, meine Größe, mein Gewicht, sogar ein Foto soll ich hochladen. Ich entscheide mich für Sport, Bücher und Reisen (Hobbys), 1 Meter 80, 60 Kilogramm, lade ein Foto von Michelles Facebookseite herunter und drücke auf »Weiter«. Es erscheint ein gelbes Fenster, auf dem steht, dass die Anreise zum Casting selbst zu bezahlen ist. Ich drücke den Link »Castingtermine und Castingorte«. Es erscheint eine Liste: Hamburg, Berlin, Leipzig, München, Frankfurt.

Ich weiß nicht, wo Leipzig ist, aber die anderen Städte sind alle in Deutschland, glaube ich. Ich gebe in Google-Maps »Route berechnen« Wien und Berlin ein. Das sind ja fast sieben Stunden mit dem Auto! Wie soll ich denn da hinkommen, bitte? Wir haben kein Auto. Vielleicht mit dem Zug. Ich gebe »Zugticket Wien-München« ein und mich haut es fast um. Was glauben die, warum ich Millionäre kennenlernen will? Wie soll ich vorher schon Geld haben?

So eine Scheiße. Bei den anderen Sendern ist es nicht besser. »Wir nehmen derzeit keine Anfragen entgegen« steht bei einem. Bei einem anderen suche ich ewig, aber da ist nirgendwo ein Anmeldeformular.

***

Es war zu heiß. Karin fuhr den Laptop herunter. Sie hatte Arbeit mit nachhause genommen, in der Bürohitze war es ihr unmöglich gewesen, die Daten zu kontrollieren. Doch selbst jetzt, um 20 Uhr abends, war es nicht besser geworden.

Sie gab widerwillig auf. Karin ließ nicht gern Arbeit liegen, sie war gewissenhaft und wollte die Dinge so schnell wie möglich erledigen. »Fleißiges Bienchen« hatte sie einmal ein Vorgesetzter genannt, sie hatte es als eine unmögliche, sexistische Beschimpfung empfunden und hatte trotzdem dumm gelacht. Er war einer der höchsten Beamten der Stadt gewesen, ein älterer Macho, wie es noch so viele gab, da halfen auch Genderabteilungen und Frauenrechte nichts, sie hatte es einfach hingenommen.

Sie war hungrig, hatte aber auf nichts Lust, was der Kühlschrank hergab. Durch das geöffnete Fenster roch es nach Pizza. Pizza ..., dachte sie. Wann hatte sie das letzte Mal Pizza gegessen? Es musste während der Schwangerschaft gewesen sein oder nein, im Neapel-Urlaub vor drei Jahren. Pizza war tabu, sie musste auf ihre Figur achten. Mit jedem Lebensjahr wurde es schwieriger, die Kilos wieder loszuwerden.

Sie holte eine Gurke aus dem Kühlschrank, wusch sie und schnitt sie in Scheiben. Eigentlich hätte sie heute einkaufen müssen, der Gedanke an den klimatisierten Supermarkt war verlockend gewesen. Im Arbeitszimmer läutete ihr Handy, Karin lief hin, es kostete sie einen Schweißausbruch. »Mama« stand auf dem Display. Unweigerlich rollte sie mit den Augen. Die Eile hätte sie sich sparen können, ihre Mutter rief immer mindestens dreimal hintereinander an, wenn sie nicht abhob.

»Hallo, wie geht's?«, brüllte sie ins Telefon.

»Gut«, antwortete Karin. Sie wartete ab, ihre Mutter würde erst nach einer ausführlichen Erzählung aller nachbarlichen Geschichten den eigentlichen Grund ihres Anrufs nennen.

Karin hörte nicht zu. Sie nutzte die Zeit, holte einen ein Wischtuch aus dem Bad und begann Regale abzustauben. Die meisten Namen, die ihre Mutter nannte, sagten Karin nichts. Sie war zweimal im Jahr bei ihren Eltern, wie sollten ihr diese Leute aus dem Dorf ihrer Kindheit jetzt noch etwas sagen?

»Aber ich hab ein Problem. Ich hab ja mein GMX, und da hat mir die Margit ein Mail geschickt, zum Geburtstag.«

»Aha.« Karin wischte energisch über eine Figur, die sie von einem Peru-Urlaub mitgenommen hatten.

»Ich bekomme das aber nicht auf, wie mache ich das? Sie hat gesagt, sie hat mir so eine Karte geschickt ...«

»Eine Glückwunschkarte?«, riet Karin.

»Genau! Ja, jedenfalls weiß ich nicht, was ich jetzt tun soll, wenn ich die aufmache, dann steht da, warte, dann steht da ...«

Die technische Unfähigkeit ihrer Mutter machte Karin wahnsinnig. Zu Weihnachten hatte sie ihr einen Computer-Seniorenkurs geschenkt, doch ihre Mutter hatte sich geweigert, ihn einzulösen. »Ich kenn mich eh aus«, hatte sie gemeint. Karin versuchte ruhig zu bleiben und Punkt für Punkt mit ihr durchzugehen. »Was steht in dem Fenster?«

»Welches Fenster?«

»Der graue Kasten, was steht da?«

Nach einer halben Stunde hatte ihre Mutter es noch immer nicht geschafft, die Karte zu öffnen, dafür drei andere Nachrichten gelöscht. »Es wäre alles einfacher, wenn ihr nicht so weit weg wohnen würdet!«, beschwerte sie sich.

»Aber wenn wir in eurer Nähe wohnen, beziehen wir leider kein Gehalt.«

Karin wollte das Thema wechseln. »Wie geht es Papa?«, lenkte sie ab und wischte im Schlafzimmer weiter.

Als sie auflegte, war ihr fast schlecht vor Hunger. Sie aß drei große Schüsseln Schokomüsli. Bei der Menge hätte sie gleich eine Pizza bestellen können. Karin ging ins Schlafzimmer. Im Schrank und auf den Nachtkästchen staubte es. Sie musste ein ernstes Wort mit ihrer Putzfrau reden. Die Kleider klebten auf ihrer Haut. Sie zog sich aus und legte sich nackt auf das Bett. Ihr Bauch wölbte sich leicht nach oben. Das Müsli. Sie war grundlos unzufrieden. Ihr Normalzustand.

***

Ich werde nie wieder fernsehen! Jetzt brauche ich eine Pause. Ich rauche zwei Zigaretten und greife zum Handy. Punkt zwei muss einfacher sein. Ich gebe auf Google »Millionär« und »Veranstaltung« ein. »Der Bauer als Millionär« kommt ganz oft unter Eventtipps. Vielleicht ist das eine Mischung aus *Bauer sucht Frau* und *Millionär sucht Frau.* Aber sind Bauern reich? Ich kenne keinen Bauer, nur die Bauern aus *Bauer sucht Frau.* Die sind fix nicht reich. Denen mit den großen Gutshöfen oder den Pferdegestüten geht es anders, zumindest bei *Das Glück dieser Erde.*

Ich lese nach, was »Der Bauer als Millionär« für eine Veranstaltung ist. Das ist ja eine Märchenvorführung oder so was Ähnliches und gar keine Veranstaltung! Noch ein Reinfall, das gibt es ja wohl nicht. Am liebsten möchte ich alles hinschmeißen. Mühsame Dinge hasse ich. Es ist so beschissen, wenn etwas nicht gelingt. Aber diesmal habe ich mir ganz fest vorgenommen, dass ich nicht aufhöre. Nein, Tschulie, diesmal nicht, du bleibst dran, hörst du?

Das sage ich zu mir, weil eine Motivationstrainerin in der *Barbara-Karlich-Show* meinte, sich selbst zu loben sei wichtig. Tschulie, bleib dran, du schaffst es, du bist voll super und supergeil.

Aber für heute habe ich genug gemacht. Ich gehe ins Wohnzimmer. Mama sitzt auf der Couch und schaut eine Richtersendung, auf dem Bildschirm ist eine fette blonde Tussi, die sagt: »Ich hab es nicht gewusst.«

»Was hat sie nicht gewusst?«, frage ich Mama, aber die macht nur »Pscht!«. Sie hat den Fernseher laut aufgedreht, dabei ist sie nicht schwerhörig. Das Gesicht der Richterin ist jetzt im Fernsehen.

»Aber alle Beweise sprechen gegen Sie. Sie haben es ja freiwillig gemacht.«

Ich setze mich neben Mama. »Was hat sie freiwillig gemacht?«

»Ruhe jetzt.«

Jetzt ist ein Typ da mit voll vielen Pickeln im Gesicht. Es sieht aus wie tausend Gelsenstiche. Mit dem Gesicht würde ich mich nicht vor die Kamera trauen. Zum Glück ist meine Haut glatt wie ein Pfirsich, obwohl ich den Vergleich mit dem Pfirsich nicht nachvollziehen kann, ich finde, ein Pfirsich ist überhaupt nicht glatt. Eine Nektarine ist ganz glatt, aber das klingt nicht so gut, Haut wie eine Nektarine.

»Ich hab ihr doch gesagt, dass sie es nicht machen soll, aber sie hat gesagt, sie will es unbedingt.« Der Pickeltyp wird lauter und schimpft.

»Das nimmt ihm ja keiner ab«, sagt meine Mama, »damit kommt er nicht durch.«

Ich zucke mit den Schultern. Mit den Schultern zucken ist so ein schöner Satz, das habe ich von Paco aus *Unter Uns*. Der Pickeltyp ist langweilig. Ich möchte die Fernbedienung nehmen und umschalten. Aber dann schmeißt mich Mama raus.

»Warum gehst du nicht zu Mario?«, frage ich Mama.

»Ich traue mich seitdem nicht mehr duschen«, sagt die fette Blonde.

»Warum bist du nicht bei Mario?«

»Sein Bruder ist die Woche bei ihm.«

»Nur mehr baden, da hab ich alles im Blick.« Das Mädchen fängt zu weinen an.

»Hat der keine eigene Wohnung, der Bruder?«

»Es war so schrecklich«, sagt die Blonde.

Mama schüttelt den Kopf.

Na gut, dann werde ich am Abend im Schlafzimmer bleiben. Nur muss ich manchmal aufs Klo, und das geht nur durchs Wohnzimmer. Da schmusen Mama und Mario immer so ekelig herum. Aber das ist nicht einmal das Ekeligste. Mario ist eine Sau, und Mama tut so, als wüsste sie das nicht. Aber der kann nicht einmal in die Muschel pinkeln! Ich möchte nicht mit meinen bloßen Füßen in seine Pisse steigen. Das ist so grausig, dass mir gleich ganz schlecht wird. Ich habe Mama gesagt, dass er danebenpisst. Sie hat gesagt, dass ich lüge und nur so rede, weil ich Mario nicht mag. Das stimmt, ich kann Mario nicht ausstehen, aber dass er nicht pinkeln kann, hat damit nichts zu tun.

»Es hat Sie schon sehr aufgewühlt, Sie sind ja noch immer

ganz mitgenommen, wenn Sie davon erzählen«, sagt der Anwalt im Fernsehen.

»Und *wir* schlafen im Bett«, sagt Mama.

»Nein, so ein Dreckscheiß«, sage ich, und das Mädchen im Fernsehen meint: »Ja, es hat mich schon sehr mitgenommen.«

»Wenn es dir nicht passt, dann übernachte woanders«, sagt Mama.

Das sagt sie immer, wenn ihr nichts mehr einfällt. Zieh aus, übernachte woanders, such dir selber eine Wohnung und so weiter. Das Mädchen weint schon wieder.

»Die spielt extrem schlecht«, sage ich.

Das ärgert Mama. Weil sie glaubt ja, das sind echte Leute und keine Schauspieler. Dabei weiß jeder, dass das keine echten Leute sind. Das Mädchen redet wieder herum.

»Das ist eine *ganz schlechte* Schauspielerin«, sage ich.

Mama bläst ihren Rauch in meine Richtung. »Dann geh halt, wenn es dir nicht passt.«

»Ich will nicht im Zimmer sitzen und dann auf der Couch schlafen.«

»Dann geh zur Kratochwa hinauf«, schimpft Mama.

Die Kratochwa ist unsere Nachbarin, und als Kind war ich fast immer bei ihr. Aber jetzt will ich dort nicht mehr hin. Es riecht so nach alt. Alt ist ein ekeliger Geruch. Alt riecht wie Medikamente, Krankenhaus, Schwitze und Stinke und ein bisschen tot. Wenn eine alte Frau vor mir auf dem Klo war, stinkt es auch, und bei der Kratochwa riecht die ganze Wohnung so.

»Sie lügt, das müssen Sie mir glauben!« Der Pickeltyp spielt auch schlecht.

»Ich will nicht zur Kratochwa.«

Sie zeigen das Mädchen in Großaufnahme, sie hat nicht einmal wasserfeste Wimperntusche. Ich werde Michelle anrufen und bei ihr übernachten.

Die Richterin sagt: »Ich verurteile Sie wegen Falschaussage.«

Die dumme fette Tussi heult noch immer.

Ich gehe zurück ins Zimmer. Auf der Straße vor dem Fenster schimpft irgendwer, und dann startet ein Motorrad. Ich stöpsle mir die Ohren zu und suche das letzte Video von Miley Cyrus. Ich hasse Miley Cyrus, aber anschauen will ich sie trotzdem. Miley reibt ihren Arsch an einem Typen und streckt ihre Zunge heraus. Dann stürzt mein Handy ab, und ich sehe nichts mehr. Das passiert oft. Ich brauche ein neues Handy. Mama sagt, wenn ich ein neues will, muss ich es mir selbst kaufen. Ohne Handy ist alles scheiße. Ich lege mich aufs Bett und schwitze den Überzug voll. Hoffentlich kuschelt sich Mario heute da hinein. Warum kann Mama nicht zu ihm? Wenn sie dort ist, habe ich das ganze Bett für mich. Ist er da, muss ich auf das Sofa im Wohnzimmer. Das ist so unfair. Zuerst besetzen sie das Wohnzimmer und schauen fern und danach wollen sie ins Schlafzimmerbett, weil es bequemer ist.

Ich mache die Augen zu, aber es ist sogar zum Schlafen zu heiß. Bei Michelle ist es sicher genauso. Die Stadt ist wie ein riesiges Soli. Ich träume ein bisschen und stelle mir vor, dass ich Katy Perry treffe. Aber das klappt auch nicht so gut, sogar zum Träumen ist es zu heiß.

Ich stehe auf, nehme mein Handy und ein paar Sachen, die ich brauche, gehe durch das Wohnzimmer und ziehe meine Schuhe an.

Die Richterin sagt: »Das war es dann also«, und ich bin weg.

***

Die Unzufriedenheit gehörte zu Karins Leben, immer wieder tauchte sie auf und machte sich breit. Nach rund 40 Jahren hatte Karin auch das Muster erkannt. Sobald sich ein gewisses Maß an Langeweile ausbreitete, trat sofort die Unzufriedenheit auf den Plan. Wobei unter Langeweile nicht zu verstehen war, dass sie nichts zu tun hatte. Zu tun hatte Karin immer genug. In ihrer Arbeit war sie ausgelastet, und zuhause fand sich auch immer etwas, was zu erledigen war. Es war die Langeweile in ihrem Kopf, das ziellose Dahintun, ohne einen konkreten Plan zu verfolgen. Projektorientiertheit, das war es, was sie sich auch für ihr Leben wünschte. Ein projektorientiertes, zielgerichtetes Dasein.

»Das ist doch ganz einfach. Setzen Sie sich ein Ziel, tun Sie etwas. Sie wollen doch malen, und träumen von einer Ausstellung? Fangen Sie endlich damit an!«, hatte ihr eine Therapeutin bei einer Sitzung geraten.

Seit sechs Monaten fing sie damit an. Noch kein einziger Pinselstrich war bisher entstanden. Das war die Krux der Langeweile: Sie nährte sich aus sich selbst, breitete sich weiter aus, beanspruchte jeden Winkel des Gehirns und brachte noch den kleinsten Funken Motivation zum Erliegen. Aber grundlos gelangweilt und unzufrieden zu sein, war Karin lieber als konkret enttäuscht zu werden. Dass sie kein Bild mehr fabrizierte, lag nicht nur daran, dass ihr der Aufwand zu mühsam war. Es war ihre Versagensangst, die sie davon abhielt.

Es machte keinen Sinn, auf eine Veränderung durch sich selbst zu hoffen. Das hatte Karin gelernt. Der Impuls musste von außen kommen. Früher hatte sie am Ende immer ihr Sohn gerettet. Durch ihn fand sich immer ein Thema, auf das Karin sich stürzen, das sie sich überlegen und zerdenken und angehen konnte. Aber mittlerweile regelte er die Dinge selbst, bezog sie kaum noch mit ein.

Mit Markus konnte sie darüber nicht reden. Er hätte ihr sofort die Lösung ihres Problems präsentiert: Ein Kind war die größte Daseinsberechtigung überhaupt – und etwas, woran Karin nicht einmal denken wollte.

Sie brauchte etwas ganz anderes. Etwas, das ihr Selbstvertrauen gab, sie aufbaute und – ja, worauf sie stolz sein konnte. Sogar mit einer freiwilligen Tätigkeit hatte sie es schon versucht. Doch ihre zeitlichen Möglichkeiten waren beschränkt. Nein, das war nicht ganz richtig. Nichts war ihr *wichtig* genug, um sich Zeit dafür zu nehmen. Sollte sie vielleicht weniger arbeiten, oder die ohnehin knappe Zeit mit Markus noch mehr einschränken, keine Freundinnen mehr treffen und die wenigen Ausstellungen, die sie besuchte, ganz streichen?

Vielleicht musste sie ins ganze Gegenteil gehen und einen völlig neuen, anderen Weg einschlagen. Ein Urlaub in völliger Einöde auf einer einsamen Insel, kein Internet, kein Fernseher, nicht einmal Bücher. Die völlige Hingabe an das Nichtstun. Gedankliches Ausmisten. Oder noch besser: eine Fastenkur in einem Kloster. Wenig essen, abschalten, meditieren lernen. Schon bei dem Gedanken daran kribbelte es in Karins Füßen. Fünf Minuten Nichtstun waren schon die reinste Hölle.

***

Michelle macht die Tür auf. »Wieso rufst du nicht an?«, fragt sie.

»Vergessen«, sage ich. Dabei habe ich absichtlich nicht angerufen. Einmal habe ich angerufen und gesagt, dass ich komme. Da hat Michelle gemeint, dass es nicht geht. Aber wenn ich schon da bin, kann sie das nicht sagen.

Ich gehe ins Wohnzimmer. Bei Michelle und ihrem Papa kommt gleich nach der Wohnungstür das Wohnzimmer. Ich will die Schuhe ausziehen, aber Michelle sagt: »Lass sie an, wir gehen gleich.« Sie hat nur String und Leibchen an, wie meine Mama. Obwohl sie eine tolle Figur hat, glaube ich nicht, dass sie so hinausgehen wird.

»Wohin?«

»Ins Einkaufszentrum, da gibt es eine Klima, und die Sonne knallt einem nicht auf den Kopf.«

»Gut, ich komm mit«, sage ich. »Kann ich heute bei dir schlafen?«

Sie nickt und zieht sich ein eine Hotpants an, die auf der Couch liegt.

Auf dem Weg zum Einkaufszentrum ist ein pinkes Plakat. »Ü-30-Party« steht drauf.

»Was heißt das?«, frage ich Michelle. Sie zieht die Musikstöpsel aus ihren Ohren.

»Was?«

»Was heißt ›Ü-30-Party‹?«, wiederhole ich.

»Na, Party für über Dreißigjährige. Alles uralte Männer mit Haaren auf der Brust. Wäh!«

Sie stöpselt die Ohren wieder zu und geht weiter. Ü-30-Männer *müssen* Geld haben. Das ist genau das, wo ich hinwill. Die Männer mit Brusthaaren haben sicher mehr Geld als die Typen im Dome. Die schaffen es nicht einmal, uns auf einen Spritzer oder einen Shot einzuladen.

Im Einkaufszentrum treffen wir Kamil und Malik. Also wir treffen sie nicht richtig, sondern Malik brüllt »Michelleiiii!« durch die ganze Halle. Er fährt auf Michelle ab. Das ist kein Wunder, auf Michelle fahren alle ab. Michelle findet Malik auch super. Das ist auch kein Wunder, Malik sieht toll aus. Er ist so eine Mischung aus Paco von *Unter Uns* und Jeremy von *Vampire Diaries*. Ich möchte ihn auch gern einmal küssen und seine harten Muskeln streicheln. Aber ich bin nicht blöd, so eine wie ich hat bei dem keine Chancen. Da muss man schon einen kleinen Arsch und so feste Titten haben wie Michelle. Sie fragt mich gar nicht, ob ich zu Malik und Kamil will, sondern geht einfach hin.

»Heee, wie geht's?«

Malik küsst Michelle auf die Wangen, mich sieht er nicht einmal.

»Gut, was ist bei euch?«

Malik hat Jeans an, die seinen Arsch betonen, und ein Trägerleiberl, damit man seine Muskeln gut sehen kann. Er hat einen rasierten Kopf und breite Schultern. Ich glaube, er passt nicht durch unsere Klotür daheim. Ich möchte gern eine rauchen, aber im Einkaufszentrum ist das verboten. Kamil sitzt auf einer Bank.

Er sieht mich nicht an, sondern schaut irgendwohin. Er hat so einen dummen Gesichtsausdruck, dass ich ihm eine runterhauen möchte. Trotzdem setze ich mich neben ihn. Vom Herumstehen tun mir schon die Beine weh. Kamils Hose hört über den Knien auf. Er hat ganz viele Haare auf den Oberschenkeln. Ich weiß gar nicht, wie Michelle auf die Idee kommt, dass nur Männer über 30 Haare haben. Ich bin mir sicher, Kamils Brust ist ein richtiger Urwald. Aus seinem T-Shirt schauen schwarze Haare heraus, pfui.

Wir sitzen ewig herum, weil Michelle und Malik nicht aufhören mit reden. Auf einmal klopft mir Michelle auf die Schulter. »Ja sicher, da wollten wir heute hin, nicht?«

Ich nicke. »Ja, zur Ü-30-Party.«

»Was? Nein, in den Dome natürlich.« Michelle lacht hysterisch.

»Aber nächstes Mal zur Ü-30-Party«, sage ich.

Michelle hat sich schon wieder umgedreht. Malik zieht sie mit den Augen aus, das sehe ich ganz genau. Er hat aber nicht viel zum Ausziehen, weil sie hat ja nicht viel an. Kamil packt sein Handy aus. Er macht ein Youtube-Video auf, das sehe ich, weil ich hingucke. Er lacht und das macht mich neugierig. Ich rücke ein bisschen näher und schaue auf sein Display: Ein Elch rutscht auf einer Eisfläche aus. Gut, es ist witzig, aber so lustig auch wieder nicht. Aber ich muss lachen, weil Kamil so lacht. Er zeigt mir noch ein Video. Da ist ein ganz hässlicher Typ, der auf Miley Cyrus macht und auf so einer Kugel herumturnt. Das ist echt lustig. Beim nächsten ist ein Hund, der zu einem Lied von *One Direction* tanzt. Ich muss jetzt voll lachen.

»Gehen wir?«, fragt Michelle.

Wir gehen zum H&M. Ich drehe mich kurz um, aber Kamil schaut weiter auf sein Handy.

Im H&M suche ich Sachen, mit denen ich alt ausschaue. So eine weiße Bluse vielleicht. Aber es ist ja viel zu heiß zum Probieren, und die Bluse ist überhaupt nicht sexy. Michelle steckt eine

String in ihre Tasche ein. »Brauch ich«, sagt sie. Dann gehen wir wieder hinaus, und Malik winkt Michelle. Kamil schaut noch immer auf sein Handy. Ich wünsche mir, dass er mich ansieht und denke ganz fest an ihn und daran, dass er mich gleich anschauen wird. Im Fernsehen habe ich gesehen, dass das hilft: ganz viel an etwas denken, dann passiert es auch. Aber das ist mir noch nie gelungen. Jetzt auch nicht.

***

»Seid ihr euch sicher?« Marianne kicherte, Anja tratschte mit Doris.

»Hallo, ihr zwei, seid ihr euch sicher?« Karin sah nach vor. Es standen mindestens fünfzig Leute an, es würde ewig dauern, bis sie an der Reihe waren.

»Sicher sind wir uns sicher«, sagte Anja. »Da müssen wir jetzt durch.«

Marianne verschränkte die Arme vor der Brust. »Na, immerhin ist es nicht kalt.«

Vor ihnen standen zwei Pärchen und hinter ihnen zwei Mädchen. »Ich dachte, das ist eine Über-30-Party und kein Kindergarten?«, flüsterte Anja.

Doris zuckte mit den Schultern. »Ist doch egal, Hauptsache, wir haben unseren Spaß, oder? Und wir müssen ja feiern.« Sie umarmte Marianne. »So einen Erfolg können wir nicht einfach vergessen.«

Marianne lächelte selig, sie war betrunken. Karin konnte es ihr nicht verdenken. Auch wenn die Galerie, die Marianne übernommen hatte, nicht besonders groß war, ihre Reputation war enorm. Jetzt hatte sie endlich die Leitung übernommen. Nach der elenden Feier vor zwei Wochen, bei der Karin auch eingeladen war, folgte nun die Party mit den Freundinnen.

»Das hätte ich mir echt nie gedacht«, wiederholte Marianne zum hundertsten Mal. »Dass ich es wirklich werde!«

»Du hast es verdient, so wie du dich da hineingekniet hast«, meinte Karin.

»Wir hätten einen Prosecco mitnehmen sollen, damit wir was zu tun haben, während wir warten«, sagte Doris. Sie sah ungewohnt aus mit ihren hochgesteckten Haaren und dem Kleid.

»Wir können ja in eine Bar gehen«, schlug Karin vor. »Dann brauchen wir nicht zu warten.«

»Nichts da«, entschied Anja. »Wir gehen heute tanzen und fertig.«

Anja wollte diese Nacht unbedingt ausnutzen. Ihr Mann war mit den beiden kleinen Kindern über das Wochenende zu seinen Eltern gefahren. Karin erinnerte sich an früher, an die wenigen freien Zeiten, an denen eine Freundin oder ihre Mutter auf ihr Kind aufgepasst hatte und die sie dann auch unbedingt hatte ausnutzen wollen. Karin zog mittlerweile das Bett jeder Party vor. Woher hatte Anja all die Energie? Karin konnte sich gerade zu zweimal Yoga pro Woche aufraffen, und das war schon eine enorme Überwindung.

»Kommt Mädels, nicht stehen bleiben, weiter geht es.«

Marianne stieß sie an, und Karin machte zwei Schritte. Doris war bereits in ein Gespräch mit dem Paar vor ihnen verwickelt. Sie hatte ein Talent dafür, neue Leute kennenzulernen. Schade, dass sie als Chemikerin in einem Labor ihr Talent nicht beruflich einsetzen konnte.

»Was gibt es bei dir Neues, du hast noch gar nichts erzählt«, sagte Marianne.

»Nichts, wirklich gar nichts«, entgegnete Karin.

»Komm, das gibt's doch nicht«, sagte Anja. »Irgendwas mit Markus? Arbeit? War da nicht was mit einem Baby?«

Karin winkte ab. »Nein, nein, danke, das ist vorbei. Ich will kein Baby, das haben wir ausgesprochen, Markus und ich.«

Als Aussprache konnte man es nicht bezeichnen, aber Karin hatte keine Lust, darüber zu reden. Fünf Stunden davor war Markus ohne ein Wort mit seiner Sporttasche aus der Wohnung verschwunden. Davor hatte sie ihm gesagt, dass sie sich in der jetzigen Situation kein Kind vorstellen konnte. »Was heißt *in der jetzigen Situation*? Was ist an der *jetzigen Situation* nicht richtig?«, hatte er gefragt. »Ich habe jetzt endlich Zeit das zu tun, was ich immer schon tun wollte. Mit dem Malen anfangen. Mich um eine Ausstellung kümmern«, hatte sie es versucht. »So ein Blödsinn, du hättest das die letzten zehn Jahre machen können. Ich glaube, du bist einfach zu feige, du bist bei allem zu feige, weil du Angst vor der Verantwortung hast und es dir selbst nicht zutraust. Weder deine Malerei noch ein Kind. Aber vor 18 Jahren, da hast du dich getraut, mit irgendeinem Typen, der dich hat sitzen lassen, der war gut genug, da hat die Situation wohl gepasst, was?«

Marianne stieß Karin leicht an. »Na, ich weiß nicht, vielleicht kann dich Markus doch noch überzeugen.«

Karin lächelte. Sie fühlte sich unwohl, obwohl sie im Kreis ihrer Freundinnen war. Das Thema war ihr unangenehm, und sie wollte es nicht auch noch neben unbekannten Leuten erörtern.

»Also ich glaube, es passiert noch. Da geht sich schon noch was aus.« Marianne lachte so laut, dass sich einige Leute nach ihr umdrehten. »Und sonst gehst du zu deiner Schwägerin, die macht ein bisschen Voodoo, und dann kommt der Wunsch von ganz allein.« Marianne brüllte noch einmal vor Lachen.

Karin grinste. Sie war zwar nicht verheiratet, bezeichnete Markus' Schwester Sabine aber trotzdem als Schwägerin. Sie mochte Sabine wirklich gern, aber sie war auf einem unmöglichen Eso-Trip.

»Was meint ihr, schaffen es die Mädels da wirklich hinein?«

Doris hatte sich wieder ihren Freundinnen zugewandt und deutete mit dem Kopf auf die beiden Mädchen hinter ihnen. Anja schüttelte den Kopf.

»Die sind ja noch nicht einmal zwölf, das sieht man ja.«

Marianne drehte sich zu den Mädchen und lächelte sie mit einem breiten Grinser an. »Seid doch nicht so streng.« Es ging wieder ein paar Schritte vorwärts, vor ihnen waren kaum noch Leute. Von drinnen war ein dumpfer Bass zu hören.

»Wehe, da sind nicht zumindest ein paar Männer, die gut aussehen«, knurrte Marianne. Sie war seit fünf Jahren Single.

»Ich sag doch, melde dich endlich bei *Parship* an «, sagte Anja.

»Dafür habe ich keine Zeit. Ich kann ja nicht ständig herumchatten.«

Sie waren an der Kasse angekommen.

»Fünfzehn«, sagte ein Mädchen mit strengem Pferdeschwanz und auffälliger Schminke. Sie saß auf einem Barhocker, neben ihr ein kleiner runder Tisch, darauf ein Laptop und eine Kasse. »Fünfzehn?«, fragte Karin. Ihre Erinnerung an Disco-Eintritte lag bei höchstens zehn Euro. War das schon so lang her?

»Ja. Fünfzehn«, sagte das Mädchen ungeduldig.

Karin streckte ihr das Geld entgegen, das Mädchen nahm es, ohne aufzuschauen. Ein Mann, den Karin beinahe übersehen hätte, drückte einen Stempel auf Karins Unterarm.

Sie gingen durch einen Gang, links ging ein großer Raum weg, an dessen Ende war eine weiße Bar.

»Dahin«, entschied Marianne, steuerte auf die Bar zu und lud sie auf Spritzer ein. »Auf uns.«

Karin trank einen Schluck und sah sich um. Der Raum hatte sich nicht verändert. Nur ein paar Details waren anders. Die Bezüge der roten Polstermöbel waren jetzt weiß, die Bar anders beleuchtet. Überhaupt war alles heller. Doch in der Mitte drehte sich noch immer dieselbe Diskokugel. Niemand tanzte. Es war zu früh. Die Musik war laut, aber erträglich. Karin machte sich nichts aus Musik. Bis sie zwanzig gewesen war, hatte sie sich noch bemüht, CDs gekauft, die aktuellen Underground-Bands gehört, sich eingeredet, dass ihr Punk und Hardcore gefielen. In Wahrheit hatte sie schon damals seichte, leicht stupide Unterhaltungsmusik bevorzugt. Eingängige Popsongs, die sie nach zweimal hören mitträllern konnte.

Sie tranken noch zwei Spritzer. Langsam begann der Alkohol

zu wirken. Einige Leute wagten sich langsam auf die Tanzfläche und auf einmal blieb kaum noch Platz, um sich zu bewegen. Karin versuchte, sich der Musik hinzugeben und beim Tanzen fallen zu lassen. Es gelang ihr nicht. Die Musik war zu eintönig, und sie hatte nicht genug getrunken, um einfach loszulegen. Sie stellte sich zurück an die Bar und beobachtete ihre Freundinnen. Marianne tanzte wie verrückt, sie sprang, schwang ihre Haare, kreiste und hob die Arme. Anja und Doris bewegten sich langsam und unmotiviert. Karin lächelte. Schon zu Unizeiten war Marianne beim Tanzen außer Rand und Band gewesen, während Anja und Doris minimalst hin und her wackelten. Schräg vor ihnen standen die beiden Mädchen aus der Schlange. Hatten sie es doch hereingeschafft. Beide hatten kurze Röcke, die kaum den Hintern verdeckten. Eine trug darüber ein bauchfreies Top. Karin erinnerte sich, dass sie als 16-Jährige am liebsten weite Hosen und Holzfällerhemden trug. Röcke oder gar Kleider hatte sie damals nicht einmal besessen. Warum wollten die jungen Mädchen heute nur hübsch und sexy sein? War es out, cool zu sein? Kein Wunder bei diesen Barbiepuppenvorbildern. In der Zeitung hatte sie über Miley Cyrus gelesen, auch wenn sie keine Ahnung hatte, welche Musik dieses Mädchen machte – was konnte man auch von so einem Role Model lernen?

Eine Stunde später war Marianne noch immer auf der Tanzfläche und flirtete mit drei Männern. Anja, Doris und Karin waren nach den Spritzern bei Cocktails angelangt.

»Hey, ist das nicht Thomas? Thomas!« Anja winkte einem Mann zu, der zurückwinkte und sich zu ihnen durchkämpfte. Erst aus der Nähe erkannte Karin ihren Kollegen von der Hochschulgemeinschaft. Er war mit ihnen auf der Uni gewesen, hatte sich dann aber zum Lehrer ausbilden lassen.

»Das ist ja eine Überraschung, was macht ihr da?« Er küsste sie reihum. »Ihr seht alle so toll aus wie früher«, lallte er.

»Du siehst ja auch gut aus, wie geht es dir?«, fragte Anja.

Er legte gleich den Arm um Doris' und Karins Schulter, die neben ihm standen. »Gut, gut, alles super, ich bin hier und ihr seid da.« Er küsste Doris noch einmal auf die Wange. »Da geht es mir gleich gut. Hab grad eine Schülerin getroffen, stellt euch vor, ich bin schon so alt, dass meine Schülerinnen fortgehen.« Er verzog seine Mundwinkel. Karin fand, dass er alt geworden war.

»Du unterrichtest ja in der Hauptschule, und Kinder gehen sogar schon mit dreizehn oder vierzehn Jahren weg. Frag Karin, die weiß das. Das ist ja kein Wunder, dass du denen begegnest.«

Karin nickte und Thomas schüttelte den Kopf. »Aber das ist eine Ü-30-Party!«

»Ach komm, da lassen sie doch alle herein«, sagte Anja. »Wir haben vorhin zwei Mädchen gesehen, die waren noch nicht einmal zwanzig.«

Thomas zuckte mit den Schultern, sein Blick war nicht mehr ganz klar. Karin betrachtete ihn. Er tat ihr leid.

***

Es stehen voll viele Leute an und Michelle will schon wieder umdrehen. »Da brauchen wir ja fünf Stunden«, sagt sie. »Nein, das geht ganz schnell.« Ich nehme sie an der Hand und ziehe sie mit. Ich hab zwei Wochen gebraucht und jetzt hab ich sie endlich überredet. Da werden wir sicher nicht gleich wieder gehen. Vor uns stehen ein paar Weiber, die sind sogar älter als meine Mama. So gut wie wir zwei sieht aber keine aus. Zwei Männer stellen sich hinter uns, beide sind angezogen wie die Leute, die in der Bank arbeiten.

»Ich glaube auch, dass das eine gute Strategie ist«, sagt der eine Mann. »Ja, absolut, sobald es beim Makler ist, hast sowieso verloren. Jetzt wo alle anlegen in Immobilien. Aber warte es nur ab, das kann schon noch passieren, dass es sich zu einer Blase entwickelt.«

Michelle zieht mich zu sich. »Wenn da alle so eine Scheiße reden, gehe ich sofort wieder.«

»Die reden sicher nicht nur Scheiße.«

»Ich versteh aber nicht, was die reden, und du sicher auch nicht.«

Der eine hat einen Vollbart. »Ich finde Männer mit Vollbart voll sexy«, sage ich. Michelle steckt sich den Finger in den Mund, so als müsste sie kotzen. Ich finde Männer mit Vollbart natürlich nicht sexy. Vollbart ist ekelhaft und juckt beim Küssen und beim Oralsex. Ich hatte noch nie Oralsex, aber das weiß ich vom Fernsehen. Ich finde Sex gar nicht super, aber das weiß nicht einmal Michelle. Als ich noch mit Marcel zusammengewohnt habe, habe ich voll viel Sex gehabt. Es hat nicht wehgetan oder so, aber es war mühsam. Gerade wenn ich einschlafen wollte, hat Marcel immer wollen.

»Da ist sicher urviel Eintritt!«, ruft Michelle.

Die beiden Männer hinter uns hören auf zu reden, die Frau vor uns dreht sich auch um.

»Zwölf Euro«, sagt der Vollbart.

»Zwölf?« Michelle fällt alles hinunter.

»Ist da was dabei? Ein Getränk oder so etwas, wissen Sie das?«, frage ich die Typen.

Sie lachen blöd. Ich bin mir sicher, dass sie bei Michelle Eindruck schinden wollen. Michelle ist so hübsch, alle wollen bei ihr Eindruck schinden.

»Nein, soweit ich weiß, ist da nichts dabei«, sagt der Vollbart. Er tauscht einen kurzen Blick mit seinem Freund aus. »Und du kannst ruhig Du sagen.«

»Ihr wisst aber, dass die Party erst ab dreißig ist, oder?«, fragt der andere.

»Ja sicher«, sagt Michelle. »Ich bin dreißig. Wie alt sind Sie? Ich meine, du?«

»Ich bin 34«, sagt der Vollbart, und ich weiß jetzt nicht, wie ich mir einen 34-Jährigen vorgestellt habe, aber ich hoffe, dass nicht alle Männer ab dreißig Jahren so alt aussehen.

»Man muss einen Ausweis zeigen«, sagt der ohne Bart. »Habt ihr einen mit?«

»Sicher«, lügt Michelle.

»Na dann.« Er lächelt und sagt zu seinem Freund, »Ach, da fällt mir etwas ein: Christian ist Vater geworden.«

»Was, echt? Ernsthaft? Hätte ich mir ja nie gedacht, ich hab gar nicht gewusst, dass der eine Freundin hat.«

Sie beachten uns nicht mehr. Das ist komisch. Wenn Michelle dabei ist, sind die Typen normal immer interessiert. »Ihr könnt uns ja einladen, ihr habt sicher mehr Geld«, sagt sie, und den Spruch kenne ich vom Dome und das Lächeln kenne ich auch. Das funktioniert immer.

»Nein, tut mir leid, ich lade keine Leute ein, die ich nicht kenne«, sagt der Vollbart, und das haut mich fast um. Michelle ist auch geschockt. So eine Abfuhr hat sie noch nie bekommen. Sie sagt kein Wort, hinter uns reden sie weiter. Vielleicht kommt Michelle bei den alten Männern nicht so gut an? Das finde ich super.

»Bitte, das dauert ja ewig, wir sind keinen Schritt weiter«, sagt Michelle. Sie trägt einen Rock und ein bauchfreies Leiberl. Das kann ja nicht sein, dass das alten Männern nicht gefällt. Sie macht ein Gesicht wie eine Zitrone. Eine Frau von weiter vorn schaut uns ganz genau an. »Bitte, die sind ja schon im Altersheim«, schimpft Michelle.

Ich sage nichts mehr, weil mir auch gar nichts mehr einfällt. Aber gleich danach stehen wir schon bei der Frau an der Kasse. Sie hat einen langen Pferdeschwanz und schaut super aus.

»Hallo«, sagt sie und guckt uns gar nicht an. »Fünfzehn Euro.«

»Fünfzehn!«, rufe ich. Das ist ja eine voll Frechheit! Im Dome ist auch viel Eintritt, aber da haben wir die Stammgastkarte.

Weil ich das so laut gerufen habe, schauen mich auf einmal die Pferdeschwanz-Frau und der Altersheim-Weiberausflug an.

»Seid ihr eh über dreißig?«, fragt der Pferdeschwanz.

»Ja sicher«, sagt Michelle.

Der Pferdeschwanz sieht uns genau an. »Das glaubt euch keiner.«

»Ich hab einen Ausweis da«, sagt Michelle.

Der Pferdeschwanz tippt irgendwas auf ihrem Computer. »Zahlts und dann gehts halt rein«, sagt sie.

Ich hole die Brieftasche heraus, dabei fallen mir Münzen auf den Boden. Der Vollbart hockt sich hin und hebt sie auf. Ich gebe Michelle dreißig Euro. Sie reißt sie mir aus der Hand, wirft sie dem Pferdeschwanz hin, ein Mann drückt uns einen Stempel auf die Hand und wir gehen hinein »He, dein Geld«, sagt der Vollbart, aber ich drehe mich nicht um.

»Diese saudepperte, blöde, dumme Fotze«, schimpft Michelle. »Wieso sollen wir nicht dreißig sein? Weil wir nicht so scheiße ausschauen wie alle da, oder was?«

Wir gehen durch einen Gang. Auf einer Seite ist ein Eingang, dahinter ist ein großer Raum. Michelle geht gerade weiter, da ist wieder ein Raum. »Wo sind hier die scheiß Klos?«, schimpft sie. Gleich neben uns ist eine Tür mit einem Frauenzeichen drauf. »Ich glaube, da.«

Michelle reißt die Tür auf und verschwindet. Da bin ich voll sauer, weil sie glaubt, dass ich ihr immer hinterherlaufe. Aber das mache ich nicht, also gehe ich einfach in den großen Raum. Da ist nicht viel los. Vor allem Weiber stehen herum. Wie soll ich da einen Mann finden, wenn gar keine da sind?

»Dein Geld«, sagt wer hinter mir. Ich drehe mich um, da steht der Vollbart. Er grinst mich an, und in dem Moment weiß ich: Das ist der Richtige. Das ist wie bei *Anna und die Liebe,* die hat auch sofort gewusst, dass Jonas der Richtige ist. Und ich bin ja da, um den Richtigen zu finden. Es ist auch sicher kein Zufall sein, dass wir uns wiedersehen, so wenig Leute sind ja auch nicht da. Das ist wie in *Glee*, oder war es doch bei *Vampire Diaries*? Egal. Ich nehme das Geld und weiß nicht, was ich jetzt sagen soll. Was reden 35-Jährige so?

»Immobilien«, sage ich.

Das fällt mir ein, weil er ja mit seinem Freund darüber geredet haben. Ich habe das Wort schon einmal gehört, aber was es heißt, weiß ich nicht so wirklich.

Das Vollbart-Lächeln verschwindet. Jetzt sieht er belämmert drein.

»Was?«

»Immobilien?«, frage ich, weil mir immer noch nichts einfällt.

Ich versuche so zu lächeln wie in der Zahnpastawerbung. Aber er schaut noch immer komisch drein.

»Was ist mit Immobilien?«, fragt er, und ich weiß es ja auch nicht, was damit ist. In dem Moment ist auf einmal wieder Michelle da und sagt, »Wo warst du denn, ich hab dich überall gesucht? Los, gehen wir«, sie nimmt meine Hand und ich nehme das Geld vom Vollbart.

Michelle bestellt zwei Shots, und die muss ich bezahlen. Auf der anderen Seite ist ein Opa und prostet uns zu. »Diese alte Drecksau, ich kotz gleich«, sagt Michelle und trinkt alles auf einmal aus. Aber ich glaube, sie ist froh, dass die alte Drecksau sie anmacht. Sonst macht es ja keiner. Wir haben kein Geld mehr und können nichts mehr trinken, und weil wir nichts trinken, können wir nicht tanzen. Also stehen wir herum und schauen.

Ich habe mir das anders vorgestellt. Nicht so laut und irgendwie nicht so wie im Dome. Eigentlich sieht es gleich aus, nur kleiner und die Leute sind älter. Auf der Tanzfläche ist eine glitzernde Diskokugel.

Genau vor uns steht die Weibergruppe von draußen. »Die sind sicher auf Aufriss!«, brüllt Michelle, weil die Musik so laut ist. Ich ärgere mich, müssen die genau vor uns stehen? Die verstellen uns die Sicht. Was, wenn der Vollbart mich jetzt nicht mehr sieht? Er muss mich ja suchen und ansprechen. Aber ich sehe ihn nirgends, und wenn er nicht bald auftaucht, dann muss ich ihn eben doch suchen. Die Frauen vor uns lachen übertrieben.

Dabei wollen sie nur Eindruck schinden, weil ein Typ vorbeispaziert ist in weißem Anzug und grauen Haaren, ein richtiger Opa.

Eine halbe Stunde später stehen wir noch immer da, und kein einziger Typ hat Michelle angesprochen. Dabei tut sie jetzt auf nuttig, im Dome hat das immer gewirkt.

Die Frauengruppe vor uns schwankt und schunkelt, die in der Mitte hat so einen breiten Arsch, dass sogar meiner dahinter verschwindet. Wahrscheinlich lassen die sich alle gehen, weil sie so alt sind und noch immer keinen Mann haben, oder eben mit einem Mann verheiratet sind, der sie bescheißt. Das ist wie bei *Das große Abnehmen*, da hat eine gesagt, sie ist dick geworden, seit sie verheiratet ist.

»Blöde Trampel, sollen sich schleichen!«, brüllt Michelle in mein Ohr.

Wir gehen weiter vor, jetzt ist schon viel los. Es sind trotzdem mehr Frauen.

»Alle voll hässlich«, sagt Michelle, die Typen schauen auf ihre Titten und ihre Beine, aber trotzdem spricht sie keiner an.

Mama hat Mario auch beim Weggehen kennengelernt. Aber das war bei keiner Ü-30-Party, sondern bei einer Harley-Feier. Dabei fahren Mama und der Volltrottel Mario gar nicht Motorrad. Der hat wahrscheinlich nicht einmal einen Führerschein.

Die Typen stehen allein oder höchstens zu zweit herum. Nur die Weiber sind in Gruppen.

Michelle und ich stehen jetzt so hinter der Bühne, dass uns die Scheinwerfer genau anleuchten. »Die schauen alle so «, sage ich zu Michelle, weil uns die Weiber mit ihren Augen fast aufspießen.

»Wir schauen besser aus als die hässlichen Trampel, deshalb«, meint Michelle. »Wenn ich so alt bin, lass ich mir fix Botox spritzen. Die haben ja alle die ärgsten Falten, und fett sind sie auch!«

Michelle hat so laut gebrüllt, dass sich eine Frau vor uns umdreht und uns böse anschaut.

»Ist was?«, fragt Michelle, sie scheißt sich echt gar nichts.

»Entschuldigung, kann ich etwas für dich tun? Ich glaube, ihr seid da bei der falschen Party gelandet, das ist eine Party für Leute ab 30 Jahren, nicht für Teenager.«

»Alter ich bin 30, ich kann nichts dafür, dass ich besser ausschaue als die Weiber da.«

Jetzt haben sich die anderen Frauen der Gruppe zu uns gedreht. Wollen die uns vermöbeln, oder was? »Gehen wir in den anderen Raum«, sage ich zu Michelle.

In dem kleineren Raum ist die Musik besser. Wir stellen uns so hin, dass die Typen uns sehen können. Aber auch da sind fast nur Weiber in viel zu engen Klamotten, die sich beim Tanzen peinlich aufführen. »Ich kenn dich, oder?«, sagt auf einmal wer in mein Ohr, und ich bin mir sicher: Das ist der Vollbart. Also drehe ich mich um. Aber hinter mir steht ganz wer anders.

Ich bekomme einen Schock, das ist mein Deutschlehrer von früher! Er ist auch geschockt, mir kommt vor, dass ihm jetzt erst einfällt, warum er mich kennt. Seine Augen sind rot – der ist voll angesoffen. »Ja, gut, dann noch viel Spaß«, sagt er und verschwindet, er läuft richtig.

»Wer war das?«, fragt Michelle.

»Irgendein Typ.«

»Warum ist er so schnell weg?«

»Ich hab ihn abblitzen lassen, der hat mir nicht gefallen.«

Auf der Tanzfläche wackeln die Weiber wieder wild herum und lachen hysterisch. Der Vollbart ist nirgends. »Die haben's echt nötig!«, brüllt mir Michelle ins Ohr. Jetzt ist es richtig voll, die Leute schieben sich an uns vorbei. Ein einziger besoffener Uralt-Typ bleibt bei uns stehen und fragt: »Wollts mit mir was trinken?« Bevor wir antworten können, zieht ihn sein Freund weg, »Die sind zu jung, komm.«

Wir drehen noch eine Runde und noch eine, der Vollbart ist nirgends mehr. Ich bin so traurig, dass ich fast weinen muss.

Langsam werden es weniger Leute. Dabei ist noch nicht einmal Mitternacht. »Das ist, weil die alten Leute früh ins Bett müssen, die halten nichts mehr aus«, sagt Michelle. Ich glaube, ich muss den Plan mit dem reichen Mann aufgeben. Das bringt nichts, das ist nur mühsam, und mühsam interessiert mich nicht. »Gehen wir, bitte, ich halt das nicht mehr aus, das ist ja ein Begräbnis«, sagt Michelle. Sie hat recht, und ich gehe ihr hinterher, mitten durch die hysterischen Kühe hindurch und an meinem Deutschlehrer vorbei. Er steht bei den hässlichen Weibern, die uns so blöd angemacht haben.

»Endlich«, sagt Michelle draußen und zündet sich eine Zigarette an. »Ich hab schon gedacht, ich muss eine auf dem Klo rauchen.«

Wir setzen uns auf die hintere Lehne einer Parkbank. Die U-Bahnen fahren noch gar nicht. So früh und so nüchtern sind wir noch nie von einer Party weggegangen. »Das war echt der fadeste Schas meines Lebens«, sagt Michelle. Dann sagen wir nichts. Michelle ist noch immer sauer, weil sie keiner angemacht hat. Ich bin auch sauer, weil meine Pläne für den Arsch sind. Und jetzt, was mach ich jetzt? Michelle hat ihr Handy ausgepackt, sie whatsappt, wahrscheinlich mit Malik. Es piepst, und sie tippt, und dann piepst es wieder, und so geht es weiter. Ich habe keinen Freund, sonst könnte ich jetzt auch whatsappen, aber so ist mir nur langweilig. Die Einzige, mit der ich whatsappe, ist Michelle und die sitzt ja neben mir. Das Leben ist langweilig. Ich möchte am liebsten ins Bett und fernsehen.

»Was machen wir jetzt?«, frage ich. »Wir sind am Arsch der Welt, da kommen wir nicht einmal zu Malik in den Dome. So eine Scheiße, echt.«

Michelle tippt weiter. Ich weiß nicht genau, wo wir sind, ich glaube, es ist die Innenstadt. Michelle und ich sind entweder bei uns in der Gegend oder im Dome. Da steigen wir aus der U-Bahn aus und wissen genau, wo wir hin müssen.

Ein paar Typen tauchen auf, sie fixieren Michelle. Das erkenne ich genau, obwohl sie auf unauffällig tun. Sie sind höchstens so alt wie wir und haben Skater-Sachen an. Das gefällt mir überhaupt nicht, das ist voll für kleine Kinder.

»He«, sagt Michelle.

»Hallo«, sagt der, der am besten ausschaut. Er hat eine Mütze auf und drunter blonde Haare, die ihm ins Gesicht stehen. Ein paar Pickel, aber nicht schlimm.

»Wo geht ihr hin?«, will Michelle wissen.

»Ins Fex«, sagt der daneben. Der hat lange, fettige Haare, die ins Gesicht herunterhängen, und der dritte sieht aus wie Sheldon von *Big Bang Theory*. Sie sind überhaupt nicht trainiert, wahrscheinlich wachsen ihnen noch nicht einmal Haare auf der Brust.

»Wir kommen mit, los, Tschulie«, sagt Michelle. Sie springt von der Bank und ich auch.

»Wie ihr wollt«, sagt der Fesche.

Wir gehen hinter den Typen her. Sie reden über Matura oder so etwas, Michelle gähnt. Auf einmal dreht sich einer um.

»In was für eine Schule geht ihr«, will er wissen.

»In keine«, sagt Michelle. Der Sheldon-Typ kichert dumm.

»Macht ihr eine Lehre, oder was?«, fragt die Herunterhäng-Frisur.

»Arbeiten«, sagt Michelle.

»Und wo?«

»Ich Geschäft, Tschulie im Soli.« Bei Soli drehen sich alle drei zu mir. Sheldon kichert wieder.

»Ist was?«, frage ich, und er wird knallrot.

»Nein, nein, nichts.«

So ein Trottel, was ist so lustig an einem Soli?

Ich kenne das Fex nicht und hab auch noch nie davon gehört. Wir müssen eine Stiege hinunter. Sie stinkt nach Pisse und da liegt sogar ein Sandler herum. Das ist urgrausig. Draußen vor dem Lokal stehen ein paar Leute und Tussis, die sind alle so alt wie wir. Sie sind überhaupt nicht sexy angezogen. Eine hat sogar eine voll weite Hose an. Schrecklich. Sie haben alle hässliche Ärsche und sind nicht braun und überhaupt. Die drei Typen tun jetzt so, als würden sie uns nicht kennen. Wir kennen uns ja auch nicht. Aber ich finde, sie können froh sein, dass wir mit ihnen reden, so wie sie aussehen.

Drinnen ist es voll hässlich und es stinkt noch immer nach Pisse und nach Schwitze, finster ist es auch. Es gibt keine Lichteffekte so wie im Dome. Die Wände sind angeschmiert und die Tische sehen ekelhaft aus. Es gibt einen Tischfußballtisch. Typen mit Dreadlocks stehen drumherum. Das finde ich auch ekelig. Wer weiß, was für Viecher bei denen auf dem Kopf wohnen.

Die drei Typen fangen wieder mit uns zu reden an und laden uns ein. Das finde ich gut. Wir lassen uns ein Wodka-Red-Bull zahlen und dann noch eines. Die Mütze redet mit Michelle. Ich weiß gar nicht, was die sich so geheim zu erzählen haben! Jedenfalls steht sie ganz nah bei ihm. Er starrt in ihren Ausschnitt, das sehe ich ganz genau. Wahrscheinlich ist er froh, dass er nicht mit so einer langweiligen Hängearsch-Tussi den Abend verbringen muss, sondern ein bisschen Titten gucken kann.

Die beiden anderen reden noch immer über die Matura. Das ist so öde. Ich sehe mir die Leute an. Da sind nur Babys oder Sandler, keine richtigen Männer.

»Wie ist Arbeiten im Sonnenstudio?«, fragt mich Sheldon. Er steht allein da. Vielleicht ist die Hängefrisur aufs Klo gegangen.

»Fad«, sage ich.

»Warum machst du es dann?«

Das ist eine komische Frage. »Warum gehst *du* in die *Schule*?« Ich finde, das ist eine urcoole Reaktion.

Sheldon kichert, hat der so einen irren Tick, oder was? »Ich will später studieren, da brauche ich die Schule und die Matura«, sagt er. Er hat eine hohe Stimme, vielleicht kommt das vom irren Kichern.

»Aha«, sage ich, und es interessiert mich überhaupt nicht.

»Physik will ich machen.«

»Wie Sheldon!«, rufe ich und muss voll lachen. Das muss ich sofort Michelle erzählen, aber die reagiert gar nicht, obwohl ich ihr dreimal auf die Schulter klopfe.

»Was ist denn so witzig?«, fragt Sheldon, und ich kann nicht mehr vor lauter Lachen.

»Du siehst aus wie Sheldon!«

»Wer ist das?« Der hat ja echt überhaupt keine Ahnung von irgendwas, was ist das für ein Trottel?

»*Big Bang Theory*!«

»Ach so, der mit den Brillen, oder?«

Ich glaube, jetzt ist er beleidigt, Sheldon schaut ja nicht gerade gut aus. Er geht zur Bar und lässt mich einfach stehen. Soll er, mir egal. Aber dann ist er plötzlich wieder neben mir und bringt mir noch ein Wodka-Red-Bull.

»Wie heißt du?«, fragt er und ich bin schon drauf und dran »Penny« zu sagen. Aber das lasse ich dann doch.

»Julia, und du?«

»Fabian.«

»Prost.« Wir prosten uns zu und ich trinke einen großen Schluck.

»Schmeckt es dir?«, fragt er.

»Geht so«, sage ich.

Er wackelt ganz komisch mit seinem Kopf. »Das ist ein super Song«, sagt er.

Ich kenne den Song nicht, das ist so Elektronikscheiße, die kann ich nicht leiden. »Was hörst du für Musik?«, fragt er.

»Katy Perry.«

»Echt?«

Was echt? Nicht echt vielleicht? Wieso sollte ich es sagen, wenn ich es gar nicht so meine? Er macht so Falten auf der Nase.

»Hast du was gegen Katy Perry?«, fahre ich ihn an, das kann ich ja schon gar nicht leiden, Katy Perry ist die Beste, und wer sie nicht mag, muss sich mit mir anlegen.

»Na, sie ist halt so Mainstream.«

Ich weiß nicht, was Mainstream heißt. Wenn er Scheiße reden will, sollte er zu seinen Hängearschmädels gehen. Jetzt bin ich sauer, aber auch ein bisschen betrunken. Ich glaube, Michelle ist noch betrunkener. Sie hängt schon auf der Schulter von der Mütze.

»Willst du ein bisschen tanzen?«

Sheldon lässt nicht locker. Ich will gar nicht, aber dann denke ich: Wieso eigentlich nicht? Wir gehen auf die Tanzfläche. Er tanzt gar nicht so schlecht, für einen Sheldon jedenfalls. Ich tanze auch ein bisschen, aber die Musik ist voll blöd. Sheldon fasst mich einmal kurz am Hintern an. Es stört mich nicht. »Verdient ein Physiker viel?«, brülle ich in sein Ohr.

»Kommt darauf an, wo man landet.«

Ich weiß nicht, was er damit meint. Aber ich habe auch keinen Bock, nachzufragen. »Hast du eine eigene Wohnung?«

»Nein.«

»Hast du ein Auto?«

»Nein.« Er will mich wieder anfassen, aber ich weiche aus.

»Was hast du denn *überhaupt*?«, brülle ich, der ist ja noch ärmer als Malik und Kamil, die haben zumindest ein Auto.

»Ich brauche kein Auto, ich kann das von meiner Mama haben. Wenn ich wirklich eines haben wollen würde, würde ich ein eigenes bekommen. Aber das zahlt sich nicht aus, da müsste ich den Sprit selber zahlen. Irgendwann werde ich aber ein eigenes haben.« Dafür darf er mich kurz anfassen.

»Was für eines?«

»Was was für eines?«

»Was für ein Auto wirst du haben?«

»Weiß nicht, irgendeines.«

Wie kann man nicht wissen, was für ein Auto man will?

Wir gehen wieder weg von der Tanzfläche, weil ich keine Lust mehr habe. Er sagt, dass er in das Maringer Gymnasium im achten Bezirk geht.

»Das ist mein letztes Jahr, dann beginne ich mein Studium. Aber vorher mache ich mindestens ein halbes Jahr nichts, außer zu unserem Haus am Attersee fahren und herumliegen«, sagt er.

»Ihr habt ein Haus am See?«

»Ja, also mein Stiefonkel, der Bruder von meinem Stiefpapa. Mein echter Papa ist in Brasilien. Der lebt dort in der Nähe vom Meer. Er hat zwei Motorboote. Nach Brasilien möchte ich im Sommer unbedingt auch wieder.«

Ich weiß nicht, wo der Attersee ist. Aber Brasilien, das weiß ich, ist in Südamerika. Da ist die WM. Ich kenne niemanden, der ein Haus am See hat. Ich kenne niemanden, der einen Papa in Brasilien am Meer hat. Und ich kenne niemanden, der schon in Brasilien war.

»Ich war noch nie in Brasilien«, sage ich.

Der Alkohol fährt endlich ein bisschen ein. Das ist immer so bei mir. Zuerst ist ewig nichts und dann auf einmal: bumm. Wir gehen wieder tanzen. Ich drehe mich, da sehe ich kurz Michelle, die mit der Mütze schmust. Sheldon kommt mir ein bisschen näher. Er riecht nicht schlecht, vielleicht hat er ein gutes Parfüm. Mir fällt Penny wieder ein. Penny und Sheldon kommen zusammen. Dann denke ich an Kamil. Schade, dass er nicht da ist.

Sheldon und ich gehen wieder zurück, wo die anderen Leute stehen. Er fragt, ob er meine Nummer haben kann, und wir tauschen Nummern aus. Er zeigt mir seine Facebook-Seite und ich ihm meine, wir trinken ein Wodka-Red-Bull und dann noch eines, mir ist ein bisschen schlecht und schwindelig und ich lehne mich auf Sheldon. Er riecht wirklich gut. Dass wir uns küssen, passiert einfach so. Er küsst gar nicht so schlecht. Ich stelle mir vor, ich küsse Kamil. Auf einmal fällt mir auch wieder der Vollbart ein. Aber das ist schon ewig her.

Dann sind wir draußen und es stinkt noch immer nach Pisse. Aber ich schnüffle ganz fest in Sheldons Hals hinein, er kichert. »Das kitzelt«, sagt er, und ich lecke ein bisschen seine Haut.

Irgendwoher ist Michelle gekommen und steht neben mir. Die Mütze ist da, und die Hängefrisur taucht auch auf. Eine Hängearsch-Tussi klemmt auf ihm drauf, sie lallt und das ist urpeinlich. Ich sag zu Michelle: »Das sind Hängefrisur und Hängearsch«, und wir müssen voll lachen. Wir machen Handyfotos und dazwischen trinken wir noch was, ich weiß gar nicht, woher die Getränke kommen.

Wir sitzen draußen auf dem Boden und man kann zwischen meine Beine gucken, aber das ist mir egal. Mir ist gar nicht kalt. Das ist, weil Sheldon mich so festhält. Ich will am liebsten in seinen Geruch hineinkriechen.

Ich muss eingeschlafen sein, weil wie ich die Augen aufmache, scheint schon die Sonne; Hängefrisur und Hängearsch schmusen, Mütze und Michelle sind nicht mehr da, und ich liege auf Sheldon. Ich kann ihn gar nicht sehen, aber spüren. Er streichelt mich und ich schlafe wieder ein.

***

»Und, wie war's?«

»Du bist noch wach?«

»Gerade aufgewacht.«

»War ich zu laut?«

Markus schüttelte den Kopf. »Schon gut.« Er gähnte. »Ich bin sowieso munter.«

Karin drehte die Nachtkästchenlampe auf.

»Du riechst nach Alkohol.« Er streckte seine Arme aus, und sie legte sich zu ihm.

»Und, habt ihr tolle Männer kennengelernt?«

»Wir konnten uns fast nicht retten vor lauter tollen Männern. Aber ich habe gesagt, mein Alter wartet daheim im Bett.«

Er lächelte.

»Es tut mir leid wegen heute Nachmittag. Ich verstehe ja, dass du sauer bist«, sagte sie.

Markus streichelte ihren Kopf, als wäre sie ein kleines Kind. »Ich bin nicht sauer. Traurig vielleicht. Enttäuscht.«

»Ich weiß, und ich verstehe es ja auch. Aber ich bin so froh, dass das endlich vorbei ist. Wenn ich mir vorstelle, dass alles wieder von vorn anfängt, bekomme ich wirklich Panik. Vielleicht ändert es sich, ich weiß es nicht«, murmelte sie in ihre Decke.

»Dafür haben wir keine Zeit mehr«, sagte er ruhig.

»Du vielleicht, ich bin ja noch in der Blüte meines Lebens«, versuchte sie zu scherzen.

Markus lachte nicht. Karin wollte nicht mehr darüber reden. Sie war sich sicher, dass sie am Ende nur wieder streiten würden. Das ständige Um-dieses-Thema-Kreisen war anstrengend.

»Wir sind finanziell unabhängig, und selbst wenn du sofort wieder voll arbeiten wollen würdest, wäre es kein Problem. Aber ganz ehrlich, dich nervt deine Arbeit doch sowieso. Du könntest dir eine Babyauszeit nehmen und die Zeit auch zum Malen nutzen.«

»Neben einem Baby zu malen ist unmöglich. Es ist aufwendig und braucht am Anfang hundert Prozent von dir, das weiß ich ganz genau.«

Er hörte auf sie zu streicheln. Sie bereute ihre Sätze.

»Und ich werde das nie wissen. Danke.« Markus verschränkte seine Arme.

Er war eine Ausnahme. Die meisten Männer ihrer Freundinnen wollten keine Kinder. In ihrer Beziehung war es umgekehrt. Absurd, dass gerade sie beide zusammengekommen waren. Markus und Karin hatten sich vor fünf Jahren über eine Internetbörse kennengelernt. Nach ihrem ersten Treffen war sich Karin sicher gewesen, nie wieder etwas von ihm zu hören. Er war zu smart, zu attraktiv, zu erfolgreich. Sie hatten sich in einem noblen Lokal getroffen, das Markus vorgeschlagen hatte. Er war im Designeranzug gekommen, sie in Jeans. Zuerst hatte sie sein seriöses Business-Auftreten verschreckt, doch Markus war locker und lustig gewesen. Sie hatten sich zwanglos unterhalten. Karin hatte sich nicht verstellt und Anekdoten vom Leben als Alleinerzieherin erzählt. Er hatte aufmerksam zugehört, immer wieder Fragen gestellt und schien tatsächlich interessiert zu sein. Als er drei Tage später anrief, dachte sie zuerst, er hätte sich verwählt. Ein halbes Jahr später war er bei ihr eingezogen. Sie hatte sich vom Äußeren täuschen lassen. Einen verlässlichen, sensiblen Mann hatte sie unter dem Designeranzug nicht vermutet.

»Vielleicht lassen wir das Thema für heute, ich bin wirklich müde.«

Er zuckte mit den Schultern, sie küsste ihn noch einmal, stand auf und ging ins Badezimmer. Mit einem Wattepad wischte sie sich die Schminke ab. Sie konnte sich nicht vorstellen, noch einmal Mutter zu werden. Am liebsten hätte sie sich sterilisieren lassen, um es ein für alle Mal unmöglich zu machen. Warum tat sie es nicht einfach still und heimlich? Markus würde es nie erfahren, und sie könnte problemlos sagen, dass es eben nicht klappte. Mit Christian hatte es sofort geklappt. Sie erinnerte sich, wie sie Christian gebeten hatte, den Schwangerschaftstest anzusehen, weil sie viel zu aufgeregt gewesen war. »Ist nichts«, hatte er gesagt und ihr das Stäbchen unter die Nase gehalten. Er hatte die feine, rosa Linie nicht erkannt. Drei Monate lang hatte sie überlegt, es wegmachen zu lassen. Christian hätte es gewollt, auch wenn er es nie gesagt hatte. Bis zum Schluss hatte sie an ihrer Entscheidung gezweifelt. Die ganze Zeit hindurch war sie verunsichert gewesen, das Falsche zu tun. Und dann stellten sich keine Fragen mehr, weil das Baby da war.

Sie konnte Markus nicht anlügen. Karin hatte kein Talent dazu, sie war nicht einmal in der Lage, ein klein wenig zu flunkern. Nein, so einen Vertrauensbruch konnte und wollte sie nicht begehen.

Von draußen hörte sie schon die ersten Vögel durch das

gekippte Badezimmerfenster zwitschern. Der Tag brach an. Sie konnte sich nicht erinnern, wann sie das letzte Mal so lang aus und wach geblieben war.

Vielleicht, dachte Karin und nahm die Zahnbürste, brauchten sie eine Auszeit von dem Thema. Eine Ablenkung, um nach einiger Zeit neu darüber nachzudenken. Ihr Spiegelbild tippte ihr mit dem Zeigefinger auf die Stirn. Und was soll das ändern?, fragte es. Karin steckte sich die Zahnbürste in den Mund. Nichts natürlich.

***

Frau Erberle sagt: »Wenn es so weitergeht, muss ich das Studio schließen. Weil die scheiß Hautärzte so eine Scheiße reden, und die Leute diese Scheiße fressen.«

Ich sage nichts. Sie ist grantig. Soll sie grantig sein wie sie will, mich stört das nicht.

Die Erberle hat eine Stimme wie ein Mann, wahrscheinlich, weil sie so viel raucht. Mir hat sie Rauchen im Studio verboten. Aber sie zündet sich herinnen eine Tschick nach der anderen an.

»So eine Scheiße, so eine Scheiße«, sagt sie und schüttelt den Kopf.

Frau Erberle ist fast so braun wie der eine Tschusch bei uns im Haus. Nur ist sie mindestens dreimal so breit wie er. In unser Klo kommt sie nicht hinein. Sie sagt »Schei-« und da läutet mein Handy. Die Erberle schaut mich an, dann redet sie weiter vor sich hin.

»Fabian« steht auf meinem Display. Mir fällt zuerst gar nicht ein, wer das ist. Aber dann hebe ich ab und erkenne die Stimme sofort, weil sie so hoch ist.

»Was ist?«, frage ich und rede leise, damit Frau Erberle nicht mithören kann. Sie hört immer mit.

»Ich wollte nur wissen, wie es dir geht.«

»Gut.« Es ist still. »Hallo?«, frage ich.

»Was machst du gerade?«, fragt Sheldon.

Ich gucke meine Nägel an, die sind nicht mehr schön. Warum arbeite ich nicht in einem Nagelstudio?

»Ich hab mir gedacht, dass du vielleicht einmal ins Kino willst.«

»Ja, vielleicht.« Eigentlich ist mir zu heiß für Kino, mir ist für alles zu heiß. Ich möchte nur herumliegen. Und außerdem, was ist, wenn ich mit Sheldon im Kino sitze und dann taucht Kamil auf? Nein, das geht nicht. »Nein, nicht Kino.«

»Etwas anderes?«

»Hm.«

»Vielleicht spazieren gehen? Oder ausgehen?«

»Hm, nein.«

»Oder vielleicht fernsehen?«

»Fernsehen!«, sage ich sofort. »Fernsehen ist gut. Ich komme zu dir. Wann?«

Er sagt nichts, und ich weiß nicht, warum er jetzt so nachdenken muss, weil *er* hat ja *mich* gefragt.

»Also, gut, ja, ist gut, also ... wie wäre es so übermorgen?«

Ich weiß nicht, warum ich nicht gleich heute kommen soll, aber ich frage nicht nach. »Wo muss ich hin?« Er erklärt es mir, aber ich vergesse es sofort wieder. »Schick mir ein SMS mit der Adresse«, sage ich. »Und wie ich hinkomm.«

»Ich kann dich von der U-Bahn abholen. So um sieben? Was magst du essen? Ich besorge was.«

»Chips, Sour Creme und Schokobons. Gut, tschüss.« Ich lege auf und bin gut gelaunt. Das habe ich jetzt super gemacht. Frau Erberle ist gar nicht mehr da.

»Julia!«, brüllt sie auf einmal aus einer Kabine.

»Ja?«

»Komm her!«

Sie hat so eine Stimme wie ein General beim Bundesheer. Ich gehe voll langsam hin, ich will ja nicht gleich wieder schwitzen. Ich bin noch gar nicht da, schon fängt sie zu reden an.

»Wir haben ausgemacht, dass du das putzt, da, schau, da,

überall, in der Ecke und da und da.« Sie zeigt mit ihrem Finger herum, und ich kann gar nicht so schnell schauen. Ich muss gähnen, aber weil ich höflich bin, mache ich das ganz unauffällig. Erberle zeigt weiter herum und redet, und mir fällt ein, dass Sheldon auf mich steht und dass das eigentlich ursuperklasse ist.

Wie ich so nachdenke, komme ich drauf, dass eigentlich noch nie wer auf mich gestanden ist. So richtig. Ich glaube, nicht einmal Marcel ist auf mich gestanden. Er war nur froh, dass er endlich eine zum Ficken gehabt hat und zum Putzen.

»Scheißkerl«, sage ich, und Erberle schaut mich groß an. Ich wollte das gar nicht sagen, sondern nur denken, aber ist ja wurscht.

»Ja, Scheiße«, sagt sie. »Wenn du so weitermachst – das Geschäft läuft eh so schlecht und ich mache das nur, weil ich die Nicole schon so lang kenne, und –«

»Jaja, ich kenn mich aus«, sage ich.

Nicole ist der Name von meiner Mama. Jedes Mal sagt die Erberle: »Ich mache das *nur*, weil ich die Nicole schon so lang kenne.« Oder: »Du bist *nur* da, weil ich Nicole schon so lang kenne.«

Ich gehe zum Tisch, da liegt mein Handy, ich rufe Fabian an, er hebt ab, und ich sage: »Ich komme aber nicht zum Pudern und nicht zum Putzen!« Da ist es ganz still und nach einigen Sekunden höre ich wieder sein nervöses Kichern, dabei habe ich das nicht lustig gemeint.

Am nächsten Tag gehe ich früher heim. Ich muss mich umziehen, und es ist eh nichts los. Das hat die Erberle gestern ja selber gesagt. Ich sperre die Wohnungstür auf und höre den Fernseher. Im Eingang sehe ich die Schuhe von Mario und will am liebsten gleich wieder umdrehen. Er sitzt mit Mama vorm Fernseher. Sie hat nur ihre Unterwäsche an, und er eine Unterhose. »Hallo«, sage ich, und dann bin ich auch schon im Schlafzimmer.

Ich mache den Kasten von Mama auf. Die hat viel mehr schöne Sachen als ich. Ich schau ein bisschen durch, was mir passt, und finde ein Kleid, das probiere ich an, aber dann reißt hinten etwas, und ich ziehe es schnell aus und lege es wieder in den Kasten. Ich nehme eine Hose und ein enges Leiberl von meinen Sachen heraus, und wie ich mich anziehe, steht auf einmal Mama da. »Wehe, du nimmst was von meinen Sachen«, sagt sie.

»Das mach ich nie.«

»Wo gehst du hin?«

»Zu Michelle.«

Ich weiß nicht, warum sie das wissen will. Es ist ihr eh lieber, wenn ich nicht da bin, egal wo ich hingehe.

»Mich hat die Sandra heute angerufen.«

»Sandra?«

»Sandra Erberle.«

»Ach so, die.«

»Sie hat gesagt, wenn du nicht Gas gibst, kann sie dich nicht behalten.«

Ich stehe vor dem Spiegel, aber der ist so klein, dass ich fast nichts sehen kann.

»Aber ich sag dir gleich: Ich suche dir nicht noch einmal was. Dann kannst selber schauen, wo du bleibst. Mich brauchst nicht mehr anbetteln.«

Mir fällt ein, dass ich das Glitzerleiberl ja bei der Ü-30-Party angehabt habe, das geht auf keinen Fall noch einmal.

»Hast du mich verstanden? Du brauchst nicht glauben, dass du da für immer wohnen kannst!«

Ich ziehe mir ein pinkes Top an, das hat auch einen guten Ausschnitt.

»Hast du verstanden?«

»Ja, hab ich«, sage ich, und ich glaube, ich stecke mir die Haare hinauf, weil das macht das Gesicht schmäler.

»Dann hackel gefälligst, was machst du überhaupt jetzt schon daheim?«

Schminken kann ich mich in der U-Bahn. Nur: welche Schuhe?

»Was du da machst, will ich wissen.« Mama rüttelt an meiner Schulter, und ich weiß nicht, was sie will.

»Mich umziehen«, sage ich, und dann sieht sie mich mit so einem schmalen Mund an, dass ich glaube: Gleich fang ich eine. »Gut, ich muss weg. Tschüss.«

Schon bin ich aus dem Zimmer, hab meine Schuhe an, nehme die Tasche, Tür zu und bin weg.

Ich fahre mit der U-Bahn. Das mache ich nicht so oft. Am liebsten bleibe ich da, wo ich mich auskenne. Ins Einkaufszentrum und zu Michelle kann ich zu Fuß. Nur in den Dome fahren wir mit der U-Bahn.

Hier stinken die Leute immer so nach Schweiß. Ich kann mich nicht hinsetzen, weil meine Oberschenkel auf dem Sitz klebenbleiben, und das ist super ekelhaft. Zug fährt ab. Es sind fast acht Stationen. Das ist ja voll weit weg. Ich schalte Katy Perry ein, und sie singt »Thinking of you«. Sie singt total so, wie ich bin, und was ich fühle. Ich schicke eine WhatsApp an Michelle mit Herzchen und Smileys und so was. Sie schickt mir Herzchen zurück, dann schaue ich auf Facebook. Ich entdecke eine Freundschaftsanfrage von Kamil, ich bekomme fast keine Luft, so aufgeregt bin ich, aber genau da bleibt der Zug stehen, wo ich hinausmuss. Wie ist das so schnell gegangen? Beim Aussteigen drängen alle, und ich muss aufpassen, dass ich nicht vielleicht versehentlich die Schwitze von irgendwelchen grauslichen Leuten abbekomme. Das ist gar nicht so einfach, weil ich ja auf mein Handy aufpassen und die Freundschaftsanfrage bestätigen muss. Dann packe ich es in meine Tasche und sehe mich um. Mir fällt auf, dass ich keine Ahnung habe, wohin ich muss. Es gibt zwei Ausgänge, wie soll ich da wissen, welcher der richtige ist? Ich entscheide mich für den, wo alle hingehen.

Auf einmal rüttelt wer von hinten, ich dreh mich um – und Sheldon steht da. Ich ziehe die Ohrstöpsel heraus.

»Ich habe dich mindestens zehnmal gerufen«, sagt er.

»Hab dich nicht gehört.« Ich warte, dass mein Herz einen Sprung macht, oder ich Schmetterlinge im Bauch habe oder sonst irgendetwas passiert, was passieren muss. Aber es passiert nichts. Sheldon sieht noch immer aus wie Sheldon. Ich will ihm ein Bussi geben, er mich umarmen, und so treffe ich seine Wange. Er kichert und seine Stimme nervt mich irgendwie.

Auf der Rolltreppe bleibe ich stehen, und er stößt mich von hinten, weil er gehen will.

»Entschuldige«, sagt er. »Ich habe mir gedacht, wir besorgen noch Chips und Schoko und worauf du sonst noch Lust hast, ich weiß ja nicht, was du am liebsten hast, also wollte ich auf dich warten und mit dir gemeinsam einkaufen gehen. Es gibt ja dann auch die Eigenmarkenchips und so, und ich wollte auf keinen Fall irgendetwas nehmen, das du vielleicht nicht ausstehen kannst. Wo magst du hin? In der Nähe sind ein Billa, ein Zielpunkt, ein bisschen weiter ist auch ein Spar.«

»Aber ich habe kein Geld mit«, sage ich, was gelogen ist, weil ich hab noch zehn Euro in der Brieftasche.

»Ich lade dich natürlich ein, ist ja logisch. Wir können auch ins Starbucks gehen, oder wenn du doch Lust hast, auch ins Kino.«

Wir kommen oben an, und ich möchte am liebsten wieder Katy einschalten. Warum redet er so viel? Er muss mir tief in die Augen schauen und so was, aber der hat echt von nichts eine Ahnung.

Wir kaufen beim Billa ein und gehen zu ihm nachhause. Das ist dreimal ums Eck, nach dem vierten Mal passe ich nicht mehr auf, zur U-Bahn finde ich nicht mehr, das ist fix. Das Haus hat einen Eingang, der ist voll hoch und das Haus ist uralt. Ich frage mich, ob Sheldon vielleicht noch ärmer ist als wir. Das Haus ist sicher uralt. Wir fahren mit einem Lift ganz hinauf. Aber dann sehe ich die Wohnung, und es ist klar: Fabian ist reich.

Der Vorraum ist fast so groß wie unser Wohnzimmer. Ich ziehe meine Schuhe aus und bekomme Gäste-Patschen. Fabian zeigt mir alles in der Wohnung. Es gibt ein riesiges Sofa. Davon träumen Mama und ich schon lang. Ich hole Schwung und springe drauf, es ist herrlich weich. Sheldon steht herum und grinst.

»Was ist?«, frage ich.

»Nichts«, sagt er, und ich sag, er soll herkommen, und er setzt sich und macht auf schüchtern. Damit was weitergeht, schmusen wir ein bisschen herum, und er darf mir auch auf die Titten fassen und so was. Dann sag ich, dass ich Hunger habe, und das stimmt wirklich. Aber ich möchte auch die restliche Wohnung sehen und heute finde ich es gar nicht gut, wie Sheldon küsst. Wir gehen in eine riesige Küche. Da fällt mir auf, dass die Decke ganz weit oben ist.

»Ich möchte eine rauchen«, sage ich.

»Dann müssen wir hinaus vors Haus. Da dürfen wir nicht.«

»Hm«, mache ich, ich habe echt keine Lust hinunterzulaufen. »Aber eine riecht man gar nicht, und ich kann beim Fenster hinausrauchen.«

Bevor er noch etwas sagt, habe ich das Fenster schon aufgemacht und tschicke hinaus. Den Stummel werfe ich hinunter. Fabian macht derweil ein Chipssackerl auf und leert die Chips in Schüsseln. Mir ist fad, also schaue ich mir die anderen Zimmer an. Es gibt ein großes Badezimmer mit einer total irren Eckwanne und zwei Waschbecken. Ganz hinten sind links und rechts ein Schlafzimmer. Das eine ist voll groß und zusammengeräumt, und nichts liegt herum. Im anderen sind Jungsklamotten, ein Computer und Fußbälle. Ich finde Fußball blöd. Marcel war voll auf Fußball. Er wollte immer ein Spiel anschauen, und ich habe deshalb voll viele Serien versäumt. Der einzige Sport, den ich gut finde, ist Fitnesscenter. Da bekommt man wenigstens einen guten Körper. Ich finde, alle Typen sollten ins Fitnesscenter.

Das Bett in dem Zimmer mit den Jungsklamotten ist so groß ist wie das, in dem Mama und ich schlafen.

»Hast du noch einen Bruder?«, frage ich Sheldon, der jetzt hinter mir ist.

»Nein, warum?«

»Wer ist da noch in dem Zimmer?«

»Niemand.«

»Aber warum hast du so ein großes Bett?«

Fabian zuckt mit den Schultern. »Ist ja nur 1,60«, sagt er.

Ich springe auf sein Bett, und wir schmusen noch einmal ein bisschen herum. Er tapscht mich wieder überall an. Jetzt, wo ich die Wohnung gesehen habe, ist es mir wurscht, ob er gut im Bett ist. Er ist reich, mehr muss nicht sein. Aber er hat wirklich überhaupt keine Erfahrung. Da war sogar Marcel besser.

»Ist das gut?«, fragt er dazwischen, »gefällt es dir?«, und ich flüstere: »Ja, urgut« und stöhne ein bisschen und mache »Ahh« und »Ohhh« in sein Ohr. Dann ziehe ich mein Leiberl hinauf und lasse ihn ein bisschen auf meinen Titten herumlutschen. Das ist praktisch, weil ich mich in der Zwischenzeit umschauen kann und nicht immer sein Gesicht im Weg ist.

Sein Computer ist voll neu und modern und war sicher teuer.

Sheldon fragt mich schon wieder, ob es mir gefällt, aber ich reagiere gar nicht mehr. Ich glaube, mittlerweile ist er eh schon so geil, dass er es gar nicht mehr mitbekommt, jedenfalls spüre ich seinen Schwanz schon durch seine Hose. Wenn ich Glück habe, brauche ich mich nicht einmal auszuziehen, damit er kommt. Vielleicht ist das gar nicht so eine gute Idee mit den alten Millionären. Ich kann ja einfach bei Sheldon bleiben, er hat genug Platz und das Bett ist größer als das von Mama und mir zusammen. Aus lauter Begeisterung will ich gleich seinen Schwanz auspacken, aber in dem Moment fällt mir was ganz Arges auf.

»Habt ihr keinen Fernseher?«

Er hat noch immer meine Titti im Mund, und ich glaube, er hat mich nicht gehört.

»Habt ihr keinen Fernseher? Du hast ja gesagt, wir werden

fernsehen, wo ist da ein Fernseher?« frage ich noch einmal, und diesmal so laut, dass er endlich aufhört.

»Was?« Er ist ganz rot im Gesicht und seine Brille ist verrutscht, er sieht jetzt noch blöder aus als Sheldon.

»Habt ihr keinen Fernseher?«

»Fernseher?«

Ich weiß nicht, was es da nicht zu verstehen gibt.

»Nein.«

»Was? Was machst du dann? Ich meine, wie kannst du dann fernsehen?«

»Ich streame. Alles, was ich sehen will, sehe ich auf dem Laptop an.«

»Aber gibt es da echt alles? Auch Serien?«

»Ja, schon, was meinst du – CSI?«

»Nein!« Ich drücke seinen Kopf weg und ziehe mein Leiberl hinunter. »CSI ist voll Scheißdreck, aber so Serien eben.«

»Also, *Two and a Half Men* und so was kann man auch streamen.«

»Und *Gossip Girl* und so?«

»Ja, also ich glaube schon.«

Ich steige aus dem Bett und sage ihm, dass er mir das zeigen soll, und das macht er auch. Alle Serien, die ich ihm sage, kann er aufrufen und das ist voll super. Es gibt sogar Folgen, die ich noch nicht kenne und das finde ich so klasse, dass mich Sheldon bumsen darf. Er ist so schnell fertig, da ist noch nicht einmal die Hälfte der Folge vorbei. Das ist aber umso besser, weil dann brauch ich mich nicht so verrenken zum Fernseher hin, sondern habe meine Ruhe.

Wir schauen noch Serien und einen Film, und Sheldon drückt und schmust mich überall, wo es geht, aber ich mag jetzt nicht mehr bumsen.

Einige Serien später guckt er auf seine Uhr und meint: »Ich glaube, jetzt ist es Zeit«, und ich frage. »Wofür?« und überlege schon, ob er mir vielleicht seine Liebe gestehen will, so wie es

Blair bei Dan gemacht hat, aber dann sagt er: »Soll ich dich zur U-Bahn bringen?«

»Ich schlafe da«, sage ich.

»Wie, was meinst du?« Seine Stimme ist jetzt so hoch, das muss ich ihm abgewöhnen, das ist ja wie ein Mädchen.

»Ich schlafe *da*.«

Er schaut ganz schnell hin und her, reibt seine Hände und wischt sich Haare aus dem Gesicht, obwohl da gar keine sind. »Ich weiß nicht, ich glaub, das ist vielleicht nicht so gut?«

Wieso fragt er mich, was er glaubt, ich verstehe gar nichts mehr. »Was ist nicht so gut, warum? Dein Bett ist ja groß genug.«

»Aber«, er wischt jetzt auf seiner Stirn herum, was macht er, hat er da Pickel?, »meine Mama kommt.«

»Ja und? Es ist ja trotzdem Platz genug.« Meine Mama mag es überhaupt nicht, wenn wer von meinen Leuten da ist, sie sagt immer, sie kann dann gar nicht mehr vor und zurück, immer ist wer im Weg und ich allein reiche schon zum Im-Weg-Sein. Aber hier ist so viel Platz!

»Sie, also, ich weiß nicht ...«, jetzt fährt er sich mit seiner Hand über den Mund und redet ganz leise. »Sie ist da nicht so cool mit Übernachten und so.«

»Hm«, sage ich. »Na dann verschwinde ich eben und übernachte woanders.«

»Wo?«, fragt Sheldon ganz schnell und laut, weil er eifersüchtig ist. Soll er ruhig. Eifersucht, das lernt man in jeder Serie, macht die Männer ganz verrückt.

»Weiß ich noch nicht, kannst du mich zur U-Bahn bringen?«

Er sieht jetzt ganz traurig aus, und ich finde, wenn ein Mann eine Frau wirklich liebt und so, dann muss er um sie kämpfen und nicht so weinerlich dreinschauen. Er nickt und dann drückt er mich und sagt: »Ich werde mit Mama reden, damit du das nächste Mal bleiben kannst.«

Das finde ich super, weil dann kann ich vielleicht schon nächste Woche einziehen.

***

»Gehst du schon?«

Karin nickte.

Gabi griff nach einer Schale Nüsse, schnappte sich eine Handvoll und warf sie sich in den Mund. »Na gut, dann bis morgen«, sagte sie schmatzend.

»Bis morgen.«

Karin nahm ihre Tasche und ging aus dem Büro. Warum musste diese unmögliche Frau immer dumme Bemerkungen machen? »Gehst du schon, gehst du schon«, äffte Karin sie im Kopf nach. Sie durfte sich nicht ärgern lassen. Gabi war eine frustrierte, fast 100 Kilogramm schwere Frau, die seit mehr als 30 Jahren im Amt arbeitete und sich nicht von der Stelle zu bewegen schien. Weder von ihrem Sitzplatz noch von der Position her. Karin hatte letztes Jahr das Pech gehabt und sich wegen eines Umbaus des Büros zu Gabi setzen müssen. »Vorübergehend«, wie ihre Abteilungsleiterin immer wieder betonte. Doch bis jetzt hatte ihr noch immer niemand gesagt, wann dieses »Vorübergehend« endlich vorbei sein würde. Nicht nur Gabis Frust war nervtötend. Die Nüsse, die sie seit zwei Wochen jeden Tag kiloweise in sich hineinstopfte und laut kauend verzehrte, waren noch das angenehmste Geräusch der Kollegin.

»Bis morgen«, sagte sie zu ihrer Abteilungsleiterin, die ihr entgegenkam.

»Gehst du schon?«

Musste sie sich plötzlich vor allen rechtfertigen? Sie war mindestens eine Stunde früher da, wieso sollte sie jetzt nicht gehen?

»Ja, habe heute einen Termin, zu dem ich pünktlich muss.«

»Alles klar, also bis dann.«

Karin überlegte, sie noch einmal wegen ihres Büros anzusprechen, ließ es aber bleiben. Die Mühlen des Amts mahlten langsam, und sie wollte ihre Chefin nicht unnötig verärgern. Sie konnte sich auch nicht beschweren. Jahrelang war es kein Problem gewesen, teilzeitbeschäftigt zu arbeiten, und trotzdem hatte sie ihre Position halten können. Natürlich, an eine Karriere, wie sie ihre Abteilungsleiterin hingelegt hatte, war nicht zu denken.

Karin ging nach draußen, sperrte ihr Rad ab und legte die Tasche in den Gepäckskorb. Sie wollte noch bei dem Künstlershop zwei Straßen weiter vorbeischauen, um neue Farben und eine Leinwand zu kaufen. Nach ihrem Gespräch mit Markus wollte sie beweisen, dass ihr das Malen sehr wohl ein Anliegen war und dass sie es auch weiterhin verfolgte. Ihr war klar, dass sie es nicht Markus, sondern sich selbst beweisen wollte.

Im Geschäft erkannte sie die Verkäuferin tatsächlich wieder. »Guten Tag, schon lang nicht mehr gesehen.«

»Ja, ich hatte viel zu tun, da bleibt so wenig Zeit für das Malen. Und ich will es ja nicht so nebenbei hinpfuschen.«

Die Verkäuferin trug eine unmodische Brille und hatte winzige, wilde, graue Locken, die wippten, sobald sie nickte. Als Karins Sohn klein gewesen war, hatte er sich daran nicht satt sehen können.

»Jaja, da haben Sie absolut recht, man muss warten, bis die Muse wieder zurückkehrt, nicht wahr. Wollen Sie sich umsehen, oder kann ich Ihnen helfen?«

»Ich sehe mich um, danke.«

Die Verkäuferin hielt sich immer in ihrer Nähe auf. Karin fühlte sich beobachtet und kontrolliert. Obwohl sie vorwiegend in kleinen Geschäften einkaufte und anderen immer einbläute, wie wichtig es sei, den lokalen Kleinhandel zu beleben, kaufte sie in Wahrheit am liebsten in Großläden ein, in denen es keine Beratung gab. Sie mochte die Anonymität der Kaufhäuser, in denen alle Kundinnen und Kunden ihrem Schicksal überlassen wurden und sich selbst um die Erfüllung ihrer Wünsche kümmern mussten. Die Betreuung durch Verkäuferinnen und Verkäufer empfand sie als penetrant, immer hatte man das Gefühl, aus Dank etwas kaufen zu müssen.

Nachdem ein Mann eingetreten war, konnte Karin in Ruhe schmökern. Sie fuhr mit neuen Farben und einer kleinen Leinwand, die in ihren Fahrradkorb passte, nach Hause. Wo hatte sie bloß die Staffelei verstaut? In irgendeinem Eck versauerte sie, Markus hatte sie ihr vor zwei Jahren geschenkt, als er noch glaubte, sie würde malen und nicht nur darüber reden.

Im Lift überlegte sie, was sie eigentlich machen wollte, welches Konzept hinter ihrer Arbeit stehen sollte.

Sie war keine Konzeptkünstlerin, dennoch empfand sie Konzeptlosigkeit als Killer der Kunst. Leute, die sich hinsetzten und drauflosmalten, waren vielleicht nette Hobbytalente, aber um ein Bild entstehen zu lassen, musste doch mehr dahinterstecken. Nur fiel ihr diesmal beim besten Willen nicht ein, was mehr dahinterstecken könnte.

In ihrer Studienzeit hatte sie sich für die Verschmelzung von Natur und künstlich erschaffenen Phänomenen interessiert. Dass die Natur sich mit den Gegebenheiten arrangierte und damit lebte, faszinierte sie. Sobald ein Asphalt einen kleinen Sprung hatte, sprossen sofort winzige, dennoch klar erkennbare Pflanzen hervor. Der Natur zu entrinnen, war beinahe unmöglich, selbst wenn die Menschheit es schaffte und alles zerstörte: Irgendwo brach doch irgendwann wieder ein winziges, grünes Etwas hervor.

Zuerst hatte sie fotografiert: aufgerissenen Asphalt und hervorsprießende Gräser, eine Ratte im U-Bahn-Schacht, eine Wespe auf einem wild wachsenden Gänseblümchen inmitten einer Verkehrsinsel. Sie hatte einen guten Blick, doch für die Fotografie zu wenig technisches Interesse. Also malte sie, integrierte in ihre künstlich erschaffenen Bilder die Natur, baute Federn ein, Blätter, Insekten. »Die Stadt und ihre Bewohner« hieß eines ihrer Bilder, das bei einer Gruppenausstellung gezeigt wurde und erst bei näherem Hinsehen erkennen ließ, wer und was damit gemeint war.

Später hatte sie sich immer mehr für den menschlichen Körper interessiert, für die Gegenüberstellung von Leben und Verfall. Auf einer ihrer Bilderserien hatte sie ihren Großvater neben ihrem Sohn in gleichen Positionen porträtiert. Für die Akte musste sie ihre Vorstellungskraft bemühen, ihr Großvater wäre ihr nie als Aktmodell zu Verfügung gestanden. Doch die fast zwei Quadratmeter großen Werke gelangen außerordentlich gut, sie verkaufte davon sogar zwei Stück zu einem hohen Preis. Die restlichen lagen irgendwo im Keller ihrer Schwägerin.

Karin durchsuchte den Schrankraum, holte ihre Pinsel und die alten Farben heraus, kontrollierte, welche eingetrocknet waren, und stellte sie auf die Seite. Mit den anderen wanderte sie ins Wohnzimmer. Sie breitete die Plastikfolie aus der Abstellkammer aus und legte die Leinwand auf den Boden. Markus' Staffelei ließ sie in der Kammer. Er konnte es nicht wissen, doch sie hatte immer auf dem Boden gemalt. Eine Staffelei schien ihr mehr Hindernis als Hilfe.

Sie hockte sich auf den Boden und sah sich um. Lampe, Sofa, Pflanzen, ein Regal mit Weinflaschen und Gläsern, ein Fauteuil, Bücher. Ihr fiel auf, dass das Regal verstaubt war. Sie holte einen Lappen und wischte draüber. Nachdem sie ihn schon in der Hand hatte, wischte sie auch die übrigen Regale ab. Dabei entdeckte sie dunkle Schmutzflecken auf dem Fußboden. Im Sommer war ihre Putzfrau auf Urlaub und die Wohnung ein Saustall.

Nein, sie würde jetzt nicht auch noch den Boden wischen.

Sie setzte sich wieder vor die Leinwand und nahm einen Kohlestift. Einfach anfangen. Sie stand auf und zeichnete einen Strich von ganz oben bis ganz unten. Er lag in der Mitte und teilte die Leinwand. Sie fuhr fort, ein paar Zentimeter weiter setzte sie wieder an. Auf der anderen Seite. So gerade wie möglich, immer von oben nach unten. Sie wiederholte es, bis die ganze Leinwand voll war, die Striche trafen sich, waren krakelig und ungelenk. All ihre Bilder waren meist wild und grob, für alles Feine fehlte ihr die Geduld. Das lobten ihre Professorinnen und

Professoren früher besonders. Diesen ungestümen, fast schon ungeschickten Stil. Wie lange war das her? 100 Jahre? Ein Leben?

Sie setzte sich wieder hin, betrachtete die Leinwand, blieb davor knien. Ihr war noch heißer geworden und ein bisschen schwindelig. Nach einigen Minuten nahm sie die Farben und die Plastikfolie und räumte sie zurück in die Abstellkammer. Dann holte sie die Leinwand und stellte sie so weit wie möglich nach hinten. Stattdessen griff sie zu Putzkübel und Wischfetzen. Immerhin, fürs Putzen brauchte es kein Konzept.

***

»Wir haben geredet und so«, sage ich. Michelle kaut auf einem Lutscher herum. Ich möchte wissen, warum sie nicht fetter wird, obwohl sie ständig irgendwas frisst. »Und er hat gesagt, er möchte mit mir zusammen sein, auf fix.«

»Hat er den Beziehungsstatus schon geändert?«

»Ich hab noch gar nicht nachgeschaut ...«, lüge ich. Ich hab schon dreimal nachgeschaut seit gestern, und es hat sich noch immer nichts getan.

»Schauen wir doch«, sagt Michelle.

»Nein, ich mag jetzt nicht.«

»Warum?«

»Weil er hat gesagt, er ist fast nie auf Facebook, weil ihn das voll nervt und so.«

Michelle beißt in den Lutscher und schmatzt. Ich habe einmal einen Internetporno gesehen, da hat eine Frau das auch gemacht, aber irgendwie sieht es bei Michelle ekelig aus und nicht sexy. Auf einmal macht es Gluck, und sie hat ihn als Ganzes hinuntergeschluckt.

»Na gut, dann übe ich«, sagt Michelle.

Sie übt das richtige Gehen, weil sie hat einen Traum. Michelle möchte bei *Germany's Next Topmodel* dabei sein. *Austria's Next*

Topmodel interessiert sie nicht, das ist nur was für die »Weiber, die es nicht bringen«, sagt sie immer. »Ich finde, dass die alle voll scheiße aussehen, die jetzt dabei sind«, findet sie.

Da hat sie recht. Ich finde auch, dass Michelle geiler ist als die alle.

»Ich glaube, dass die alle den Schwanz vom Joop blasen müssen, damit sie weiterkommen. Und wer nicht gut blasen kann, fliegt hinaus. Aber ich kann super blasen.«

»Der ist ja schwul«, sage ich.

»Deswegen müssen sie ihn ja lutschen!«, glaubt Michelle.

Sie läuft in der Wohnung ein bisschen mit ganz hohen Schuhen herum. Das ist blöd, weil die Wohnung von Michelle und ihrem Papa klein ist und überall etwas steht. Obwohl jetzt schon mehr Platz ist, früher hat Michelles Bruder auch da gewohnt, da hat man gar nicht gehen können.

Auf Michelles Bruder bin ich voll abgefahren. Der hat dann so eine Friseurin gebumst und ihr gleich ein Kind gemacht. Er ist zu ihr gezogen und Michelle sagt, das Baby ist nervig und weint die ganze Zeit. Ihr Papa hat zu ihrem Bruder gesagt, er braucht gar nicht ankommen mit dem Balg. Er hat genug von Babys. Michelles Mama hat ihn sitzen gelassen und ist mit einem anderen abgehauen. Er wollte seine Kinder auch nicht, aber er hat nicht gewusst, wo er sie hintun soll. Michelle hat erzählt, dass ihr Vater fast durchgedreht ist, weil der Bruder der Friseurin ein Kind gemacht hat.

Michelles Papa ist Maurer, und deshalb sind überall irgendwelche Geräte und Arbeitssachen von ihm. Wenn Michelle losgeht, haut sie sich immer wo an.

»Wenn ich überall blaue Flecken habe, dann nehmen sie mich sicher nicht«, sagt sie, und da hat sie recht. Sie gibt auf, und wir schauen ein bisschen fern, aber es läuft gar nichts.

»Bei Sheldon«, erzähle ich, »kann man alles anschauen übers Internet.«

Michelle sagt nichts, sie tut so, als wenn sie es gar nicht gehört hätte, und ich glaube, das ist nur, weil sie Sheldon nicht super findet. »Der passt nicht zu dir«, hat sie gestern gesagt. Dabei weiß sie gar nicht, dass ich und Sheldon voll zusammengehören und bald auch zusammen wohnen werden.

Am nächsten Tag bin ich nach der Arbeit kurz daheim.

»Ich bin nur da, weil ich meine Sachen zusammenpacke«, sage ich, damit Mama gleich weiß, was los ist und nicht glaubt, dass ich wieder einziehe.

»Ach so.« Sie raucht eine und geht ins Wohnzimmer.

Ich glaube, sie hat mir gar nicht zugehört, aber das ist ihr Pech, ich bin nämlich gleich weg und voll für immer. Weil ich sie eh nicht mehr sehen werde, packe ich auch zwei Kleider von ihr ein, die sind mir wahrscheinlich zu eng, aber ich werde abnehmen, weil ich so gesunde Sachen kochen werde für Sheldon und mich. Vielleicht sollte ich mir abgewöhnen, ihn Sheldon zu nennen. *Fabian*. Irgendwann werde ich Mama zufällig treffen, beim Einkaufen oder so, und sie wird Tränen in den Augen haben, so wie einmal bei *Unter uns*, wo Malte erfahren hat, dass seine Mutter tot ist. Es wird dann auch für sie ganz schlimm sein, das ist fix, weil ohne mich wird sie erst draufkommen, wie schön es mit mir war.

Ihr Handy läutet. »Hallo, na, was is?«, fragt sie ganz süß. Wahrscheinlich redet sie mit dem Mario-Trottel. »Nein, ich will morgen Powerplate gehen, ich weiß, es ist ein Wahnsinn bei der Hitze, aber ich sag dir, meine Hosen passen mir sonst nicht mehr.«

Vielleicht redet sie doch mit einer Freundin. Ich packe weiter ein. Wenn ihr die Hosen eh nicht mehr passen, nehme ich eine mit. Schon ist sie in meiner Tasche. Ich gehe ins Bad und packe ein paar Kosmetiksachen von ihr ein. Sie redet weiter.

»Ja, der ist jetzt bei mir. Weißt eh, sein Bruder ist jetzt da, und der hat ja sonst keinen Platz und –«

– Concealer, Lippenstift, Bürste –

»Ja, eh. Hast du gehört von der Isabella?«

– Haarreifen? Wieso nicht. Duschgel, Shampoo, Make-up –

»Die hat das echt gemacht, das gibt's ja nicht, ich hab ihr gesagt: Isabella, der ist nichts für dich, pass auf.«

– Mamas Parfüm ist auch schon fast leer, das braucht sie sicher nicht mehr –

»Aber immer weiß sie alles besser, ich hab ihr gesagt, du, der ...«

– Gut, habe ich noch etwas vergessen? –

»Genau, das habe ich auch gesagt, aber weißt eh, sie ist da nicht verständlich.«

– Noch einmal schnell aufs Klo. –

»Gut, du, ja, passt, meld dich, ich bin eh da.«

Fertig. Ich hole noch meine Taschen aus dem Schlafzimmer. Mama tippt auf dem Handy.

»Wo gehst du hin?«, fragt sie auf einmal.

»Ich ziehe zu meinem Freund.«

Da lacht sie, und ich weiß nicht, warum, weil das ist jetzt überhaupt nicht lustig. Sie tippt weiter.

»So wie das letzte Mal. Da warst du eine Woche später wieder da«, sagt sie.

Das ist jetzt unfair, weil erstens war ich mindestens zwei Wochen oder sogar drei weg, und zweitens war Marcel ja nicht die große Liebe. Mit ihm war es nichts Ernstes.

»Diesmal ist es für immer.«

Den Satz kenne ich auch aus *Vampire Diaries* und ich glaube, es ist das erste Mal, dass er endlich passt.

Mamas Handy läutet wieder. »Hallo, geht es wieder?«, fragt sie. Ich mache die Tür zu, dieses Kapitel ist für mich beendet (dieser Satz ist auch aus *Vampire Diaries*).

Auf dem Weg zur U-Bahn rufe ich Sheldon – Fabian! – an, aber er hebt nicht ab. Ich habe ihm heute schon mindestens zehn WhatsApp-Nachrichten geschickt, mit Herzchen und Smileys und Fotos, und einer Nachricht, in der steht, dass ich heute zu ihm komme und eine Überraschung habe. Er hat zurückgeschrieben, dass es heute nicht so gut passt. Da war ich sauer, aber ich hab voll die gute Idee gehabt und geschrieben, dass ich sonst eben bei einem *Freund* übernachten muss. Ich habe ihm ein Foto von Malik geschickt, damit er weiß, wer das ist. Danach hat Sheldon – Fabian! – geschrieben, dass ich kommen kann, wann ich will.

Ich fahre mit der U-Bahn und höre ein bisschen Katy Perry, schreibe Michelle, schaue auf Facebook, und kontrolliere Fabians Beziehungsstatus. Aber da ist noch immer nichts passiert.

Ich muss mit ihm darüber reden, so geht das nicht.

Da sehe ich wieder Kamils Freundschaftsanfrage, aber ich interessiere mich ja überhaupt nicht mehr für ihn, weil Fabian und ich ja fix zusammengehören, also kann ich es jetzt bestätigen. Das ist gut, denn jetzt kann ich sein Profil anschauen. Ich sehe mir alle Fotos an, aber leider sind es nicht viele. Sein Profilbild ist ein Foto im Spiegel mit dem Handy, wie bei mir. Sonst hat er nur so Games und Avatare und ganz viele YouTube-Videos. Das erste, das ich mir anschaue, ist schon urlustig und deshalb verpasse ich auch fast das Aussteigen. Im letzten Moment springe ich hinaus.

Jetzt weiß ich schon wieder nicht, wohin. Ich gehe einfach wieder da, wo die meisten Leute hingehen. Oben kommt mir alles ganz unbekannt vor, also gehe ich noch einmal durch die Station und auf der anderen Seite wieder hinauf. Aber da ist auch alles nicht so, wie ich geglaubt habe. Ich rufe Sheldon – Fabian! – an, aber es geht die Box an. »Hol mich ab!« brülle ich. Dann lege ich auf und rufe gleich noch einmal an und dann noch einmal und noch einmal.

Ich setze mich auf eine Bank und stelle die Tasche daneben, wenn das mit Fabian so weitergeht, sehe ich für uns keine Zukunft.

Auf meine fünf SMS, die ich Fabian schicke, bekomme ich auch keine Antwort. Deshalb surfe ich noch ein bisschen auf Facebook herum und sehe mir noch mehr Videos von Kamil an. Auf einmal läutet das Handy, und ich freue mich schon, weil mich Fabian jetzt retten wird, aber da steht eine Nummer auf dem Display, die ich nicht kenne.

Ich hebe ab, weil 1. könnte es ja was Wichtiges sein und 2. bin ich natürlich extrem neugierig.

»Hallo?«

»Hallo.« Das ist eine Männerstimme, aber außer dem Hallo kommt gar nichts, ich habe Sheldon – Fabian! – noch nicht so oft gehört, aber ich glaube nicht, dass er es ist.

»Hallo?«

»Ja, hallo, ich bin's, Kamil.«

Mein Herz hört für ein paar Sekunden auf zu schlagen, und ich sage gar nichts, weil ich so aufgeregt bin.

»Ich wollte also nur, he, wie geht's dir?«, fragt er.

»Gut?«, sage ich.

»Ja, also, ich wollte nur fragen, he, magst du heut Kino?«

Bumm, bumm, bumm klopft es in mir, und ich sage: »Weiß nicht.« Ich quetsche meine Zehen ganz fest zusammen.

»Also, weil ich wollte fragen, weil Malik geht und Michelle und so.«

»Aso.«

»Ja, deswegen wollte ich fragen, weil ob du auch und so.«

»Ja, ich glaub schon, im Millennium?«

»Millennium, ich bin da um halb 8.«

»Gut.«

»Okay, also dann tschüss.«

»Tschüss.« Ich lege auf und bekomme eine SMS von Sheldon. »Bin gleich da«, schreibt er. Aber ich bin schon wieder unten in der Station, und da ist auch schon die U-Bahn, Türe zu, Zug fährt ab.

***

Vom Film bekomme ich nicht viel mit. Ich bin mit Kamil beschäftigt und muss nebenbei Nachrichten an Sheldon schreiben. Das ist voll stressig.

Es ist gerade einmal die Werbung vorbei, da bekomme ich ein WhatsApp.

»Wo bist du?«

Es ist ja eigentlich seine Schuld. Er hat ja sich so lang nicht gemeldet und dann hat er mich nicht abgeholt, ich kann gar nichts dafür. »Komm nicht. Hab ka zeit«, schreibe ich.

Kamil wirft sich Popcorn in den Mund. Er kaut es ganz laut. Kamil hat eine riesige Popcorntüte zwischen seinen Beinen, und ich fasse nach, damit ich nicht mit ihm schmusen muss. Obwohl ich das schon gerne will, aber es geht nicht, weil ich bin ja fix mit Sheldon – Fabian! – zusammen. Er schreibt mir schon wieder eine Nachricht.

»Warum? Ich habe extra dafür gesorgt, dass Mama nicht da ist.«

Ich weiß nicht, was er damit meint.

»Wer schreibt da?«, fragt Kamil.

»Niemand«, sage ich.

Er sagt nichts mehr. Seine Füße machen ständig wackeltrapptrapptrapp, sodass das Popcorn raschelt und das nervt ein bisschen, aber zum Glück ist der Film in Dolby-Surround. Ich halte seinen Oberschenkel fest, damit er aufhört. Das versteht er aber falsch, weil er nimmt meine Hand und küsst sie. Das ist süß. Die Hand küssen, das ist nur, wenn es ganz elegant ist, das weiß ich von *Verbotene Liebe*, das machen nur die Leute, die sehr höflich sind und Umgangsdingsbums können. Neben mir sitzt Michelle und schmust. Ob sie ihre Unterhose noch anhat? Maliks Hand ist schon unter ihrem Rock.

»Ich komme morgen«, tippe ich ins Handy.

»Wo bist du, warum nicht heute?« bekomme ich zurück.

»Geht nicht«, schreibe ich und nehme eine Ladung Popcorn.

Dann piepst es fünfmal hintereinander, aber ich kann nicht nachschauen, weil Kamil hat jetzt meine Hand ganz fest in seiner und küsst darauf herum. Einmal nimmt er sogar meinen Finger in den Mund, da muss ich lachen. Es piepst wieder. Der Typ vor uns dreht sich um.

»Mach endlich das Scheißhandy aus«, sagt er, dabei habe ich es ganz leise geschaltet.

Kamil sagt: »Oida, was is mit dir?« zu dem Typen.

Das ist voll cool und mutig, und der Typ traut sich auch gar nichts mehr zu sagen, weil Kamil ist fix dreimal größer und fünfmal muskulöser als er. Da kommt mir auf einmal ein komischer Gedanke. Ich stelle mir vor, dass Sheldon – Fabian! – neben mir sitzt und sich der Typ umdreht und mich blöd anmacht. Aber Fabian, der tut gar nichts in meiner Vorstellung, der sitzt da und traut sich nicht, weil er viel kleiner und unmuskulöser ist und so. Da muss ich ganz schnell an Fabians Zimmer und seinen Computer denken, deshalb mache ich fest die Augen zu. Aber das ist nicht so leicht, weil meine Finger ständig in Kamils Mund verschwinden. Also gebe ich auf. Es ist ja nicht so, dass ich Fabian weniger liebe, wir gehören ja trotzdem zusammen. Das ist nur ein kurzer Zwischenstopp, das war in *Anna und die Liebe* auch so. Die hat auch herumgesucht, bevor klar war, wer der Richtige ist, und sie hat es auch schon ganz tief im Herzen immer gewusst. Bei mir ist es ganz genau gleich, nur sind bei mir die Männer eben gleichzeitig da. Aber das ist auch schon wurscht, finde ich.

Ich schalte das Handy auf lautlos und sehe, dass mir Fabian noch ganz viele Nachrichten geschickt hat. Aber ich habe keine Zeit. Schon hat Kamil den nächsten Finger von mir im Mund, und ich muss lachen. Der Arsch vor uns dreht sich um, aber er traut sich nichts mehr zu sagen und das ist gut so, weil Kamil ihm sonst zeigt, was seine Faust alles anrichten kann.

Der Film ist mit viel Kämpfen und Autos und Brennen und so. Kamil hat jetzt meine Finger nicht mehr im Mund. Dafür ist sein Arm um mich herum, und das fühlt sich gut an. Seine Hände sind so groß wie Teller. Meine ganze Schulter hat darunter Platz, und meine Schulter ist nicht so klein wie die von Michelle. Michelle hängt schon halb auf Malik und es ist eigentlich Verschwendung, dass sie zwei Plätze gekauft haben.

Der Film gefällt mir nicht. Ich stehe nicht auf Action, ich habe lieber lustige Filme, so was wie *Hangover*, das war überhaupt der beste Film, den ich bis jetzt in meinem Leben gesehen habe. Und am meisten liebe ich Serien, nur spielen sie die nicht im Kino, und Kino ist schon etwas Tolles mit der großen Leinwand und der Lautstärke.

Kamil und ich essen das ganze Popcorn auf, zum Schluss muss ich in der Tüte ganz unten herumkratzen, damit ich noch was herausbekomme. Das ist voll peinlich, weil Kamil die Tüte ja zwischen seinen Beinen hat, und mir vorkommt, ich würde ihm die Eier kraulen. Ich schaue ihn einmal schnell von der Seite an, aber er verzieht das Gesicht nicht, also wird er mich schon nicht spüren.

Auf einmal ist der Film aus. Ich habe gar nicht mitbekommen, was passiert ist, es ist jedenfalls Explosion und Feuer und aus.

Da fällt mir ein, dass ich heute nicht nachhause kann. Zu Fabian kann ich jetzt auch nicht mehr. Auf Michelles Couch will ich schon gar nicht, mir tut heute noch alles weh. Kamil ist so höflich, er trägt meine Tasche. Die schleppe ich noch immer blöd mit mir herum. Warum habe ich so viel eingepackt?

»Was machen wir jetzt?«, fragt Kamil.

Ich weiß es auch nicht und will Michelle fragen. Nur ist ihre Zunge gerade in Maliks Mund. Kamil und ich stehen daneben. Er zieht mich zu sich und küsst mich. Das ist wirklich voll super, er ist ein Profi, das merke ich sofort. Aber ich werde Fabian trotzdem nicht verlassen, wir sind füreinander bestimmt, und das ist nur ein unwichtiger Kuss.

Kamil und ich hören mit dem Zungenzirkus genau in demselben Moment wie Michelle und Malik auf, das ist wie ausgemacht und wir müssen alle lachen.

»Gehen wir noch was trinken ins Dagio?«, fragt Michelle, und wir sagen alle Ja.

Das Dagio ist einen Stock tiefer, wir müssen einfach nur mit der Rolltreppe hinunterfahren.

Wir stellen uns kurz an, aber Malik kennt die Türsteher. Deshalb muss Michelle nicht vorgehen und sexy tun. Drinnen hat eine das Mikrofon in der Hand, die ganz schrecklich ausschaut. Michelle und ich müssen voll lachen.

»So ein Walross will echt keiner sehen«, sagt Michelle, und ich nicke.

Wir stellen uns an die Bar und warten, dass die Burschen uns einladen. Aber sie bestellen nur für sich selber was, und wir müssen selber zahlen. In der Brieftasche ist mein letztes Geld für diesen Monat. Wir trinken und reden und küssen, dazwischen müssen Michelle und ich ganz oft in die Tiefgarage zum Rauchen. Kamil und Malik gehen mit, dabei rauchen sie gar nicht. Sie trinken auch nicht, Kamil sagt, das geht nicht mit seiner Religion, und weil er irgendwann in den Dschihad will. Ich sage, ich bin nicht so auf Religion und Dschihad.

Zwischen dem Reden und Küssen und Rauchen schaue ich aufs Handy, aber Fabian meldet sich nicht mehr. Er ist sicher schon im Bett. Wehe, er kommt auf die Idee und geht eine Tussi aufreißen oder so etwas. Nein, das macht er nicht. Er ist ja mit mir zusammen. Es ist, glaub ich, schon wieder früher Morgen, da sagt Michelle: »Wir gehen.«

Ich kann ja nirgends hin. Also muss ich mit zu Kamil. Auch wenn ich das gar nicht will, weil ja Fabian und ich zusammengehören, aber das versteht Fabian bestimmt. Nur werde ich es ihm nicht erzählen, sonst regt er sich auf und das bringt nichts.

Kamil und ich stehen herum und ich trinke noch einen Shot

zum Abschluss. Der Shot ist gut. Der Kellner gibt mir noch einen gratis. Ich trinke mit dem letzten Geld noch ein Wodka-Red-Bull drauf.

Danach muss ich mich an Kamil festhalten. Der Boden wackelt ein bisschen. Ich habe heute fast nichts gegessen. Essen macht nur dick.

»Ich muss zum Mäki«, sage ich, und dann ist nichts mehr.

Ich wache auf, weil wer voll laut schnarcht. Ich liege im Bett und habe nichts an. Neben mir liegt Kamil. Ich kann ihn nicht sehen, aber sonst kann es ja niemand sein.

Ich kann mich nicht bewegen, sonst muss ich kotzen, also bleibe ich einfach liegen. Nur einmal stoße ich mit dem Knie gegen das Bein neben mir. Das Schnarchen hört nicht auf. Ich will die Finger in meine Ohren stecken, aber sogar davon wird mir schlecht.

»Du schnarchst«, sage ich.

Kurz hört das Sägen auf, aber gleich drauf geht es weiter. Ich drehe meinen Kopf ganz wenig auf die eine und dann ganz wenig auf die andere Seite. Auf einer Seite ist Kamil. Auf der anderen eine Wand. Sie ist schmutzig. Auf der Kamil-Seite steht ein Tisch mit einem Kocher und ein paar Töpfen drauf. Ein angepatzter Teller ist auch da, mir wird gleich wieder übel. Auf mir pickt ein Leintuch. Ich bin froh, dass ich das nicht sehen kann, das ist sicher auch schmutzig.

»Hallo!«, rufe ich laut und das Schnarchen hört auf. Jetzt kommt so ein Seufzen und Röcheln, ich hoffe, er erstickt nicht.

»He«, sagt die Kamil-Stimme. Es raschelt und wackelt neben mir.

»Aufhören, mir ist schlecht«, sage ich.

»Ich muss los«, sagt die Kamil-Stimme und steht auf.

Jetzt sehe ich Kamil vor mir stehen, ganz nackt mit vielen Haaren auf der Brust und auf dem Rücken und überhaupt überall. Wohin?«

»In die Arbeit.«

»Ach so. Was ist heute für ein Tag?«

»Montag.« Kamil zieht sich an.

»Wie spät ist es?«

»Acht«, sagt Kamil.

»Ach so.«

Ich schlafe wieder ein. Irgendwann wache ich auf, mein Gesicht ist heiß. Ich mache die Augen auf, aber die Sonne blendet mich so, dass ich sie zumachen muss. Mir ist nicht mehr so schlecht wie vorher. Ich kann mich umdrehen und mich umschauen. Da ist alles voll schmutzig. Ganz langsam stehe ich auf. Ich brauche lang zum Anziehen. Alles stinkt nach Rauch und Alkohol und Schwitze und Nacht. Ich stinke auch. Nach Mann und nach Rauch und Alkohol und Schwitze und Nacht. Es ist ekelhaft, dass ich das Gewand noch einmal anziehen muss. Da fällt mir ein, dass ich ja meine Tasche habe. Aber da liegt nirgends eine Tasche. Vielleicht hat Kamil sie gestohlen. Aber was soll er mit einem Haufen Weiberkleider? Oder ich habe sie in der Disco vergessen. Ich setze mich wieder aufs Bett.

Dann bekomm ich einen Schock. Mein Handy! Wo ist mein Handy? Ich stehe sofort auf und suche unter der Matratze, unterm Tisch, in der Jacke, überall, mein Handy, scheiße, das Handy, oh nein, ich muss sofort – aber ich kann niemanden anrufen, nicht einmal Michelle, ich kann gar nichts! Das macht mich voll fertig. Ich muss weinen. Das gibt es ja nicht! Ich schaue noch einmal und noch einmal und drehe jeden Zettel, der da herumliegt, um und sehe unter jeden Topf und sogar im Topf nach. Es pickt Reis drinnen, mir wird wieder schlecht. Mein Handy ist nirgends. Ich muss noch einmal weinen, so verzweifelt bin ich. Es ist ganz furchtbar, ich weiß nicht mehr weiter. Ich lege mich hin. Es ist alles umsonst, denke ich und ich bin voll deprimiert, mindestens so wie Leon von *GZSZ*, damals in der Folge, wo Verena gestorben und er durchgedreht ist vor lauter traurig. Ich glaube, ich werde nicht mehr aus dem Bett können, mindestens eine

Woche, ich werde hier bleiben, bis mich wer findet. Vielleicht bin ich dann aber gar nicht mehr am Leben.

Vielleicht wird Kamil aufgehalten und kann nicht rechtzeitig kommen. Er schafft es nicht, mich zu retten. Das war einmal so in *Ghost Whisperer*.

Ich lege ich mich hin, schließe meine Augen und ergebe mich meinem Schicksal. Ich werde einfach einschlafen. Irgendwie bin ich nur gar nicht so müde. Wie kann das sein? Genau dann, wenn ich müde sein soll, bin ich voll munter. In einer Folge von *Vampire Diaries* habe ich gesehen, dass Ein- und Ausatmen wichtig ist zum Entspannen. Das hat ein Vampir gemacht, damit er seine Freundin nicht umbringt. Oder sie zum Vampir macht, weil sie ja ein Mensch war. Ich atme ein und aus. Wie oft muss ich das jetzt machen? Bei *Vampire Diaries* hat das nicht lang gedauert. Die Schwanzlutscherin ist sofort eingeschlafen. Dazwischen war aber eine andere Szene, und vielleicht hat das ja dann viel länger gedauert. Also. Einatmen. Ausatmen. Noch einmal. Einatmen. Nein, das funktioniert nicht. Dieses Einatmen-Ausatmen macht mich nur munter. Ich stehe wieder auf, sich dem Schicksal ergeben ist so etwas von stinkefad. So ein Dreck, das halte nicht einmal ich aus, so viel Herumliegen.

Ich stehe auf und ziehe meine Klamotten von gestern an. Sie stinken. Das ist zum Kotzen. Vielleicht kann mir Kamil was borgen. Aber da ist nicht einmal ein Kasten, da liegen in einer Tasche nur Hosen und Leiberl, alle zerdrückt und viel zu groß, da bleibe ich lieber in meinem Outfit, auch wenn es stinkt, ist ja egal. Ich muss so dringend aufs Klo. Da ist gar keines in der Wohnung. Wahrscheinlich ist hier nur ein Klo auf dem Gang, so wie bei Michelle früher. Also muss ich hinaus. Ich habe oben nur einen BH an, aber es ist schon zu dringend. Der Gang ist finster. Das Haus ist ja uralt, das fällt gleich auseinander. Irgendwie erinnert es mich auch an das von Fabian, aber ich kann nicht genau sagen, warum. Vielleicht weil alles so hoch ist. Aber hier sind die

Mauern dreckig und gelb. Es sieht aus wie angepisst. Ich finde eine Tür, die ist offen, da ist ein Klo, das ist hässlich, aber ich setze mich nicht auf die Schüssel, ich stehe halb und hocke halb. Die Tür lässt sich nicht zusperren. Zuhalten kann ich sie nicht, das ist zu weit weg, außerdem muss ich aufpassen, dass ich nichts berühre. Fast komme ich auch nicht mehr hinaus, weil die Tür so klemmt. Aber ich schaffe es. Ich will wieder zurück in die Wohnung. Jetzt sehe ich erst, dass die Tür zu ist und nur so einen Knauf hat. Ich rüttle und rüttle, das ist alles ganz fürchterlich. Es hilft nichts, sie geht nicht auf.

Mein BH ist mit ein bisschen Spitze, aber vielleicht geht er so als Oberteil durch. Bauchfrei ist ja in. Gott sei Dank ist nicht Winter.

Ich muss nur ein paar Stiegen hinunter, dann bin ich schon an der Haustür und mache auf. Genau da kommt eine Kopftuch-Alte herein, sie schaut mich blöd an. Ich will schon sagen, dass sie mit ihrem Kopftuch mindestens so krank ausschaut wie ich im BH. Aber bevor ich das mache, ist sie schon hinter einer Tür verschwunden.

Das ist schon peinlich, aber da muss ich eben durch. In *Anna und die Liebe* hat Mia einmal etwas vorlesen müssen. Dabei hat sie gar nicht lesen können. Das ist noch viel mehr peinlich und die hat am Ende trotzdem ihr Glück gefunden. Ich habe zwar nur einen BH an, aber lesen kann ich, und ich weiß auch, wo ich hinmuss, nämlich mit der U-Bahn und dann einmal um die Ecke und dann links, dann rechts – oder so ähnlich.

In der U-Bahn hat ein Mann auch oberhalb nichts an, und der ist nicht mehr so jung wie ich und sein Bauch ist riesig. Da muss man von mir gar nichts mehr sagen, finde ich, weil bei mir schaut es wenigstens wie ein Bikini aus. Ich komme an der Station an und dann weiß ich wieder nicht, wo ich hinmuss, aber ich gehe einfach los. Hier schauen die Leute mich anders an. Zuerst erschrecken sie sich, aber dann schauen sie sofort weg. Bei uns in der Gegend gaffen sie einfach und das ist mir lieber. Aber ist ja wurscht, ich bin bald bei Fabian und er wird mich retten. Die Straße erkenne ich nicht wieder, und ich kann mich nur ganz wenig erinnern, irgendetwas mit Lang oder so. Mich tippt wer von hinten an. Will mich da wer antapschen oder was? Ich drehe mich um und hinter mir steht eine Bullen-Alte, mit so weißblonden Haaren und Lippenstift, aber mit einem ganz hässlichen Leiberl und langen, dunklen Hosen. Sie schaut mich an und wartet. Was soll ich denn sagen?

»Sie haben Ihr Oberteil vergessen?«, sagt sie, und ich weiß nicht, ob sie das jetzt fragt oder mir das sagen will. Ich sage: »Jaaa?«, auch mit einem Fragezeichen.

»Geht es Ihnen gut?«

Warum soll es mir nicht gut gehen, ich bin sicher nicht blass.

»Jaa?«, sage ich.

»Ich meine nur, weil – Sie wissen, wo Sie sind, alles in Ordnung?«

»Ja, ich meine, nein.«

»Wie heißen Sie?«

»Julia Kratowatz.«

»Haben Sie einen Ausweis dabei?«

»Warum?«

Was will die von mir? Womöglich will die mich abführen, und ich muss ins Gefängnis, dabei habe ich nichts gemacht!

»Ich habe nichts gemacht!«, rufe ich laut. Ein paar Leute drehen sich um.

»Ist ja gut, nicht nervös werden. Wohnen Sie hier in der Nähe?«

»Nein, oder doch, ja, jetzt schon.«

»Also wohnen Sie jetzt hier oder nicht?«

Ich nicke.

»Und wo?«

»Ich weiß nicht genau.«

»Geht es Ihnen wirklich gut? Wissen Sie, was für ein Tag heute ist?«

»Montag, glaub ich. Was habe ich denn gemacht?«, will ich wissen.

»Gar nichts«, sagt die Polizistin und klingt auf einmal ganz komisch. »Alles wird gut. Ich rufe jetzt einmal wen an, der Ihnen helfen wird.«

Das ist wirklich lieb von ihr. Vielleicht stimmt es ja doch, was die Lehrer in der Volkschule immer gesagt haben, nämlich dass die Polizisten unsere Freunde und Helfer sind. Die Frau ist eine sehr liebe Polizistin. Aber sie braucht niemanden rufen.

»Ich muss in eine Straße, die heißt irgendwas mit Lange«, sage ich.

»Lange Gasse?« Sie tippt auf ihrem Handy herum. »Die ist da vorn.«

»Ah, super, danke, tschüss.«

Ich laufe so schnell es geht mit meinen hohen Schuhen. Sonst glaubt sie, sie muss noch wen rufen oder will mich doch noch festnehmen oder so. Aber ich will doch ganz schnell zu Fabian, weil er ist ja meine große Liebe. Die Polizistin ruft mir hinterher, aber ich höre nichts mehr, so schnell bin ich. Und sie hat voll recht gehabt, gleich die nächste Straße ist die Lange Gasse. Und da kenne ich mich jetzt ganz genau aus, weil Fabian wohnt in einem Haus, in dem unten ein ganz komischer Laden drinnen ist, wo ganz hässliches Gewand hängt. Diesmal hängt nur ein einziger Sack da und drunter steht: 240 Euro. Ich überlege schon, ob ich der Verkäuferin was sagen soll. Sie hat sich da verschrieben beim Preis. Aber ich mache es dann doch nicht, weil ich will ja schnell zu Fabian.

Ich läute also nur an den obersten vier Nummern. Eine Stimme fragt: »Hallo?« Ich sage auch »Hallo«, da höre ich so ein Summen, drücke gegen die Tür und schon bin ich drinnen. Dann laufe ich die Stufen hinauf. Ich will nicht auf den Lift warten. Aber das ist blöd. Meine Stirn ist ganz nass. Schwitzen ist ekelig, da rinnt immer die Schminke so hinunter. Aber Fabian liebt mich, egal, wie ich aussehe.

Jetzt werden wir uns gleich sehen, das ist so romantisch, wie bei der allerletzten Folge von *Marienhof* damals. Endlich, jetzt höre ich was, die Tür geht auf.

***

Karin ging zur Tür. Auf das erste Läuten hatte sie nicht reagiert, sie erwartete keinen Besuch.

Fabian konnte es nicht sein, er war mit seinem Cousin auf dem Land, und für Markus war es noch viel zu früh. Unangemeldete Gäste versprachen, mühsam zu werden. Doch als es noch einmal läutete, war sie doch aufgestanden. Vielleicht brauchten die Nachbarn Hilfe.

Sie öffnete die Tür. Vor ihr stand ein Mädchen in einem Spitzen-BH, einem extrem kurzen Rock und kajalverschmierten Augen. Eine Drogensüchtige? Dafür waren die Augen zu wach und aufmerksam. Das Mädchen schien ebenso erschrocken und erstaunt wie sie, fing sich aber schneller. Irgendwie kam es ihr auch bekannt vor.

»Ah, hallo«, sagte es, nickte und grinste schief. Warum stand es in Unterwäsche vor ihrer Tür?

Karin betrachtete es und sah ihm genau in die Augen. Es sah nicht verrückt aus. »Ja?«, fragte sie.

»Ich bin eine Freundin von Sch... – Fabian!« Es lächelte wieder.

»Von *Fabian*?«, fragte Karin gedehnt. Sie konnte sich nicht vorstellen, dass eine seiner Freundinnen so aussah. Er hatte außerdem kaum Freundinnen, zumindest hatte er, seit er zehn Jahre alt war, keine mehr nach Hause eingeladen. Natürlich kannte sie nicht alle seine Freundinnen, aber dass sie nicht im BH herumliefen, davon war sie überzeugt.

Warum kam sie ihr dann trotzdem bekannt vor? Vielleicht ging sie doch in Fabians Schule. Oder war in seinem Tanzkurs?

»Es ist so«, fing sie plötzlich an und stemmte eine Hand in die Hüfte, »ich habe nur einen BH an, weil die Tür bei Kamil zugegangen ist, und ich habe keinen Schlüssel gehabt. Aber Kamil ist mein Cousin!«

Den letzten Satz sagte sie ganz laut. Ganz klar, es war doch verrückt. Das Gerede war völlig wirr. Karin presste ihre Lippen aufeinander, das tat sie immer, wenn sie nicht weiterwusste. Wenn Fabian dieses Mädchen tatsächlich kannte, konnte sie doch nicht einfach die Tür zuwerfen, nein, unmöglich, was, wenn es ausgerissen war oder vermisst wurde?

»Weil ich bin ja mit Fabian zusammen.«

»Was?«

»Sind Sie seine Mutter?«

Karin nickte automatisch.

»Ach so, ja, letztes Mal waren Sie nicht da. Ist er nicht da, oder was? Ich hab ihn nicht anrufen können, weil mein Handy hab ich verloren, oder ich glaube, eigentlich ist es mir gestohlen worden wahrscheinlich, weil es war fast neu, wo ist er denn?«

Sie plapperte, als würden sie sich kennen. Karin fühlte sich unwohl, vielleicht war es eine Stalkerin. »Fabian ist nicht da«, sagte sie mit fester und starker Stimme, wie sie es in einem Selbstvertrauensseminar vor Jahren geübt hatte. Warum fiel ihr das gerade jetzt ein?

»Wann kommt er?«

Karin presste noch einmal ihre Lippen zusammen. »Ich weiß es nicht«, sagte sie.

Das Mädchen zuckte mit den Schultern. »Dann warte ich, ich kann auch in sein Zimmer gehen, wenn Ihnen das lieber ist.«

Sie zog die Schuhe aus, ging an Karin vorbei und zielte mit einer Sicherheit auf Fabians Zimmer zu, dass Karin sofort klar wurde: Dieses Mädchen war nicht zum ersten Mal hier.

Die Zimmertür fiel zu. Karin rannte ins Wohnzimmer, nahm ihr Handy und rief Fabian an.

Nur die Box, natürlich, im Landhaus hatte er keinen Empfang. Vielleicht log das Mädchen gar nicht und war durch die Hitze nur etwas verwirrt. Aber es sah so anders aus als Fabian und seine Freunde, so sahen die Mädchen hier in der Gegend nicht aus, wie eine, ja, wie eine Prostituierte. Hin oder her, sie konnte das Mädchen nicht einfach im Zimmer sitzen lassen, sie würde mit ihm reden müssen. Es ließ sich bestimmt alles klären. Karin zögerte. Das war doch lächerlich, sie würde doch nicht vor einer Minderjährigen Angst haben, nein, bestimmt nicht.

Karin marschierte entschlossen auf das Zimmer zu und blieb dennoch vor der Tür stehen, um noch einmal tief Luft zu holen. Sie öffnete.

Das Mädchen lag auf dem Bett, es hatte sich eines von Fabians T-Shirts genommen und auf ihrem Schoß lag sein Laptop. Kurz war Karin wütend, was bildete sich diese Göre ein? Einfach hereinzuplatzen und Fabians Sachen zu nehmen? Statt aber etwas dazu zu sagen, meinte Karin nur: »Du hast es dir schon bequem gemacht, fein«, schloss die Tür und stand wieder im Gang. Was war das denn gewesen? Sie schüttelte den Kopf, als müsste sie die Szene abwerfen.

Karin öffnete die Tür erneut, diesmal blieb sie aber nicht einfach stehen, sondern ging in das Zimmer hinein und setzte sich auf das Bett, zu Füßen des Mädchens. Sie sah die Zehennägel, auf denen grüner Nagellack abgeblättert war.

»Ich muss mit dir reden«, sagte sie langsam und ruhig.

Das Mädchen schien das Interesse an ihr verloren zu haben, es starrte bereits wieder in den Computer. »Klar, was ist?«

»Ich habe nicht ganz verstanden, was du hier tust.«

Es sah kurz auf. »Auf Fabian warten«, sagte es, als wäre das das Selbstverständlichste auf der Welt.

»Woher kennst du Fabian?« Karin fühlte sich wie eine Volksschullehrerin, sie artikulierte jeden Buchstaben.

»Vom Weggehen.« Das Mädchen tippte weiter.

»Und woher?«

Das Mädchen reagierte nicht.

»Woher?«, wiederholte Karin.

»Was? Wie woher? Ja vom Weggehen, ich weiß nicht mehr, wie das dort geheißen hat.«

»Und woher weißt du, dass Fabian hier wohnt?«

Das Mädchen sah auf, und es war das erste Mal, dass es Karin richtig zu registrieren schien. Erst jetzt fiel Karin das winzige Piercing auf der Nase auf, das Piercing auf dem Kinn war ihr sofort ins Auge gesprungen.

»Na, weil ich da war.« Es runzelte mit der Stirn, zuckte mit den Schultern und konzentrierte sich wieder auf den Bildschirm.

Karin klappte den Mund auf und wieder zu. Warum hielt sie es für so unmöglich, dass ihr Sohn dieses Mädchen mitgenommen hatte? *Dieses* Mädchen ... Würde es aussehen wie die Mädchen aus Fabians Klasse, hätte sie nicht so ein unangenehmes Gefühl. Wieso machte das einen Unterschied? War sie etwa genauso wie all die anderen Elitemenschen, die andere als minder erachteten?

»Was machst du da?«, fragte sie, sie hatte das Gefühl schwach zu klingen und fragte nur, weil ihr nichts anderes einfiel.

»Facebook«, sagte das Mädchen und gähnte. Karin entdeckte, dass auch seine Zunge gepierct war.

Auf einmal sah es auf. »Haben Sie was zu trinken? Ich meine, außer Wasser. Eistee oder so was.«

»Ich kann nachsehen. Hast du auch Hunger?«, fragte sie.

Das Mädchen nickte, aber es hatte sich schon wieder abgewandt und tippte in den Computer.

Karin flüchtete.

***

»Bin bei Fabian«, schreibe ich. »Handy weg. Schreib von seinem Pad.«

Michelle antwortet: »I love Malik, Herz, Herz, Herz.«

Dass mein Handy weg ist, und ich bei Fabian bin, ist ihr wurscht. Kann mich mal. Ich schaue, wer sonst noch so online ist, und da ist ein grüner Punkt neben Kamil. Ich wünsche mir ganz fest, dass er mir schreibt. Wenigstens hallo. Ich starre auf den blöden Punkt, aber nichts passiert. Michelle postet: »in einer Beziehung«. Sofort schaue ich auf Kamils Status. Aber da steht: »Single.« »Arsch«, sage ich, aber nur ganz leise, wer weiß, so komisch wie Fabians Alte ist, steht sie vor der Tür und lauscht. Und natürlich sage ich »Arsch« nur so, weil ich habe ja einen Freund. Sofort ändere ich meinen Status und sehe mir den von Fabian an. Da gibt es nichts zum Beziehungsstatus. Das finde ich nicht gut. Wir sind ja jetzt zusammen. Das sollten die anderen auch wissen. Wenn da Weiber sind in seiner Klasse oder so, vielleicht stehen sie auf ihn. Da werde ich mit ihm reden müssen. Überhaupt müssen wir reden. Was die Fabian-Alte da alles von mir wissen will, das verstehe ich nicht. Er hat ihr ja sicher von mir erzählt. Also was fragt die so blöd und tut so komisch herum.

Es macht Bling, und da steht: »He«. Kamil! Er hat mir geschrieben, ich pack es gar nicht, das ist voll wuhahawow! Ich schreibe »He« zurück und lösche es wieder. »Wie geht's?« Nein, das ist zu lang. Ich schreib wieder »He!«, aber da kommt schon die nächste Nachricht.

»Was los?«

Ich tippe »nichts«, bin ich zu langsam?, weil da macht es schon wieder Bling.

»Wo bist du?«

Ist er daheim? Ich träume ein bisschen vor mich hin. Sehe, wie Kamil mich sucht. Aber ich bin ja nicht mehr da. Er ist voll enttäuscht und weiß nicht, was er tun soll. Er ist verzweifelt und muss Malik anrufen, weil er unbedingt mit wem reden muss. Malik gesteht ihm dann, dass er auch in mich verliebt ist. Wie Liam in *90210*. Er sagt zu Kamil, das mit Michelle ist nur, weil er sich ablenken muss. Er will Kamil ja nicht im Weg stehen. Ich überlege, wie Kamil dreinschaut, und dann stelle ich mir Malik vor, da macht es wieder Bling.

»Bis dann« schreibt Kamil.

Was »bis dann«? Der grüne Punkt ist weg. Wie, er kann ja jetzt nicht einfach, ich glaub, ich spinn! In dem Moment geht die Tür auf und die Alte steht da. Sie hat ein Tablett in der Hand mit Saft und Broten mit Käse. Ich hasse Käse. Der stinkt, und dann stinkt man aus dem Mund. Mundstinke ist das Schlimmste. Wenn jetzt Fabian kommt, und wir küssen uns, und ich habe Mundstinke, also echt nicht. Sie gibt mir das Tablett. Ich nehme den Käse vom Brot.

»Magst du keinen Käse?«, fragt die Alte. Na was, warum soll ich ihn sonst hinuntertun? »Nein.« Warum kann sie mir nicht einfach Chips geben oder Gummibärli?

»Was magst du denn?«, fragt sie mich.

»Na Pizza, Spaghettis und so.«

»Hm, das habe ich nicht.« Sie schaut mich böse an.

Ich meine, was fragt sie, wenn sie nichts da hat?

»Na ja, vielleicht schmeckt dir ja der Himbeersaft. Ist selbst gemacht.«

Himbeersaft? Ich speib gleich. Wieso machen sie den selber? Saft gibt es überall. Will die mich vergiften, oder was? Ich bin ja kein Baby! Muss Fabian Himbeersaft trinken? Diese rosarote Speibsaufe?

»Ich habe Fabian angerufen, er ist leider nicht zu erreichen«, sagt sie.

»Wo ist er? In einem Keller?«

Der Keller ist nämlich der einzige Ort, wo ich keinen Empfang habe, sonst geht mein Handy überall. Nein, jetzt geht es nirgends mehr, weil ich kein Handy mehr habe! Verdammte Scheiße.

»Er ist bei seinem Cousin in der Steiermark.«

In der Steiermark war ich mit Mama einmal. Sie hat einen Freund von dort gehabt.

»Haben Sie ein Handy übrig?« Ich weiß nicht, warum sie mich jetzt wieder so anschaut, ich habe ihr ja gesagt, dass ich kein Handy mehr habe.

»Nein, leider.«

»Aha.« In dem Moment macht es wieder Bling und Michelle schreibt: »Gehst mit Millennium?«

»Bin nicht da.«

»Wo bist?«

Die Fabian-Alte sagt: »Fabian wird dort auch die nächsten zwei Tage bleiben.«

Ich tippe: »Bei Fabian! Hab ich ja gesagt.« Hinter Fabian mache ich ein Herz. Dann schreibe ich noch schnell: »Ich bin auch voll verliebt«. Michelle braucht gar nicht denken, dass sie die Einzige ist.

»Malik ist so geil«, schreibt Michelle.

Die Fabian-Alte sagt: »Ich glaube, du kannst wieder gehen. Ich sage Fabian, dass du da warst, okay?«

»Nein, das macht nichts, ich bleibe da«, sage ich und schreibe: »Fabian ist saugeil.«

»Was meinst du?«

Fabians Alte nervt mich langsam. Sieht die nicht, dass ich beschäftigt bin?

»Ich bleibe da, ich warte«, sage ich. Damit das klar ist.

»Was meinst du damit, dass du *da* bleibst?«, fragt die Fabian-Alte. »Du kannst nicht da bleiben, Fabian ist ja gar nicht da. Und er kommt erst in drei Tagen.«

Das hat sie mir schon gesagt. Ich glaube, die ist ein bisschen blöd.

»Ich weiß, aber ich warte.«

»Du willst *drei Tage warten*? Drei Tage? *Hier*?«

»Aber ich brauch eh keinen Schlüssel.«

»Du kannst nicht da bleiben.«

»Warum?« Vielleicht hat die Fabian-Alte auch einen Freund. Wie meine Mama. Und die wollen allein sein. Aber es ist ja so viel Platz. »Ich bin leise«, sage ich.

»Darum geht es nicht. Du kannst nicht einfach ... wer sind denn deine Eltern? Die machen sich doch Sorgen.«

»Nein, gar nicht.«

»Wissen die denn überhaupt, wo du bist?«

»Ja sicher. Mama ist eh froh, weil da habe ich ja keinen Platz.«

»Keinen Platz?«

»Ja, Mario ist da, das ist ihr Freund, und da habe ich dann keinen Platz.«

Die Fabian-Alte macht wieder so etwas Komisches mit ihren Lippen. Da verschwindet ihr Mund richtig, das schaut hässlich aus. »Das heißt, du hast zuhause keinen Platz?«, fragt sie und sie ist auf einmal ganz leise.

»Nein«, sage ich. »Und Michelle ist jetzt mit Malik zusammen und ist immer bei ihm. Da will ich dann auch nicht bleiben.« Ich glaube, sie hat nicht ganz verstanden, was ich gesagt hab. »Michelle ist meine Freundin«, erkläre ich. Aber sie schaut noch immer drein, als ob sie keinen Plan hat.

Auf einmal setzt sie sich auf das Bett und starrt mich an. Das ist mir unangenehm, wie die mich da anschaut. Ist die lesbisch, oder was?

»Dass du keinen Platz hast, ist ja nicht gerade toll.«

Ich zucke mit den Schultern, was weiß ich, was die damit meint.

»Wenn du willst, also, ich meine, du kannst natürlich auch Nein sagen, aber vielleicht sollte ich mit deinen Eltern reden?«

»Was?« Was? Also jetzt spinnt die komplett, was will die von meinen Eltern? Mit Papa rede ja nicht einmal ich!

»Das geht doch nicht, dass du bei deiner Mutter keinen Platz hast. Was ist mit deinem Papa?«

Die Frau schaut drein, als ob ich gesagt hätte, dass meine Mama gerade gestorben ist oder so.

»Mein Papa? Zu dem habe ich nicht viel Kontakt, der ist nicht da«, sage ich. Das ist so aber nicht ganz richtig, weil mein Papa ist sicher irgendwo da.

»Das tut mir leid«, sagt Fabians Alte. Sie schaut so aus, wie die Frau bei *Himmlische Familie*, wenn etwas Trauriges passiert.

Ich sage: »Ich kann mein Essen selber zahlen. Ich habe ein

bisschen Geld mit. Und ich kaufe mir selber Eistee.« Mama sagt immer, ich fresse ihr noch das Geld aus der Brieftasche, und dann hält sie mir ihre Brieftasche hin und die ist leer. »Und ich rauche auch nicht!«, rufe ich.

»Raucht Fabian?«, fragt sie und klingt auf einmal gar nicht mehr nett, sondern wie eine Lehrerin, die ich einmal gehabt habe.

»Nein. Und ich habe auch nie geraucht«, lüge ich.

Die Fabian-Alte schaut nicht mehr so drein wie die *Himmlische-Familie*-Mutter. Deshalb sage ich: »Mein Papa ist ganz weit weg.«

Sie setzt sich wieder auf das Bett. »Wo ist er denn?«

»Im Himmel«, flüstere ich.

Das ist eine Lüge, weil mein Papa ist wahrscheinlich in einem Beisl und kippt ein Bier. Aber wenn in der *Himmlischen Familie* wer »im Himmel« sagt, bekommt irgendwer von der Himmlischen Familie Tränen in den Augen. Die Fabian-Alte hat zwar keine Tränen in den Augen, aber sie gibt sich die Hand vor den Mund. Das hat eine Lehrerin früher auch gemacht, wenn die Burschen gesagt haben, dass sie sicher keine Unterhose anhat. Sie haben so laut geredet, dass sie es hören hat müssen.

»Im Himmel?«, fragt sie ganz leise.

»Ja.«

***

»Was meinst du mit ›Sie will bleiben‹? Ich verstehe kein Wort.«

Karin setzte sich auf den Stuhl, ihr Rücken blieb auf dem Kunststoff kleben, genauso wie die Hitze selbst in der Altbauwohnung kleben geblieben war, eine dunstige, feuchte Glocke, die vor keiner Ritze mehr halt machte.

»Ich weiß es auch nicht. Aus ihr ist nichts herauszubringen. Sie …«, Karin flüsterte, »… sie ist auch nicht gerade besonders … *intelligent.*«

Sie traute sich nicht lauter zu sprechen, obwohl Fabians Zimmer weit weg und die Tür geschlossen war.

»Was? Karin, du musst lauter reden, ich höre nichts, ich bin gerade unterwegs.«

»Sie ist – ich kann das jetzt nicht so laut sagen. Wann kommst du?«

»Später. Jetzt mach doch nicht so ein Theater! Die ist ja kein Kleinkind. Sag ihr, dass sie gehen muss.«

»Aber wenn sie sagt, dass sie zuhause keinen Platz hat, was soll ich denn tun?«

»Das ist traurig, aber dafür gibt es das Jugendamt. Karin, ich muss jetzt weiter, wir hören uns, okay? Ich bin so gegen acht da. Schick sie weg.«

Er legte auf. Natürlich hatte er recht, sie musste dieses Mädchen hinauswerfen. Sie wusste gar nicht, wie es hieß. Wie sollte es schon heißen, dieses Mädchen konnte nur einen dieser fürchterlichen Namen haben. Eine Jacqueline oder eine Chantal. Sie wollte den Namen nicht wissen, er war ihr egal, völlig egal. Das Einzige, was sie interessierte, war, wie ihr Sohn – ihr Sohn! – auf die Idee gekommen war, sich mit dieser Jacqueline/Chantal anzufreunden, oder noch schlimmer: Sie mit nachhause zu nehmen, und am allerschlimmsten – nein, nur nicht nachdenken, was sie so alles gemacht haben könnten. Musste sie Fabian zum Arzt bringen?

Sie wollte in das Zimmer gehen und das Mädchen ohrfeigen, oder noch besser: richtig verprügeln. Was hatte dieses kleine Miststück mit ihrem Sohn gemacht? War das die Rache dafür, dass sie Fabian für phlegmatisch und – ganz tief in ihrem Herzen – langweilig gehalten hatte? Nie wurde er wütend, seine Noten waren durchschnittlich, doch nichts interessierte ihn wirklich, er spielte ganz gern Fußball und Playstation, er mochte seine Freunde und seine Oma, doch niemandem gegenüber war er emotional. Nichts berührte ihn. Politisch war er uninteressiert, obwohl er schon wählen durfte, und so wählte er grün, aber nicht aus Überzeugung, sondern weil es alle in seiner Klasse machten.

Karin hatte sich darüber geärgert, ihm gesagt, es wäre ihr lieber, er würde blau wählen und dafür wenigstens wissen, warum. Das war übertrieben gewesen. Dennoch. Er war an nichts interessiert. Nicht einmal Zigaretten hatte Karin bei ihm gefunden. Einmal hatte er sich von zu viel Alkohol übergeben müssen und danach nie wieder zu viel getrunken. Natürlich war sie froh darüber, aber sie hatte sich oft gewundert, wie schnell und einfach er sich überall einfügte, wie problemlos alles funktionierte, wie er selbst die neuen Töchter seines Vaters einfach akzeptierte, als gingen sie ihn nichts an. Und jetzt saß dieses Mädchen hier und behauptete, Fabians Freundin zu sein!

Markus hatte recht, sie konnte sich doch von dieser Proletin nicht auf der Nase herumtanzen lassen. Auch wenn es schlimm klang, was sie von ihrer Familie erzählte, aber wer wusste schon, ob das überhaupt stimmte?

Sie stand entschlossen auf, diesmal würde sie nicht klein beigeben. Vor Fabians Zimmertür blieb sie stehen und klopfte an. Wozu klopfte sie an, war sie verrückt? Sie wohnte hier! Karin riss die Tür auf. Das Mädchen sah sie an.

»Ich kann auch den Käse herunternehmen und nur das Brot essen, wenn Sie sonst nichts haben.«

»*Was?*«

»Zum Essen, ich kann auch nur das Brot essen.« Es deutete mit dem Kopf auf das Tablett, das auf dem Boden stand. Nichts davon hatte es angerührt, aber noch immer hatte es Fabians Computer auf dem Schoß. »Nur den Saft trinke ich nicht, von Himbeersaft wird mir schlecht. Ich mag nur Eistee.«

Fast hätte Karin wieder die Sprache verloren, am liebsten wäre sie gegangen. Aber nein, das durfte sie nicht.

»Du kannst hier nicht warten. Ich ... es ... heute kommt noch Besuch, und da brauche ich das Zimmer.«

»Ach so, kein Problem. Ich schlaf im Wohnzimmer, das stört

mich nicht. Die Couch ist groß und Bettwäsche muss ich nicht haben. Ist da in der Nähe ein Handyshop?«

»Nein!«, rief Karin lauter als nötig. »Du kannst *nicht* im Wohnzimmer schlafen!«

Das Mädchen machte große Augen.

Karin wich dem Blick aus und sah stattdessen Fabians Vater und ihren gemeinsamen Sohn; als der Bub auf die Welt kommt, sich durch den engen Geburtskanal quetscht und mit einem lauten Brüllen das Licht der Welt erblickt, wobei er das natürlich noch gar nicht sehen kann. Kurz darauf wird ihn seine Mutter in den Arm nehmen, sie wird ihn ansehen und glücklich sein, die Hormone, man kennt das ja. Ein Jahr lang wird der Bub in einer Familie aufwachsen, Vater, Mutter, Kind, hübsch klassisch, aber dann verkleinert sich die Familie, Vater und Mutter trennen sich, der Vater wird in Brasilien leben und eine neue Familie gründen.

Noch heute winkt der Vater auf Skype und schickt Fotos über WhatsApp, er ruft an, zum Geburtstag, zu Weihnachten, er hat zwei Mädchen, sie haben dunkle Augen und lockiges Haar, hübsch. Die Mutter sieht das Foto und lächelt plötzlich, als sie ihre alte Liebe entdeckt. Das Foto hat er zu Fabians Geburtstag geschickt, er hat darauf einen Ansatz grauer Haare und sie erschrickt. Wie alt sie jetzt schon sind. Die Jahre ziehen vorüber, der erste Zahn des Buben, die ersten Wörter, wenig Schlaf, glückliche Momente, traurige Momente, der zerplatzte Traum der Familie, nach der sie alle suchen, Emanzipation hin oder her, keine sieht sich als Alleinerzieherin und ist es dann doch. Familie als eine Idee, mehr nicht, kaputtgegangen, bevor es noch wirklich angefangen hat, durchwachte Nächte, Einsamkeitsgefühle und pubertäre Beziehungen, noch immer und immer wieder, trotz Kind nicht erwachsen, wie kann man sich noch immer angesprochen fühlen, wenn von Jugend die Rede ist, zu der sie seit fünfzehn Jahren nicht mehr gehört? Oder seit zwanzig?

Sie sah wieder das Mädchen an, aber nichts von sich selbst und ihrer Erinnerung konnte sie in dessen Augen entdecken.

»Ich könnte putzen!«, schlug es auf einmal vor.

»Was?«

»Putzen, ich kann gut putzen.«

Karin schüttelte den Kopf. »Ich habe eine Putzfrau.«

Das Mädchen hatte Tränen in den Augen. Nein, das hielt sie nicht mehr aus, sie musste diesem Theater ein Ende setzen, sie war keine Heilige und nicht verantwortlich. »Es geht nicht, du kannst nicht hierbleiben.«

Tatsächlich kullerte eine Träne über die Wange des Mädchens, hinterließ eine schwarze Spur auf der feinen, jungen Haut und tropfte dick und zäh auf die Bettwäsche.

»Ich kann dich zu deiner Mutter begleiten und mit ihr reden. Oder ich kann mit dir zum Jugendamt gehen.«

»Jugendamt«, schnaubte das Mädchen, es klang zornig, die Träne hatte sich schon lang in den Stoff eingegraben. »Ich brauch kein Jugendamt, da kann ich gleich heimgehen.«

»Aber wenn du nirgends hinkannst, gibt es beim Jugendamt Hilfe. Ich habe sogar eine Bekannte dort, ich kann einmal fragen.«

Das Mädchen schob den Computer vom Schoß, es sagte kein Wort, stellte ihn auf den Schreibtisch und klappte ihn zu, ohne ihn abzuschalten, dann ging es an Karin vorbei, ohne sie eines Blickes zu würdigen, hinaus zum Vorraum, und zog sich die Schuhe an.

»Aber wissen Sie, unsere Liebe können Sie nicht verhindern, weil wir gehören voll zusammen, Fabian und ich.«

Karin hörte, wie die hohen Schuhe auf dem Boden kurz klapperten, dann fiel die Tür so leise ins Schloss, dass Karin sich wunderte. Plötzlich fiel ihr ein, wo sie das Mädchen schon einmal gesehen hatte: beim Ü-30-Clubbing.

***

Der Herbst zog mit einer windigen Kälte über die Stadt, die die Hitze des Sommers schnell vergessen machte. Vom Bikini ging es übergangslos in die Winterjacke, die Blätter fielen nicht, sie warfen sich von den Bäumen und bedeckten die Straßen mit braungelbem Gatsch. Karin konnte den Herbst nicht leiden, diesen grauen, nassen Vorboten des Winters, der Jahreszeit, die sie richtig hasste.

Ani diFranco zog ihre Stimme über den Abend, der nichts mehr von sich geben würde außer Müdigkeit. Sie lehnte sich zurück und schloss die Augen, eine depressive Stimmung hatte sie erfasst und würde sie in nächster Zeit nicht loslassen.

Ihr fiel eine Therapie-Sitzung vor rund zehn Jahren ein. »Wo sehen Sie sich in zehn Jahren?«, hatte die Therapeutin damals gefragt. »Zumindest nicht mehr hier«, hatte sie geantwortet. Doch sie war noch immer hier. Nur die Bilder auf der Wand hatte sie getauscht, ihre eigenen Farbkleckse gegen echte Werke, Kindereien gegen ernst zu nehmende Künstler, zu denen sie in ihren Träumereien immer noch zählte. Natürlich, ihre Situation hatte sich sehr wohl geändert. Sie hatte in Markus einen ernst zu nehmenden Partner gefunden, nicht vergleichbar mit den unzuverlässigen Männern, mit denen sie sich jahrelang geplagt hatte.

Es gab nichts, worüber sie sich beschweren konnte. Hatte sie die Midlife eingeholt? Sie war nicht die Einzige, die sich wünschte, alles anders gemacht zu haben. Ihren Freundinnen und Bekannten ging es nicht anders. Der Ärztin genauso wie der Anwältin, der Sozialarbeiterin wie der Lehrerin, Paaren wie Singles, Müttern wie Kinderlosen, sie alle saßen im selben Boot, träumten von der Veränderung, vom neuen Job, der besseren Beziehung, einer richtigen Familie. Gleichzeitig wussten sie, dass es nicht mehr anders werden würde, das war vielleicht die Gewissheit, die sie Zwanzigjährigen voraushatten. Jede Beziehung brachte Schwierigkeiten, jeder Job nervige Kollegen und unfähige Chefs, die absolute Veränderung gab es nicht. So waren sie ausgelaugt und abgefüttert, abgepackt und eingeschlichtet in ein passendes Regal. Und gleichzeitig der Luxus, sich überhaupt Gedanken machen zu können, was man gern tat. Manchmal – und es war ihr vor sich selbst peinlich – erwischte sie sich dabei, die Generation ihrer Eltern zu beneiden. Die Frauen, die diesen Luxus nicht hatten, sich entscheiden zu dürfen. Heiraten, Kinder bekommen, Ehen aufrechterhalten und Haushalte ... gute alte Zeit, Maggigeschmack, Zigarettenqualm und Dauerwellen. Heutzutage musste nicht nur alles unter einen Hut passen, es war noch dazu auch notwendig, im Job gut zu sein und ihn zu mögen, sich mit den Kolleginnen und Kollegen zu verstehen, als Mutter glücklich zu sein, als Partnerin begehrenswert und sexy, und trotzdem respektiert zu werden. Sie kämpften gegen diese Hollywoodklischees an und waren ihnen gänzlich verfallen.

Weil es niemand schaffte, alles unter einen Hut zu bringen, diktierten Ratgeber und Experten, sich in mehr Gelassenheit zu üben und sich selbst nicht so wichtig zu nehmen. Das war der Schlüssel zu einem glücklichen Leben, dem alle hinterherhechelten. Gelassenheit, Dinge hinnehmen und nicht so ein Drama um alles zu machen. Depressionen, Burnout, Panikattacken waren längst Smalltalk-Themen, sogar beim Friseur tauschte man sich über Antidepressiva aus.

Karin setzte sich auf die Couch, öffnete das iPad und loggte sich auf Facebook ein. Einer ihrer ehemaligen Studienkollegen hatte seine Ausstellung gepostet. Sie hatte ihn als völlig untalentiert empfunden. Facebook konnte so deprimierend sein. Mit einem Mal fiel ihr das Mädchen im BH wieder ein.

Auch wenn sie sich alles andere als so eine Freundin für Fabian wünschte – sein Verhalten war letztklassig gewesen. Er hatte sich absolut unkorrekt aufgeführt. Zuerst hatte er sich zu rechtfertigen versucht und gemeint, er wäre gar nicht an ihr interessiert gewesen, doch sie hätte ihn nicht in Ruhe gelassen. Karin wollte daraufhin wissen, wieso er sie dann nachhause mitgenommen hatte.

»Fürs Bett war sie dir offensichtlich gut genug«, hatte Karin geschimpft.

Fabian war blass geworden. So etwas passierte selten, er zeigte kaum Reaktion, und sein Gesichtsausdruck änderte sich so gut wie nie. Es war ein peinliches Gespräch geworden, das zu nichts führte.

Sie hatte ihn nicht bestraft, was hätte sie auch tun sollen? Ihm das iPad wegnehmen? Er war fast erwachsen. Sie ließ ihn spüren, wie enttäuscht sie war, und war wieder über sein Phlegma erstaunt. Er zeigte weder Reue noch Einsicht, wochenlang blieb ihre Kommunikation eisig und auf das Wesentliche beschränkt, aber das schien ihn nicht weiter zu stören.

Jetzt waren Monate vergangen, und sie hatte nicht mehr mit ihm darüber geredet. Über die Sache war Gras gewachsen, andere Dinge wichtiger geworden. Es war Fabians letztes Schuljahr, wen interessierte da noch ein Mädchen, das ihm die Jungfräulichkeit genommen hatte? Wen wohl. Seine Mutter.

***

»Bitte?«

»Ein Kornspitz, ein Semmerl und ein Stück Marillenkuchen, extra verpackt.«

Na was denn sonst, blöde Kuh. Ich stopfe den Kornspitz und die Semmel in ein Sackerl. Wo ist dieser Papierteller für den Kuchen? Der Kuchen klebt zum Glück nicht. Ich habe einmal einen Kuchen gebacken. Der war mit Schokolade und ganz vielen Eiern, das hat dann auf dem Messer gepickt wie was. Aber gut war er. Ich versuche, das Papier halbwegs hübsch herumzuwickeln. Das gelingt mir nicht so ganz. »Bitte«, sag ich und gebe der Frau das Sackerl und den Kuchen. Das mit der Kassa ist echt schwierig. Ich habe mich sicher schon hundertmal vertippt, seit ich da bin. Aylin sieht zu mir her. Sie tut so wichtig und glaubt, die Bäckerei gehört ihr. Dabei gehört ihr nicht einmal eine von den Semmeln.

»... Bitte?«

»Ein Kornweckerl – das da.«

Der Mann zeigt auf die Vitrine. Da sind fünfhundert Kornweckerl.

»Das da?«, frage ich und zeige mit der Zange drauf. Er schüttelt den Kopf.

»Das daneben?« Ich zeige auf das nächste.

So geht es weiter. Irgendwann treffe ich es zufällig. Dieses Weckerl-Suchspiel mache ich immer. Weil die Leute alle zu faul sind und keiner das Schild darunter liest. Dabei steht alles da: Kerni, Sonnenblumenweckerl, Dreisaatkorn, aber nein, immer mit ihren Fingern auf der Vitrine. Und wir müssen putzen. Ja, schau nur wieder, Aylin. Jetzt habe ich das richtige Weckerl erwischt und stopfe es ins Sackerl.

»Sonst noch was?«

Der Mann wackelt mit seinem Kopf. Das heißt wahrscheinlich Nein. Er schaut mich nicht an. Das bin ich gewohnt. Die Leute sehen mich gar nicht. Die sehen nur das Essen. Außer Aylin. Die sieht nur mich. Ja, du Bäckereipolizei du, mir egal. Ich vertippe mich nicht. So schlecht mache ich das gar nicht.

»Sonst noch was?«, frage ich.

Der Mann nimmt das Sackerl und geht.

»Alles klar?«, fragt Aylin.

Sie lächelt, und das mag ich schon gar nicht. Die ist sicher eine falsche Schlange, die hinter meinem Rücken böse Sachen erzählt. So wie Annie in *90210*. Leute, die hinter dem Rücken anderer herumreden, oder einem ins Gesicht lachen und was anderes dabei denken, sind das Letzte.

»Alles super«, sage ich und lächle. Sie dreht sich weg. »Grüß Gott, bitte?«, sagt sie.

Den überlasse ich ihr, soll sie ruhig auch mal was tun. Ich

schaue, ob alle Weckerl hübsch geordnet sind. Jetzt ist es bald 10 Uhr. Das Schlimmste ist vorbei. Ich will eine rauchen. Aber dafür muss ich Aylin fragen. Und das will ich nicht. Sie ist ja nicht meine Chefin. Ich meine, so ein bisschen meine Chefin ist sie schon, weil ich ja noch nicht lang da bin und mich noch nicht so auskenne. Aber sagen lasse ich mir von der sicher nichts. Ich beuge mich hinunter und ordne die Weckerl. Damit es schön ausschaut. Das müssen wir machen, hat die Frau beim Einstellungsgespräch gesagt. Schön ausschauen kann ich.

»Grüß Gott«, sagt da wer. Ich guck und ich falle fast um. Mir bleibt das Herz stehen. Da ist Sheldon!

»Heee!«, rufe ich mit hundert Rufzeichen. »He, Alter, wie geht's, was machst, wo bist, urlang nicht mehr gesehen!«

Sheldon bekommt sofort eine ganz rote Farbe im Gesicht. »Hallo, ja, was machst, also mit dir, nein, Zufall, was?«

Er grinst in seinem Sheldon-Style und stottert herum. Ich möchte hinauslaufen und ihn umarmen. Aber Aylins Augen fallen fast heraus, also lasse ich es.

»Was, also, wie ... warum bist du da?«

»Na ja«, sage ich und versuche mich ein bisschen weiter nach vor zu stellen, damit Aylin nicht alles mithören kann. »Weißt eh, ich habe da im Soli gearbeitet und das war nicht so meins. Dann habe ich eine Zeit lang nichts getan. Ein bisschen geschaut und so. Und dann hat mir eine Freundin gesagt, die Michelle kennst du ja, die hat dann gemeint, eine andere Freundin von ihr arbeitet in einer Bäckerei und die suchen wen für eine Filiale da in der Stadt. Ich hab mich beworben und wumm, da bin ich.«

»Aha, aha«, sagt Sheldon, aber mir kommt vor, er interessiert sich nicht wirklich dafür. Die ganze Zeit dreht er seinen Kopf herum.

»Wartest du auf wen?«, frage ich.

Aber er sagt Nein, und dann sagt er: »Magst du zu uns zum Essen kommen, in zwei Tagen?«

»Ja!«, rufe ich.

Er nickt und will gehen.

»Du hast ja noch gar nichts gekauft«, fällt mir ein.

»Ach ja, genau. Ein, ja, also, ich ... falls, na ja, ein ... das da.«

Er tapscht mit seinem Finger auf die Vitrine, aber bei ihm werde ich nicht böse.

»Bitte schön.« Am liebsten würde ich ihm das Weckerl schenken. Obwohl Aylin gerade nicht herschaut, weiß ich genau, dass sie mich kontrolliert.

»85 Cent«, sage ich.

Sheldon – *Fabian*! – gibt mir einen Euro.

»Passt schon«, sagt er und reißt mir das Sackerl aus der Hand. Er muss es echt sehr eilig haben.

»Ruf mich an«, brülle ich ihm nach, »oder *ich* melde mich!«

Er sagt nichts mehr, weil er schon weg ist. Ich muss sofort eine Nachricht an Michelle schicken. Warum muss genau jetzt jemand hereinkommen, wo ich keine Zeit habe und whatsappen will?

»Bitte?«

Eine alte Frau steht da. »Ich schau noch«, sagt sie.

Das gibt es ja nicht. Was muss man da schauen? Die soll irgend so ein Schasweckerl nehmen. Mit wenig Körnern, sonst kann sie es sicher nicht mehr beißen.

»Sagen S', was ist denn in dem da drinnen?« Ihr runzeliger Finger zeigt irgendwohin.

»Da?«

»Nein, das daneben.«

Das ist ein Oliven-Ciabatta, was soll denn da drinnen sein?

»Oliven«, sage ich.

»Aha, und was noch?«

»Ja, Mehl und Backpulver.«

»Ach so. Nein, das ist nichts. Was ist denn das da?«

»Ein Müslistangerl. Mit Rosinen.«

»Nein, Rosinen, das ist mir zu süß, nein, geben Sie mir ... da, was ist das?«

Wenn die nicht weitertut, hau ich ihr mit meiner Zange eine drüber.

»Ein Sesamweckerl, da ist Sesam drauf und drinnen.«

»Aha, na ja, nein, ich nehme das mit Oliven.«

Sie streckt mir einen 100-Euro-Schein her. Ich meine, was soll ich mit 100 Euro? Da brauche ich ja ein Jahr, bis ich das alles wieder herausgegeben habe!

Mir fällt der Schein hinunter. Scheiße. Mitten in den Zucker auf den Topfengolatschen. Ich fische ihn mit der Zange heraus. Mit den Fingern darf man die Sachen nicht angreifen. Das hat mir die Frau beim Einstellungsgespräch fünfmal gesagt. Aber das Wechselgeld muss ich mit den Fingern geben. Ich schaue auf die Kasse. Wie viel? Da steht nichts. Warum steht da nichts? Habe ich es nicht eingegeben? Sheldon hat mich jetzt ganz durcheinandergebracht.

»Aylin, ich glaube ...«

»Was ist?«

Sie stößt mich weg. Das ganze Wechselgeld in meiner Hand fällt in die Vitrine. Zwischen den Kuchen und den Weckerln sind überall Euros und Cents, die sicher vorher 100 000 Leute in den Fingern gehabt haben, jetzt ist also alles voller Bakterien und Keime und so was. Auf den Händen sind die meisten Bakterien, da werden die ärgsten Krankheiten übertragen.

»Pass doch auf!«, sagt Aylin.

Da kann ich jetzt aber echt nichts dafür. Ich muss mich anstrengend, damit meine Schürze nicht auch noch voller Zucker und klebriger Glasuren ist.

»Hast du nicht in die Kasse getippt, oder was?«, fragt Aylin.

Ich zucke mit den Schultern, weil ich es ja nicht mehr weiß.

»Na super«, sagt sie ganz leise und dann laut »Entschuldigen, was haben Sie gehabt?«

Aylin kann gar nicht gescheit Deutsch, und es ist peinlich, wenn sie wienerisch redet. Aber ich sage nichts, eigentlich ist mir das alles eh wurscht.

Weil, dass Sh…-Fabian da jetzt zufällig was gekauft hat, das ist kein Zufall. Das ist Schicksal. Wie bei *Alles was zählt*, da ist es auch Schicksal gewesen, dass es für Katja gut gelaufen ist.

Seit einer Woche sind Lukas und ich getrennt, und ich wohne wieder bei Mama, also mehr Schicksal als Sh-Fabian jetzt zu treffen geht gar nicht.

Aylin gibt der Frau das Wechselgeld aus der Kasse, und ich werfe die verklebten Münzen hinein. Dann ist endlich nichts mehr los, und ich kann kurz auf das Handy schauen. Vielleicht hat mir Fabian geschrieben? Aber es sind nur langweilige Nachrichten von Michelle und eine von meiner Mama.

»Julia, kannst du die Semmeln?« fragt Aylin und zeigt mit ihrem Kopf auf den Ofen.

Am Ofen herumtun mag ich gar nicht. Dabei habe ich mich schon einmal ganz schlimm verbrannt. Überhaupt könnte das Aylin ruhig selber machen, aber die behandelt mich wie eine Hilfsarbeiterin, das ist so eine Frechheit. Die kann nämlich nicht einmal richtig reden, und wenn sie »Weckerl« sagt, dann verschluckt sie das R, dabei ist sie keine Chinesin, weil die können kein R, das weiß ja jeder. Dumm ist sie auch, ich habe ihr das nämlich erzählt mit den Chinesen und dem R, und sie hat gesagt, das hat sie noch nie gehört.

Ich bin seit drei Wochen da und finde es jetzt schon fad. Ich mache den Backofen auf und es heizt heraus. Die Semmeln schauen alle gut aus, nicht zu hell und nicht zu dunkel. Aber ich habe gar keine Lust auf Semmeln. Wenn man etwas immer haben kann, ist es fad. Das hat Katy Perry einmal in einem Interview gesagt.

Was vom Gebäck bleibt, können wir mit heim nehmen. In der ersten Woche habe ich einen Gugelhupf mitgehabt, zwei Kilo Brot und x Weckerl, und Lukas und ich haben alles weggegessen. Die Woche drauf haben wir das alles nicht mehr sehen können.

Ich bekomme eine Nachricht. Ich werfe die Semmeln in den Korb und hole das Handy heraus. Eigentlich dürfen wir beim Arbeiten nichts mit dem Handy machen. Aber daran hält sich nicht einmal die Aylin-Schnepfe. Fabian, Fabian, denke ich ganz fest. Denken hilft beim Wünsche-Erfüllen. Das ist in *Vampire Diaries* manchmal so. Aber es ist nur Lukas. Er schreibt, dass ich noch Sachen bei ihm habe. Trottel. Der will nur, dass ich wieder zu ihm komme. Aber das will ich nicht mehr.

»Was?« schreibe ich zurück.

»Schwarze hose und ring. kannst heute um sechs holen. Schlüssel liegen lassen.«

»Komm nur, wenn du nicht da bist«, tippe ich.

»Ok« kommt zurück.

Gut, bleibt mir wohl nichts anderes übrig. Jetzt ist es elf.

»Die Brote sind aus, die müssen auch in den Ofen, und da sind die gefüllten Sachen, die gehören aufgefüllt. Ich mache schnell eine Rauchpause«, sagt Aylin.

Warum bin ich mit der in einer Filiale? Ich kann das sicher besser als sie. Mein Leben lang will ich das aber nicht machen, ich will Schauspielerin werden. Das ist in Österreich nicht so leicht. Da gibt es ja nicht viel Film.

»Scheiße!«

Jetzt habe ich mich doch verbrannt.

***

Immer dieses dumme Schloss. Ich kratze herum und probiere, knie mich hin – endlich. Der Schlüssel ist drinnen. Aber drehen geht nicht.

»So eine Scheiße!«, brülle ich.

Gegenüber geht eine Tür auf. Eine uralte Alte schaut von einer Tür heraus. »Suchen S' was?«, fragt sie. Ihre Stimme ist die von einer Hexe.

»Nein, ich will nur hinein.«

Sie starrt mich weiter an. »Ist das Ihre Wohnung?«

»Ja, nein, na ja.« Ich mache wieder weiter.

»Wollen S' die Wohnung ausrauben?«

»Nein. Da sind Sachen von mir drin, die will ich holen«, sage ich.

»Was ist?«, fragt sie und hält die Hand an ihr Ohr.

»Ich will nichts ausrauben!«, brülle ich so laut, wie ich kann.

Sie macht die Tür wieder zu. Auf einmal macht es Krabumm!, und endlich ist die Tür offen. Ich weiß nicht, wie das gegangen ist. Der Schlüssel hat noch nie funktioniert, dabei ist es ein ganz neues Haus.

Im Zimmer schaut es voll aus, aber ich bin nicht mehr zum Saubermachen da. Ich habe immer aufgepasst, dass es ordentlich ist. Aber Lukas kann an einem Tag wieder einen Saustall machen. Das Bett ist noch ausgezogen. Das hat bei mir nie so ausgesehen. Auf dem Tisch kleben Pizzareste. Pfui! Aber das ist alles nicht mehr mein Problem.

Meine Sachen sind auf einem Haufen auf dem Boden. Es liegt sicher noch was irgendwo, aber ich mag gar nicht suchen. Die zwei Monate mit ihm waren genug.

Michelle schickt mir eine WhatsApp. Ein Daumen hoch. Sie ist noch immer mit Malik zusammen, die können bald heiraten, wenn das so weitergeht.

Ich nehme meine Sachen, aber so wenig ist das gar nicht. Dafür brauche ich ein Sackerl oder so was. Aber da ist nichts. In einer Ecke liegt eine Sporttasche, da steht D&G drauf. Lukas ist voll auf Marken. Ich finde das gut. Wir haben gar nicht so schlecht zusammengepasst. Lukas war voll mein Typ: helle blonde Haare, auf der Seite wegrasiert, braun und voll trainiert. Er macht viel Sport. Überall in der Wohnung liegen Hanteln herum, sogar eine riesige Langhantel. Ich habe sie einmal aufheben wollen und danach drei Tage ein schiefes Kreuz gehabt.

Wir haben uns auch nicht so viel gesehen. Lukas hat jeden Tag bis um vier gearbeitet und dann ist er immer ins Studio. Am Anfang hat mir das nicht so viel ausgemacht, weil ich mit mir selbst ja was anfangen kann. Zumindest wenn ein Fernseher da ist. Mit der Zeit ist es schwierig geworden, wir haben uns auseinandergelebt. Wie bei *Unter uns*, da hat sich Sina mit einem Typen auseinandergelebt, weil sie nichts mehr miteinander gemacht haben. Genauso war es bei mir und Lukas. Ich habe mich bemüht und bin sogar mit ihm ins Studio. Mindestens dreimal war ich dort. Aber das war so anstrengend, und anstrengend mag ich nicht.

Ich nehme die Tasche und packe meine Sachen hinein. Er hat so viele Sporttaschen, ich glaube nicht, dass sie ihm abgehen wird. Außerdem borge ich sie mir ja nur aus. Er kann sie sich holen, wenn er mag. Vielleicht merkt er es nicht, dann kann ich sie behalten. Außerdem, wo soll er sie denn holen kommen? Ich habe keine Ahnung, wo ich in nächster Zeit wohnen werde.

Ich hänge mir die Tasche herum und sehe mich im Spiegel an. In Lukas' Wohnung sind ganz viele Spiegel. Er schaut immer seine Muskeln an. Wenn ihm vorkommt, dass irgendein Muskel geschrumpft ist, isst er sofort ein rohes Ei. Das habe ich einmal probiert. Er hat gesagt, das baut die Muskeln auf. Danach habe ich die ganze Nacht gekotzt. Muskel habe ich keinen bekommen. Manchmal hat er Pulver und so Sachen geschluckt, von denen ist mir auch schlecht geworden.

Also ich finde, die Tasche passt mir ausgezeichnet. Bei mir sieht man sie wenigstens. Wenn Lukas so eine Tasche trägt, verschwindet sie fast, weil er so groß und breit ist.

Lukas hat einen Nacken wie ein Stier, und Arme, die breiter sind als die von Malik. Ich überlege, ob ich ihm einen Brief da lassen soll. Einen Brief schreiben ist so romantisch. Aber das geht nicht, weil ich keinen Zettel und keinen Kuli finde. Also lasse ich das mit dem Brief wieder. Ich habe sowieso keine Idee, was ich hineinschreiben soll. Deshalb gehe ich und lasse die Tür zufallen. Zusperren ist eh umsonst.

Ich rufe Michelle an, sie hebt nicht ab. Scheiße. Dann versuche ich es bei Nadine. Aber die hebt auch nicht ab. Ich schicke ihr eine WhatsApp. »Kann ich bei dir übernachten?«

Ich sitze schon in der U-Bahn und hab immer noch keine Antwort bekommen. Und dann fällt mir auf einmal etwas ein, das ist wie eine Eingebung bei Phoebe von *Charmed*. Zuerst taucht Sheldon in meinem Kopf auf. Es war ja kein Zufall, dass wir uns getroffen haben. Das hat eine tiefe Bedeutung. Vielleicht heißt es, dass ich zu ihm muss! Wir haben ja nicht gleich zusammengefunden. Aber jetzt ist es für uns so weit. Sieg für die Liebe eben, so wie bei Marlon und Sophie von *Marienhof*, die haben auch länger gebraucht. Das war am Ende zwar blöd, weil Sophie sich mit Tabletten vollgestopft hat, aber wurscht, das kann ich ja auslassen. Ich bin mir sicher, es war Schicksal, dass Fabian genau bei mir ein Weckerl gekauft hat. Ich meine, das muss man sich einmal vorstellen, es gibt so viele Bäckereien in der Stadt, mindestens 30 000 oder so, aber er sucht sich gerade meine aus. Auch wenn er da in der Nähe wohnt, es gibt trotzdem den Resch, den Ofenfrisch, die Weizenkleie, und was weiß ich was alles. Aber er kommt genau zu unserer Filiale! Dann lädt er mich zum Essen ein! Das heißt, dass er noch voll verliebt in mich ist und unbedingt mit mir zusammen sein will. Ja, so ist es, er will mich zurück. Ich stell mir vor, wie wir zusammen auf seinem Computer eine Serie anschauen und bemerke gar nicht, dass wir schon bei der Endstation sind. Da wohnt Mama in der Nähe.

»Alles aussteigen!«, schimpft der Schaffner. Warum schimpfen die immer so? Ich steige aus. Es ist schon spät. Vielleicht rufe ich Fabian an. Ich habe ihn damals nicht angerufen. Da war ich dann mit Kamil so irgendwie zusammen, aber das ist jetzt alles vorbei. Sogar mit Lukas ist es aus. Das ist auch Schicksal. Ich bin frei für Fabian. Gott sei Dank muss ich das mit der Bäckerei nicht mehr lang machen. Das schlaucht so. Jeden Tag muss ich um fünf aufstehen! Es wird jetzt jeden Tag schlimmer, weil es ja schon dunkel ist in der Früh.

Ich schaue auf die Uhr in der Station, die Leute drängeln sich an mir vorbei. Warum immer alle so drängeln müssen! Langsam gehe ich hinauf. Mama muss schon daheim sein. Für eine Nacht werde ich bleiben. Oder eben zwei. Ab dann bin ich bei Fabian.

***

»Und, nicht schlecht, oder?« Marianne wies mit ihrem Kopf zu einer Installation.

»Ja, schon gut«, erwiderte Karin.

Die Künstlerin war jung und hübsch. Karin stellte sich selbst vor, im Rampenlicht zu stehen. Sie trank ihren Prosecco aus. Marianne hielt eine kleine Rede. Die Vernissage war gut besucht. Ein Vorteil, dass die Galerie so klein war, sie war gleich gut gefüllt. Karin grüßte einige Bekannte. Sie hatte sich schon durch einige Smalltalks gequält und wollte so rasch wie möglich verschwinden.

Gegenüber nickte ihr ein Mann zu. Karin verschluckte sich fast. Mit ihm hatte sie nicht gerechnet. Sie lächelte und sah schnell weg, spürte aber seine Blicke auf sich.

Gerro war ihr seit Jahren nicht mehr begegnet. Er sah aus wie immer: graue, wollige Jacke und ein Bart, die Schläfen vielleicht etwas grauer als früher. Sie musste so schnell wie möglich verschwinden, sie würde noch die Rede abwarten und dann nichts wie weg.

Leider musste sie an ihm vorbei. Es gab keinen anderen Fluchtweg.

Die Besucher applaudierten, Karin hatte Mariannes abschließende Worte nicht mehr mitbekommen. Sie klatschte ebenfalls, nahm ihre Tasche und versuchte sich an ihm vorbeizuschwindeln. Ein günstiger Moment, er sprach gerade mit der jungen Künstlerin, was sonst.

»Ja hallo, Karin!«, sagte er plötzlich, als sie schon die Türklinke in der Hand hatte.

»Hallo, na wie geht's? Du, ich muss gleich los ...«

»Ach was, ein Glas, das geht sich aus, oder? Komm schon.« Er lächelte, und seine Augen wurden zu kleinen Schlitzen.

Gerro hatte es schon immer geschafft, sie zu überreden. Er war charmant, hatte Witz und war ein Frauenheld. Das konnte Karin bestätigen. Ihre knapp zwei Monate andauernde Affäre war aufregend gewesen, und am Ende war die Bruchlandung erfolgt.

»Na gut, ein Getränk.«

Sie schloss die Tür wieder. Er fing sie sofort mit einem Scherz ein, erzählte von übereifrigen Studierenden, langweiligen Kolleginnen und aufregenden Reisen. Gerro war nicht umsonst so beliebt, er war ein talentierter Geschichtenerzähler, die Leute liebten seine Anekdoten. Als Universitätsprofessor verfügte er über ein beachtliches Netzwerk, auf das Karin genauso gehofft hatte wie alle anderen, die nach ihr in seinem Bett landeten.

»Und, wie sieht es bei dir aus? Glücklich verheiratet?«

»Glücklich ja, verheiratet nein.«

»Das klingt ja hervorragend.«

Sie strahlten einander an, als müssten sie sich gegenseitig beweisen, wie gut es ihnen ging.

»Ich hoffe, du bist auch noch brav am Werken?«, fragte Gerro und wies mit dem Kopf auf eine Installation.

»Derzeit nicht, ich habe zu viel zu tun.«

Karin hasste die Frage. Sie fühlte sich immer ertappt, als müsste sie sich entschuldigen.

»Wäre aber schade«, meinte Gerro schmeichelnd. »Ich habe immer an dich geglaubt.«

Denselben Satz hatte er gebraucht, als er sie vor Jahren erobern wollte. »Ich glaube an dich, du hast Talent.« Er würde ihr helfen, hatte er behauptet, sie bekannt machen, sie würde es schaffen, sie hätte den notwendigen Biss, das Durchhaltevermögen. Leere Sprüche, schale Floskeln, alle liegen geblieben auf seinem schwarzen Leintuch.

Er hatte sie nach zwei Monaten ausgetauscht, es gab immer neue Talente, die entdeckt, erobert, ausprobiert und verkostet werden wollten. *Verkosten*, erinnerte sich Karin, das Wort hatte er tatsächlich benutzt.

Der Sex mit ihm war nicht einmal gut gewesen, eine aufwendige, akrobatische Angelegenheit, keine Spur von Erotik oder gegenseitigem Respekt. In der Kunstszene wimmelte es von diesen Männern, die sich im schlimmsten Fall auch noch als Feministen bezeichneten. Er hatte sie ausgenutzt und sich selbst nicht ausnutzen lassen, so einfach war es zusammenfassend gewesen. Ihre Rechnung war nicht aufgegangen. Er machte sie mit niemandem bekannt, versteckte sie unter seiner Bettdecke. Doch sie hatte nicht aufgegeben. Nach dem Erfolg ihrer ersten Ausstellung hatte sie noch daran geglaubt, als Künstlerin durchzustarten, egal ob mit oder ohne Gerros Hilfe. Es war ein Trugschluss gewesen, die zweite Ausstellung war ein veritabler Flop geworden. Zu wenig Publikum, kaum Echo. Sie hatte Geld gebraucht, ihr Sohn war gerade zwei Jahre alt geworden und sie wollte nicht länger ihre Eltern anbetteln müssen.

Es war immerhin einfach gewesen, die Schuld ihrer misslungenen Kunstkarriere auf Fabian zu schieben. »Ich muss an andere Dinge denken, ich habe ein Kind«, hatte sie als Ausrede dafür benutzt. Dabei hatte sie einfach aufgegeben, nicht mehr daran geglaubt, das war alles.

Andere jedoch hatten von Gerro profitiert. Wie sie es geschafft hatten, blieb Karin ein Rätsel.

»Wie geht es deiner Tochter?«, lenkte sie ab.

»Sehr gut, weißt du überhaupt, dass ich vor Kurzem ein Kind bekommen habe?«

Karin schüttelte erstaunt den Kopf, damit hatte sie wirklich nicht gerechnet.

»Nicht schlecht für fünfzig, was?« Er grinste anzüglich. »Noch alles voll funktionstüchtig.« Er lachte übertrieben, wahrscheinlich hatte er schon Einiges getrunken.

»Gratuliere. Mädchen oder Bub? Wie alt?«

»Ein Bub, ein toller Kerl, drei Wochen alt.«

Karin verkniff sich, nach der Mutter zu fragen.

»Die Installationen sind toll, was?« Er redete übertrieben laut. Die Künstlerin ging gerade an ihnen vorbei. »Kein Wunder bei der tollen Künstlerin.« Er kitzelte den Nacken der Frau, die sich lachend umdrehte. »Hallo«, sagte sie und stellte sich zu ihm. Karin war für ihn Luft geworden, er beachtete sie nicht weiter. Sie trank den Wein aus, stellte das Glas zurück auf den Tisch und stellte sich vor, wie befreiend es wäre, das Glas auf seinem Kopf zu zerbrechen.

***

Ich klopfe, weil ich den Schlüssel nicht finde. Mamas Schritte kann ich hören, sie hat so Schlapfen mit ein bisschen Absatz. Sie machen Klackklack. Ohne Absatz geht Mama nur ins Bett, weil sie so klein ist. Die Tür geht auf, sie ist nicht geschminkt und hat ihre Haare unordentlich zusammengebunden. Das macht sie immer, wenn sie putzt.

»Ah, du. Na hurra.«

Sie schaut nicht so drein, als ob sie sich wirklich freut. Ich gehe ihr nach.

»Schuhe draußen aus!«, ruft sie, und ich ziehe meine Schuhe aus. Im Wohnzimmer ist alles in eine Ecke geschoben. Mama geht zum Tisch und nimmt eine Tschick.

»Kannst gleich mitmachen«, sagt sie und drückt mir ihren Bodenwischer in die Hand.

Bodenwischen ist das Allerletzte. Aber was bleibt mir übrig? Ich lege meine D&G-Tasche ab und nehme den Stiel.

»Wo hast die her?«, fragt Mama.

»Geschenk«, sage ich.

»Türkenmarkt?« Sie raucht aus, dann holt sie den Staubsauger und verschwindet im Zimmer.

Ich wische den Boden und denke: Es ist das letzte Mal. Ab morgen fängt mein neues Leben an. Diesmal klappt es mit Fabian, das spüre ich. Und Frauen haben einen sechsten Sinn für so was. Oder einen fünften? Ist ja egal.

Ich tauche den Fetzen in das schaumige Wasser. Au! Es ist so heiß, ich habe vergessen, dass Mama nicht nur immer eine halbe Flasche Putzmittel hineinleert, sondern das Wasser ganz heiß macht. Damit es sicher sauber wird. Ich lege los und knalle gegen den Tisch und die Stühle und die Couch. Das macht Mama immer wahnsinnig, aber sie saugt im Zimmer daneben und hört nichts.

Ich hoffe, dass Mario heute nicht kommt. Dann kann ich vielleicht sogar im Bett schlafen. Sie kann fast nicht Nein sagen, wenn ich so brav mithelfe. Ich mache eine kurze Pause und nehme mir eine Tschick. Genau wie ich sie anzünde, hört Mama mit dem Saugen auf. Ich nehme sofort wieder den Bodenwischer in die Hand und mache weiter. Die Tür geht auf.

»Eines sage ich dir gleich, ewig brauchst du nicht da bleiben.«

Da ist ein großer Fleck auf dem Boden, es sieht aus wie Rotwein, das war sicher Mario, der ist zu blöd zum Trinken.

»Ich arbeite in der Bäckerei, das ist ein super Job, da hab ich bald genug Geld für eine Wohnung.«

»Hoffentlich hast du den länger als den im Sonnenstudio!«

Mama ist noch immer sauer wegen dem blöden Sonnenstudio. Das ist schon Jahrhunderte her, und es war nicht meine Schuld. Ich bin nur zweimal zu spät gekommen, und einmal war ich gar nicht da. Aber das war voll wurscht, es ist ja eh nie wer ins Sonnenstudio gegangen! Trotzdem hat die Erberle voll das Theater gemacht und mich hinausgeschmissen.

»Die wollte nur nichts zahlen«, sage ich. »Ich hab da nichts dafürkönnen. Und ab morgen bin ich sowieso weg.«

Mama lacht blöd. »Ja freilich, wie lang denn diesmal?«

Sie knallt die Tür wieder zu, und ich zeige ihr die Zunge und verdrehe die Augen. »Meiner kann wenigstens noch seinen Schwanz sehen!«, schimpfe ich.

Mario hat einen Bauch, der hängt ihm drüber, und wahrscheinlich erwischt er beim Pinkeln seinen Schwanz gar nicht mehr. Ich rauche meine Tschick fertig und schaue auf mein Handy. Fabian, Fabian, Fabian, denke ich. »Schon weg?«, steht da. Ich antworte nicht, das wird der Trottel ja sehen, wenn ich nicht mehr da bin. Dafür schicke ich Fabian ein »Heeee, wie geht's dir?« mit einem Smiley-Bussi. Es kommt nichts zurück. Ich wische noch ein bisschen. Im Schlafzimmer hört Mama auf zu saugen. Die Tür geht auf.

»Schlafzimmer«, sagt sie, und ich lasse den Wischer stehen und wechsle mit ihr das Zimmer. Dort ziehe ich meine Hose aus. Mama hasst es, wenn man sich mit ungewaschenen Sachen auf ein frisch gemachtes Bett legt.

Mir ist langweilig. Im Wohnzimmer geht der Fernseher an. Ich spiele ein bisschen auf dem Handy. Morgen um die Zeit bin ich schon bei Fabian. Ich rufe Michelle an.

»He«, sage ich.

»Was geht so?«, fragt sie.

»Stell dir vor, es ist voll das Allerärgste passiert. Ich habe Fabian getroffen.«

»Wer ist das?«

»Fabian! Der vom Sommer.«

Sie checkt noch immer nichts.

»Sheldon.«

»Ach deeeeer.«

»Das ist nämlich voll Schicksal, weil stell dir vor, ich bin da in einer riesigen Stadt, mit acht Millionen Einwohnern oder was, und er kommt genau dahin, wo ich arbeite.«

»Ja, arg. Ich habe heute die Chayenne getroffen, kannst dich erinnern? Die war mit uns in der Klasse.«

»Ich glaube, dass das was bedeutet. Dass jetzt die Zeit für uns ist. Weißt du?«

»Die Chayenne hat gesagt, sie war gestern beim H&M, und da hat es den einen Gürtel gegeben, den ich in der Werbung gesehen hab.«

»Mich hat es voll geflasht, wie wir uns gesehen haben. Ich so: He, wie geht's dir. Und er: Eh gut. Und dann ist er voll angelaufen und so.«

»Stell dir vor, Kamil hat auch wieder eine neue Freundin.«

»Pffff«, mache ich. »Eine Kopftuchschlampe, oder was?«

»Ich weiß nicht, hat mir nur der Malik erzählt.«

»Ich will gar nicht wissen, wie die aussieht.« Mit Kamil, das war auch nicht besser als mit Lukas. »Er hat zu mir gesagt, ich soll nichts Geiles mehr anziehen, weil die anderen Typen so gaffen.«

»Ja, das sagt der Malik auch immer, er will mich nur für sich. Aber ich sage ihm dann, wenn du mich so willst, dann nimmst du mir meine Persönlichkeit.«

Das mit der Persönlichkeit ist aus einer *Germany's-Next-Topmodel*-Folge. Die Folge haben Michelle und ich zusammen geschaut. Da haben sie darüber geredet, dass es schlecht für die Persönlichkeit ist, wenn einen wer komplett ändern will. Oder so ähnlich.

Michelle erzählt mir alles vom H&M-Gürtel. Ich werde immer müder. »Ich muss jetzt aufhören«, sage ich und lege auf.

Bevor ich einschlafe, piepst mein Handy. Ich muss mich so anstrengen, aber ich schaue noch nach. Es ist Lukas, »gib mir sofort meine Tasche zurück.«

***

Der nächste Tag ist noch schlimmer als die anderen. Ich schaue fast alle zehn Minuten auf mein Handy. Aber es meldet sich niemand, außer Michelle mit ein paar Nachrichten. Die Zeit vergeht nicht. Aylin ist grantig wie immer.

»Geh, da, die Kaffeemaschine nachfüllen und putzen.«

Putz deine Scheiße selber, will ich sagen, aber ich sage nichts.

Ab morgen muss sie alles allein machen, dann bin ich bei Fabian, und er macht mir einen Kaffee und bringt ihn mir ins Bett auf so einem kleinen Tisch. Das habe ich bei *Gossip Girl* gesehen. So einen Frühstückstisch will ich auch, das werde ich Fabian gleich sagen, weil ich wünsche mir gar keinen Schmuck, sondern so einen Tisch.

»Wenn du da arbeitest, ist nichts mit Fortgehen, verstehst du? Das ist da nicht. Ich gehe nicht fort«, sagt Aylin.

Wer will mit der schon fortgehen?

»Hopp, die Semmeln aus dem Ofen, die Kipfel hinein.«

Die kann nicht einmal Kipferl sagen!

»Hübsches Mädel, bekomme ich von dir ein Eiaufstrich-Weckerl?«

Vor mir steht ein Typ wie aus dem Fasching. Er hat eine Uniform an und eine Narbe im Gesicht, die aussieht wie eine Wurst. Ich habe solche Typen schon öfter gesehen, aber ich weiß nicht genau, warum die so aussehen. Die Narbe ist ekelig.

»Ja, sicher.«

Er gibt mir drei Euro. »Kannst behalten, den Rest. Hast du nach der Arbeit schon was vor?«

Ich kontrolliere unauffällig, ob Aylin herschaut. »Ja, da gehe ich zu meinem Freund«, sage ich ganz laut.

»Ach, das ist aber schade.« Er lacht, und die Wurst lacht mit, sie verbiegt sich im Gesicht. Jetzt sieht es noch ekeliger aus.

Nach der Arbeit fahre ich mit der U-Bahn nur eine Station. Ich bin mir sicher, dass es der richtige Ausgang ist. Aber dann renne ich in den Straßen herum, einmal links, zweimal rechts. Ich denke schon, ich finde es nicht, da sehe ich diese komische Auslage. Diesmal hängt ein kackbrauner Mantel drinnen, und der Preis ist schon wieder falsch angeschrieben.

Ich warte ewig auf den Lift, drinnen drücke ich auf »D«. Was mache ich, wenn der Lift ausfällt? Nach Tagen finden mich irgendwelche Leute vom Haus. »Fabian«, flüstere ich mit letzter

Kraft. Sie holen Fabian. Die Kameraleute sind schon da, und ich komme am nächsten Tag auf das Titelblatt von »Heute«, und sogar im Fernsehen gibt es einen Bericht. »Das Mädchen vom Lift« ist so romantisch, dass sogar eine Serie daraus wird, und ich spiele die Hauptrolle. Aber so weit kommt es nicht. Der Lift hält im Dachgeschoß.

Ich läute an. Fabian, denke ich, bitte, Fabian, nicht die Mama, nicht die Mama. Die Tür geht auf. Ein Mann steht da. Warum ist da ein Mann?

»Ja?«, fragt er.

»Fabian«, sage ich.

Und dann fällt mir ein, dass Fabian vielleicht nach Brasilien gezogen ist, und ich bin ganz umsonst da und muss mich aus dem Fenster im Dachgeschoß stürzen, weil ich so traurig bin, und so komme ich trotzdem morgen auf der Titelseite, allerdings ohne Foto, weil meine Arme und meine Beine irgendwo herumliegen und das ein bisschen grauslich ist. Oder der Mann ist sein Vater, aber sein Vater ist doch in Brasilien. Ist sein Vater wieder da? Der Mann ist nicht braun, dabei scheint in Brasilien immer die Sonne. Oder er ist schon länger da und …

»Fabian ist noch nicht zuhause.«

Bin ich froh, dass er den Fabian kennt! Das heißt, Fabian ist *nicht* nach Brasilien ausgewandert.

»Aber er müsste bald da sein, willst du warten?«

»Ja«, sage ich.

Der Mann hat einen Anzug an. Die einzigen Leute, die einen Anzug anhaben, sind im Fernsehen, und es sind immer Anwälte.

»Sind Sie Anwalt?«, frage ich.

»Was? Nein, warum?«

»Sie haben einen Anzug an.«

Der Mann guckt ganz komisch, dann lacht er. »Gut, komm rein. Ich bin Markus.«

»Tschulie«, sage ich. Er geht in die Küche, ich ziehe meine Schuhe aus, folge ihm und setze mich auf den Barhocker.

»Saft, Wasser, Bier?«

Wenn ich noch einmal diesen ekeligen Saft trinken muss, kotze ich gleich, und Wasser mag ich auch nicht, haben die da keine Cola oder ein Red Bull?

»Bier«, sage ich, und der Mann lacht wieder. Was ist daran witzig? Er holt ein Glas aus einem Schrank und schenkt mir Wasser ein. Wie, hat er jetzt doch kein Bier, oder was?

»Bitteschön«, sagt er und stellt das Glas vor mich hin. Vielleicht ist er schwerhörig.

»Sind Sie der Papa von Fabian?«, frage ich.

»Nein, ich bin der Freund seiner Mutter.«

»Ah«, sage ich. *Die* hat einen Freund? Die ist ja hundert und voll hässlich! Meine Mama ist auch alt, aber sie sieht wenigstens super aus.

Der Anwalt holt ein Bier aus dem Kühlschrank und trinkt es selber. Will der mich verarschen?

»Und, Tschulie, was machst du so?«

Was ist das für eine Frage? Will er jetzt wissen, was ich den ganzen Tag so mache, oder was ich gern mache, oder was ich beruflich mache?

»Wie?«, frage ich.

»Gehst du zur Schule?«

»Nein.«

»Verstehe. Ich kenn das, für mich war die Schule auch nichts. Ich bin ausgestiegen, so mit vierzehn. Erst danach ist es mir aufgegangen mit dem Lernen. Lass dir Zeit, das ist bei dir sicher auch so.«

Das ist ein ganz komischer Mann. Was redet der für einen Scheiß daher? Er passt zur Mutter vom Fabian.

»Willst du Musik hören?«, fragt er.

»Von mir aus«, sage ich.

Er dreht sich um und steckt sein Handy auf eine Station. Die Musik ist laut und auf Deutsch, mit viel Gitarre. Der Sänger kann nicht singen.

»*Die Ärzte*, meine Lieblingsband. Die waren zu meiner Zeit schon super, aber die sind ja noch immer angesagt, oder?«

Ich kenne keine Ärzte, nur meinen Hausarzt, und der ist sicher in keiner Band. Ich nicke trotzdem. Man weiß ja nicht, vielleicht ist der gefährlich. Leute, die ständig lachen und auf freundlich tun, sind oft Mörder. Auf einmal stechen sie die Oma ab oder schmeißen die Frau aus dem Fenster und so was. Wenn Fabian nicht bald kommt, bekomme ich noch einen Ohrschaden.

»Pass auf, das ist ein echt genialer Part«, sagt der Mann und dreht noch lauter. Es ist nur mehr Krach. Der Mann sagt etwas, aber ich höre nichts, die Musik ist zu laut. Er schaut zur Tür. Ich drehe mich hin und da steht endlich Fabian.

»He!«, sage ich, springe vom Hocker und küsse ihn auf den Mund. Aber Fabian dreht sich weg, und ich erwische nur seine Wange. Der Mann macht die Musik leiser.

»Hallo«, sagt Fabian. Er ist knallrot, weil ich da bin, und das ist so süß.

»Ich habe auch meine Sachen mit«, sage ich. Fabian schiebt mich ein bisschen weg und sieht den Mann an, dann wieder mich.

»Was für Sachen?«

»Ja, *meine* Sachen. Damit ich da bleiben kann.«

»Wie, was meinst du?«

Der steht echt auf der Leitung, er ist so aufgeregt, weil ich da bin. Ich küsse ihn noch einmal und diesmal dreht er sich nicht weg, aber er küsst nicht zurück.

»Was ist, Fabian?«, fragt der Mann.

»Nichts, ich ... nur hab ich ... ich wusste nicht ...« Er stottert herum. »*Mama* wollte, ich hab gar nicht ...« Es schaut so drein wie die Leute bei *Vampire Diaries*, wenn die Toten wieder da sind. Er schaut auf alle Fälle so drein. Der ist aber komisch heute. Na ja, vielleicht muss er sich erst beruhigen.

»Also ich geh dann mal in dein Zimmer«, sage ich und drehe mich um. Vor mir steht die Alte. Wie ist die jetzt hereingeflogen, ich habe nichts gehört. »Hallo«, sagt sie. Sie sieht nicht böse oder geschockt aus. Wahrscheinlich weil ich heute normal angezogen bin. Nur mein Ausschnitt ist größer, wegen Fabian, logisch. Sie sieht irgendwie anders aus, ich glaube, ihre Haare sind kürzer. Es schaut scheiße aus.

»Hallo«, sage ich höflich. Einschleimen schadet nicht, das habe ich in der Schule auch gemacht, leider hat das nur bei einem Lehrer funktioniert.

Keiner sagt was, es ist ganz still, nur diese nervige Musik spielt noch immer, aber jetzt ganz leise. Die Stille ist voll ungut.

»Fabian?«, frage ich und drehe mich um, er muss mir jetzt helfen, er ist mein Freund und – aber Fabian ist nicht mehr rot, sondern ganz weiß. Er sieht mich nicht an. Und in dem Moment ist mir klar, was hier los ist. Dass ich nicht schon früher drauf gekommen bin! Der Wichser hat eine Freundin! Ja, logisch. Irgend so eine Hängearschtussi, die wichtig daherredet. Und mit mir will er Schluss machen! Deswegen möchte er mit mir essen gehen. Wahrscheinlich taucht sie da heute noch auf, deswegen ist er nervös. Das kann er ruhig sein, wenn die kommt, kratze ich ihr zuerst die Augen aus und dann betoniere ich ihr eine, dass sie sich einweisen kann, die Bitch!

Ich meine, wenn er eine andere zum Vögeln hat, ist mir das ja egal, soll er sich ausficken, wenn er will. Aber eine Freundin, he, das geht echt gar nicht, die Drecksalte mach ich fertig, die beschissene Hure, sicher ist sie hässlich auch noch und angezogen wie die Weiber da.

»Hast du Hunger?«, fragt mich die Fabian-Alte, und ich merke, dass ich echt Hunger habe.

»Ja.«

Fabian schaut noch immer auf den Boden, und der Mann grinst, dabei ist da wirklich nichts lustig.

»Dann gehen wir«, sagt die Alte, und ich verstehe überhaupt nichts mehr. Warum sollen wir wohin gehen?

»Gehen? Wohin?«

»Los, komm, wir gehen was essen.« Sie legt mir die Hand auf die Schulter und zieht mich mit.

»Fabian?«, frage ich.

Er sagt nichts. Hast du eine andere?, will ich wissen, aber das sage ich nicht laut, das denke ich mir nur, und in meinen Gedanken habe ich die Bitch schon geköpft und gevierteilt.

***

Karin fand die Situation unerträglich. Fabians Unfähigkeit, sich mit dem Mädchen zu konfrontieren, machte sie wütend. Konnte er gar nicht damit umgehen? Er war doch fast erwachsen, hatte sie ihm nichts beigebracht? Was war das für ein Benehmen? Fabian war ihr Sohn, den sie zu einem selbstbewussten und selbstsicheren Menschen erziehen wollte, der nicht wegsah, wenn ihm das Mädchen gegenüberstand, mit dem er im Bett gewesen war.

Vielleicht erwartete sie zu viel. Er war eben *nicht* erwachsen, sein Verhalten war das eines unsicheren Kindes. Warum sollte er auch plötzlich erwachsen sein? Nur weil sich sein Alter geändert hatte, und er bald Matura machen würde? Es stand ihr nicht zu, ihn zu verurteilen, sie war doch selbst verunsichert und mit allem überfordert, wie konnte sie es Fabian vorwerfen? Sie war wütend auf sich selbst. Aber nein, das war alles ein Blödsinn, das brachte niemanden weiter. Sie musste die Lage entschärfen.

»Gut, dann gehen wir zu Fabrizio. Oder nein, besser ins Maguro, das ist nicht weit«, schlug sie vor. Das Mädchen reagierte nicht. Beide Lokale waren um die Ecke. Hier konnte sie ungestört mit ihr sprechen. Karin wusste zwar nicht genau, worüber sie reden wollte, aber ein Ortswechsel erschien ihr hilfreich.

»Gut, bis später«, sagte Markus.

Karin ging voraus, sie gingen aus der Wohnung. »Lift oder Stiegen?«, fragte sie und überlegte es sich anders. »Ach was, komm, bisschen gehen schadet nicht.«

Das Mädchen ging ihr langsam hinterher. Es war natürlich keine gute Idee gewesen. Julia hatte schwindelerregend hohe Schuhe an, mit denen das Stiegensteigen sicher keinen Spaß machte. Aber jetzt waren sie schon unterwegs. Karin überlegte, was sie fragen oder welches Thema sie anschneiden könnte, aber es wollte ihr nichts einfallen. Als sie draußen waren, warf sie einen Blick in die Auslage des Geschäfts im Erdgeschoß. Früher hatte sie hier gern eingekauft, die Mode war interessant und speziell, aber mittlerweile waren die Preise zu hoch geworden. Sie beobachtete das Mädchen, das ebenfalls durch das Schaufenster lugte.

»Gefällt er dir?«, fragte Karin.

»Was?«

»Der Mantel.«

»Wo ist ein Mantel?«

Karin grinste. Das Mädchen war offensichtlich nicht die Zielgruppe dieses Ladens. Sie gingen weiter.

»Magst du japanisch? Das Maguro hat ganz leckere Sushi.«

»Ja, Sushi sind gut. Die besten gibt es bei uns im Foodcourt.« Julias Schuhe klapperten auf dem Asphalt.

»Foodcourt, was ist das?«, fragte Karin.

»Das ist das im Ekazet bei uns, wo es ganz viele Lokale gibt. Chinesisch und mongolisch und italienisch und überhaupt alles. Das finde ich super, weil da gibt es eine große Auswahl. So verschiedene Sachen.«

Karin schüttelte es innerlich. Die Fressmeilen in Einkaufszentren waren ihr ein Gräuel, und sie konnte sich ganz genau vorstellen, wie dieser Foodcourt aussah.

»Das klingt toll. Gehst du oft hin? Oder kochst du gern?«

»Nein, dafür hab ich keine Zeit. Und im Foodcourt war ich nicht oft, weil das ist voll teuer. Sonst haben wir oft was bestellt.«

»Du meinst, deine Mama und du? Hast du doch wieder Platz bei ihr gefunden?«

Das Mädchen nickte, obwohl es Karin etwas zögerlich

erschien. Dennoch war sie erleichtert. Julia war nach ihrem Rauswurf also nicht auf der Straße gelandet, oder hatte irgendwo hausen müssen. Immerhin.

Der Kellner begrüßte sie höflich. Das Magura war völlig leer, der Abend war noch früh. Sie setzten sich an einen Tisch nahe der offenen Küche, der Kellner gab ihnen die Karte. Es roch köstlich.

»Zu trinken?«, fragte der Kellner.

»Cola«, sagte das Mädchen sofort.

»Ich nehme ein Glas Weißwein. Haben Sie noch den Grauen Burgunder, den ich das letzte Mal hatte?«

Der Kellner nickte. Das Mädchen sah ihm nach.

»Der hat sogar das R gesagt.«

Karin verstand nicht. »Was meinst du?«

»Normal können die die Chinesen kein R.«

Karin war verblüfft. »Also, nun ja, das ist nicht ganz korrekt, außerdem sind wir hier in einem japanischen Restaurant.«

»Ist alles das gleiche. Aylin, die mit mir in der Bäckerei arbeitet, die ist aus der Türkei. Und die kann trotzdem kein R sagen, die kann nur *Kipfel* statt *Kipferl.*«

Karin schluckte eine grobe Zurechtweisung hinunter. Was hatte sie erwartet, Julia war die typische Blau-Wählerin. Sie versuchte vom Thema abzulenken.

»Die Sushi sind echt gut, aber wenn du lieber Spieße isst – die sind auch sehr zu empfehlen. Falls du bei irgendeiner Speise nicht weißt, was es ist, kann ich dir gern weiterhelfen.«

Das Mädchen warf ihr einen finsteren Blick zu. »Ich weiß, was was ist«, knurrte es.

Karin versuchte ein weiteres Mal das Thema zu wechseln. »Das ist eines meiner Lieblingslokale und praktischerweise gleich ums Eck, ich finde es hier so richtig gemütlich. Wie so ein erweitertes Wohnzimmer. Gefällt es dir auch?«

Ihr fiel selbst auf, dass sie Blödsinn redete, aber die Stille war fürchterlich. Sie bereute es, nicht ins Fabrizio gegangen zu sein.

Dort waren wenigstens mehr Gäste, die laut miteinander redeten. Hier war nichts zu hören. Auch aus der offenen Küche drang kein Ton, der Koch hatte noch nicht einmal begonnen, die Küche sah verwaist aus.

Der Kellner brachte das Cola, und das Mädchen trank es in einem Zug leer. Dann starrte es wieder in die Karte. Fabian bestellte in Lokalen auch immer Cola. Zuhause hatte es Karin völlig verbannt, da gab es Wasser und hervorragenden Himbeersaft, den ihre Mutter selbst machte.

Sie wollte nicht mehr um den heißen Brei herumreden. Sie würde einfach ansprechen, was Sache war.

»Ich bin froh, dass du gekommen bist, weil ich das zwischen Fabian und dir schon lang aufarbeiten wollte«, begann Karin. »Ich habe gedacht, wir gehen mal nur zu zweit wohin. So ein Gespräch zwischen Frauen, das ist meistens sinnvoller als mit Männern, was meinst du?«

Das Mädchen sagte nichts.

»Es tut mir leid, wie die Sache mit euch ausgegangen ist. Ich hoffe, es war nicht zu ... wie soll ich sagen ... *schlimm* für dich. Er hat sich wirklich nicht korrekt verhalten, und als seine Mutter fühle ich mich dafür mitverantwortlich. Natürlich«, sie hatte das Gefühl, dass ihr erst durch das Reden klar wurde, was sie sagen wollte, »habe ich mit ihm darüber geredet. Wir sind am Ende übereingekommen, dass er dich nicht kontaktieren sollte. Um keine Wunde aufzureißen, verstehst du? Es nicht noch schwieriger zu machen. Vielleicht ist das ein Fehler gewesen. Aber auch ich habe geglaubt, eine Begegnung mit ihm würde dich nur zusätzlich belasten. Verstehst du?«

***

»Ja, verstehe«, sage ich. Ich habe keine Ahnung, wovon sie redet. Was sie da mit entschuldigen meint und korrekt verhalten und so. Ich bin froh, dass ich weiß, was korrekt heißt. Egal. Ich lasse sie reden. Sie quasselt einfach gern. Soll sie denken, was sie will, solange sie nett zu mir ist. In Wirklichkeit haben Fabian und ich uns ja gar nicht so richtig getrennt. Wir haben uns nur nie erreicht. So war das nämlich. Wenn er angerufen hat, war ich unterwegs, und dann habe ich zurückgerufen. Gut, ich habe nicht immer zurückgerufen, weil damals war ich dann ja mit Kamil zusammen. Nicht zusammen zusammen, aber ein bisschen zusammen. Ich habe Fabian aber nie mit Kamil beschissen. Das mit Kamil war nämlich nicht so richtig fix, nicht Liebe oder so. Und das Bumsen mit ihm hat mir nie so gut gefallen, ich schwöre! Fabians Alte redet ewig, es ist voll langweilig. Kann ich mein Handy herausnehmen und schnell was whatsappen? Lieber nicht.

Das Lokal ist überhaupt nicht gemütlich. Die Stühle sehen aus wie in einer Bahnhofshalle und es ist so winzig, dass man fast in der Küche sitzt. Ich weiß nicht, was Fabians Alte da so super findet.

»Die Spieße sind auch gut«, sagt sie. Dabei hat sie das schon gesagt. Die Preise auf der Karte sind mega. Hoffentlich lädt die mich ein. Ich weiß außerdem nicht, was das alles ist, aber die braucht nicht glauben, dass ich blöd bin, also bestelle ich das dritte Essen von oben. Da steht daneben Hühnerspieße. Vielleicht ist das so etwas wie Chicken McNuggets. Alles andere klingt richtig ekelhaft. Ich spreche es falsch aus, aber der Kellner und Fabians Alte lachen nicht. Sie bestellt Sushi und sagt alles richtig.

»Du kannst mich übrigens Karin nennen.« Sie lächelt mich an.

»Okay.«

Sie zwinkert mich an, und ich weiß nicht, was ich davon halten soll, weil wir sind ja nicht Freundinnen oder so. Aber ich will höflich sein und mich von meiner besten Seite zeigen, also zwinkere ich zurück. Ich hole jetzt doch mein Handy heraus und lege es auf den Tisch, falls mich wer anruft.

»Also, Julia.« Die Fabian-Alte nimmt nur einen kleinen Schluck von ihrem Wein. Dann denkt sie nach, oder mag einfach nicht mehr reden, auf jeden Fall sagt sie nichts mehr. Das hasse ich, wenn man so herumsitzt und keiner sagt was. Lukas und ich haben beim Essen auch oft nichts gesagt. Aber das war etwas anderes. Lukas hat ja alles auf einmal in sich hineingestopft, da ist überhaupt kein Platz mehr in seinem Mund frei gewesen fürs Reden. Im Foodcourt war das okay, da waren immer viele Leute, die man hat anschauen können. Aber in dem Lokal sitzen nur Fabians Alte und ich. Es ist wahrscheinlich kein gutes Lokal, es ist nichts los.

»Die ... also, meine Leute, es sagen alle Tschulie.«

»Magst du das?«

Ich zucke mit den Schultern und schaue auf mein Handy, aber da rührt sich nichts.

»Mögen Sie Karin?«, frage ich, und sie lacht.

»Na ja, die wenigsten Leute sind mit ihrem Namen glücklich, glaubst du nicht? Ich glaube, ich bleibe bei Julia, das ist ein wunderschöner Name. Und wo wir schon dabei sind: Sag bitte ›Du‹ und ›Karin‹ zu mir. «

»Okay.«

Ich sage zu wenigen Erwachsenen ›Du‹. Nur zu meiner Mama und zur Oma und so. Sogar Mario habe ich ewig mit ›Sie‹ angeredet, irgendwann hat er gemeint, wir kennen uns jetzt schon gut genug fürs ›Du‹.

Zum Glück kommt gerade der Kellner. Er hat kein Teller in der Hand, sondern so ein Holztablett. Das kenne ich vom Foodcourt. Er stellt es mir hin. Wie bitte soll ich damit satt werden? Mit dem bisschen Gemüse im Eck und drei Mini-Spießen und diesem ekeligen rosaroten Zeug? Nur Reis ist genug in der Schale, genau den mag ich aber nicht.

»Sieht gut aus!«, sagt die Fabian-Alte-Karin. »Lass es dir schmecken.«

Sie schiebt sich ein Sushi-Reisding in den Mund und putzt es auf einmal weg. Ihr Mund schaut gar nicht so groß aus. Lukas hat gesagt, Frauen mit kleinem Mund können viel besser blasen, das glaubt man gar nicht.

Ich habe einen Fehler mit den Spießen gemacht. Das schmeckt überhaupt nicht wie Chicken McNuggets. Am liebsten möchte ich es wegschieben und zu McDonald's gehen. Aber ich kann da jetzt schlecht aufstehen. Mit den Stäbchen essen will ich auch nicht.

»Brauchst du Besteck?«, fragt sie.

»Nein, das mach ich schon.«

Was ist, glaubt die, dass ich nicht mit Stäbchen essen kann, oder was? Ich fange die gestreiften Karotten mit den blöden Stäbchen ein. Die Hälfte rutscht mir wieder weg. Wie kann man so vollkrank sein und Stäbchen zum Essen erfinden? Es ist noch immer ganz still. Das Essen macht es nicht besser. Also rede ich einfach. »Dass Fabian und ich uns getroffen haben zwischen vier Millionen Leuten, das ist voll Schicksal.«

»Ja, wahrscheinlich«, sagt sie. Das sagt sie aber nur so zu sich, weil sie sagt es ganz leise.

»Er hat sich ein Weckerl bei mir gekauft. Dabei gibt es dort mindestens fünf andere Bäckereien, aber er hat sich genau die ausgesucht. Und dann hat er mich zum Essen eingeladen.«

»Seit wann arbeitest du in der Bäckerei?«

Ich lutsche am Spieß herum, damit sie denkt, dass es mir schmeckt.

»Seit ein paar Wochen.«

»Gefällt es dir? Macht es Spaß?«

»Spaß? Nein.«

»Warum machst du es dann?«

Hat mir die Frage nicht damals Fabian auch gestellt? Warum fragen die das immer?

»Ach so, klar, wegen dem Geld, nicht wahr?« Sie sieht auf einmal aus, als wie wenn was ganz Trauriges passiert wäre. »Das ist natürlich schade.«

»Was ist schade?«

»Dass dir die Arbeit keinen Spaß macht.«

Sie schiebt sich noch so ein Sushi-Stück auf einmal in den Mund. Ich finde es auch schade. Aber gibt es irgendwen, der gern arbeitet? Michelle schimpft auch immer über die Arbeit, und Lukas hat immer nur von Urlaub geredet, und meine Mama sagt, sie möchte am liebsten sofort in Pension gehen.

Fabians Alte schaut auf ihr Tablett. Ich nutze das aus und beiße ein ganz großes Stück vom Spieß ab. Das ist gar nicht so schlecht.

»Aber was würde dir denn Spaß machen, hast du eine Idee?«

»Schauspielerin. Oder vielleicht Sängerin. Aber lieber Schauspielerin. Weil ich nicht so gut singen kann.« Ich nehme jetzt den Spieß in die Hand. Das mit dem Herunterschneiden geht nicht.

»Hast du schon was mit Schauspiel gemacht? Bei einer Theatergruppe, oder so? In Fabians Schule gab es eine Theatergruppe, sie haben Romeo und Julia einstudiert, das war wirklich gut. Fabian hatte nur eine Nebenrolle, weil ihn das nie interessiert hat.«

»Theater?«

Wir waren einmal mit der Schule im Theater, das war das Langweiligste überhaupt. »Nein, das interessiert mich nicht«, sage ich und beiße noch einmal ein großes Stück ab. Es ist wirklich gut, aber ich habe nur noch einen übrig. Vielleicht haben sie mir eine Kinderportion gegeben.

»Du willst Schauspielerin werden und interessierst dich nicht für das Theater? Ist das nicht ein bisschen widersprüchlich?«

Ich weiß nicht, was sie mit widersprüchlich meint. Ich versuche ihr zu erklären, dass ich ins Fernsehen will.

»Ich will Fernsehen machen. Oder Filme. Aber am liebsten Serien. Ich mag selber Serien. Und ich glaube, ich kann das gut, weil ich mich ja schon auskenne und so.«

Ganz kurz macht sie einen hässlichen schmalen Mund. Sie schiebt das Tablett von sich weg. Der Kellner steht schon neben ihr. »Fertig?«, fragt er, und sie nickt und dann schaut er so auf mein Tablett. Ich schiebe es zu mir, sonst kommt er noch auf die Idee und nimmt es auch weg.

»Ich mag einige Serien auch ganz gern. Welche gefallen dir denn?«

»Ja, so *90210* und *Unter uns* und so.«

»Ah. Ach so, ja, das kenne ich alles nicht. Obwohl, *90210*, das kenne ich, ist die Serie nicht uralt? Die habe ich in deinem Alter schon gesehen.«

»Nein, das ist voll neu, aber da hat es vor fünfzig Jahren oder so eine gegeben, die hat auch so geheißen.«

Sie starrt auf meinen Reis, und ich glaube, sie hat auch noch Hunger. Das ist kein Wunder, ihre Portion war auch mini.

»Aber vielleicht solltest du einen Schauspielkurs besuchen. Es gibt sicher welche an der Volkshochschule oder so.«

Die Volkshochschule kenne ich, da hat das AMS meiner Mama einmal einen Computerkurs gezahlt. Ich erinnere mich, dass ihr die ersten zwei Mal gut gefallen haben, aber dann ist sie nicht mehr hingegangen.

»Nein, Volkshochschule ist nichts für mich.«

»Okay, was hast du dir dann vorgestellt?«

Ich komme mir vor wie in der Schule. Da haben sie auch so blöde Fragen gestellt.

»Eher so mit Casting vielleicht.«

»Casting? Hm.« Fabians Alte macht wieder einen Schmalmund. »Ich weiß nicht, ob das so viel bringt. Aber wenn es dein Wunsch ist ... Ganz was anderes, wo wohnst du jetzt? Du bist ja wieder bei deiner Mutter, nicht wahr?«

Genau in dem Moment habe ich ein riesiges Stück abgenagt. Ich schüttle den Kopf. Ich kann ja nicht sagen kann, dass ich vorher bei Lukas gewohnt hab und nur eine Nacht bei Mama war.

»Wo bist du dann? Bei einer Freundin? Einem Freund?«

Ich schüttle noch einmal den Kopf. Wenn ich jetzt was sage, fällt mir das Fleisch heraus.

»Das … aber … wo willst du dann hin?«

Ich schlucke ein viel zu großes Stück hinunter und muss ganz fest husten. »Ich habe gedacht, weil Fabian mich gefunden hat und so, dass ich … na ja, weil ich ja sonst auch nicht weiß, wohin.«

»Du wolltest heute bei *uns* schlafen?«

Ich nicke und huste noch ein bisschen. »Für die nächste Zeit«, sage ich.

Hoffentlich ist mir nicht ein Knochen die Kehle hinuntergerutscht und ich muss ersticken. Die Fabian-Alte sagt nichts. Na, dann ist es eben wieder still. Warum bekomme ich keine Nachricht? Vielleicht ist mein Handy kaputt. Das muss ich später unbedingt checken.

»Also, dass du bei uns schläfst für eine Nacht, das ist kein Problem, aber länger, so einfach ist das nicht. Wenn du willst, können wir gemeinsam beim Jugendamt nachfragen.« Jetzt kommt die wieder mit dem Blödsinn daher? »Es tut mir wirklich leid, aber es ist nicht möglich, dass du bei uns einfach bleibst und einziehst.«

Fabian bumst irgendeine Hängearschtussi, und seine Mutter sagt, dass ich nur eine Nacht bleiben kann. Geht's noch beschissener?

Ich weiß nicht, warum das nicht gehen soll. Es gibt überhaupt keinen Grund. Da ist so viel Platz. Ich überlege, ob ich weinen soll. Bei meiner Mama hat Weinen nie etwas gebracht. Aber ich habe einen Lehrer in der Schule gehabt, der dann immer ganz weich geworden ist. Nur hat jede Stunde eine andere von uns in der Klasse geheult und irgendwann hat es nicht mehr funktioniert.

»Aber«, sagt Fabians Alte, »ich glaube, ich habe eine andere Idee.«

Na gut, dann warte ich mit dem Weinen noch. Ich lege den Spieß auf den Teller. Bevor ich hinuntergeschluckt habe, räumt der Kellner mein Tablett weg. Das ist ein ganz furchtbares Lokal! Es gibt nichts zu essen, dafür ist es extrem teuer und die Kellner nehmen alles weg, bevor man fertig ist.

»Markus, mein Freund, den du heute kennengelernt hast.«

»Der Anwalt«, sage ich. Auch wenn er angeblich keiner ist, ich glaube das nicht. Vielleicht ist er ein Geheimanwalt, so wie ein Geheimagent.

»Markus ist zwar Jurist, aber kein Anwalt, er ist in der Notariatskammer.«

Was ist eine Notariatskammer? Wurscht.

»Jedenfalls hat Markus eine Schwester. Sie heißt Barbara, hat sich aber umbenannt in Leya. Gut, das ist auch nicht so wichtig. Barbara hat eine Gruppe gegründet.«

Vielleicht kann ich mich auch in Serena umnennen lassen. Das ist der allerschönste Name, den ich kenne. Seit *Gossip Girl* möchte ich auch so heißen. Oder ich sage einfach, ich heiße Serena, wenn mich wer fragt. Warum nicht?

»*Gruppe* ist vielleicht das falsche Wort«, sagt Fabians Alte. »Barbara nennt es *eine Gemeinschaft*. Es sind Frauen, die sich treffen, miteinander reden, tanzen, sich gegenseitig helfen. Barbara ist zwar ein bisschen esoterisch, und ich bin auch nicht mit allem einverstanden, was sie tut, aber ich glaube, diese Gemeinschaft ist eine ganz gute Sache.«

Was esoterisch ist, weiß ich. Das hat mit Horoskop zu tun. Das war einmal das Thema in einer Talkshow.

»Weißt du was, ich glaube, das ist wirklich eine gute Idee, ich rufe Barbara sofort an und frage nach.« Sie nimmt ihr Handy und jetzt kann ich endlich Nachrichten an Michelle schicken. »Hallo, Barbara? Hi, hier ist Karin. Danke, gut. Und dir? Schön. Du, ich hätte eine Frage an dich.«

Sie steht auf und geht hinaus. Ich bin mir sicher, die geht jetzt eine rauchen. Wieso soll sie denn sonst hinaus?

***

Karin öffnete die Autotür. Es war Samstag, früher Nachmittag. Fabian besuchte einen Freund, sie hatte es ihm erlaubt. Sie wollte ihn nicht weiter quälen, und es hätte auch nichts gebracht, ihn mitzunehmen. Karin musste niesen. Das Mädchen hatte ein unglaublich penetrantes Parfüm. Karin hasste diese süßlichen, billigen Düfte. Aber besser als der Zigarettenrauch. Ob Julia in der Nacht aus dem Fenster geraucht hatte?

Sie versuchte ein Gespräch in Gang zu bringen, wieder einmal.

»Na, wie war es heute?«

»Was?«

»In der Bäckerei.«

»Viel los.« Julia schnallte sich an, und Karin fuhr los.

»Soll ich das Radio einschalten?«

Julia nickte. Karin stellte auf Ö3 um. Das traf war wohl eher den Geschmack des Mädchens als Ö1. »Gut?«

Julia nickte wieder. Sie sah nicht glücklich aus. Natürlich hatte sie sich etwas anderes erhofft. Karin überlegte. Sollte sie ein für alle Mal klarstellen, dass es mit Fabian nie und nimmer etwas werden würde? Dass er sie gar nicht, wie sie annahm, zufällig in der Bäckerei gesehen und danach zum Essen eingeladen hatte?

Fabian hatte das Mädchen nicht richtig behandelt. Sie hatte schon Ende des Sommers mit ihm darüber gesprochen. Karin hatte gewollt, dass er sie zumindest anrief und sich entschuldigte. Sich einfach und ganz plötzlich nicht mehr zu melden war unfair und feige, das wusste sie aus eigener Erfahrung.

Dann war Julia plötzlich in der Bäckerei aufgetaucht. Karin hatte sie zuerst bemerkt, als sie mit Fabian durch die Passage gegangen war. Das Mädchen hatte schon recht, es war ein seltsamer Zufall, dass sie gerade gemeinsam unterwegs gewesen waren und Julia in dieser Bäckerei zu jobben angefangen hatte. Karin war zuerst gar nicht eingefallen, woher sie das Gesicht kannte. Fabian hatte getan, als hätte er sie nicht bemerkt. Doch seine Gesichtsfarbe hatte ihn verraten. »Geh hin«, hatte Karin Fabian aufgetragen. »Geh hin und frag sie, ob sie übermorgen zum Essen kommt.« Er hatte sich geweigert, geschimpft, doch sie war hart geblieben, ohne auch nur eine Konsequenz anzudrohen. Er wusste, wie ernst es seiner Mutter war und dass sein Widerstand diesmal zwecklos war. Karin hatte sich so hingestellt, dass Julia sie nicht entdecken konnte. Von Weitem hatte sie die Szene beobachtet. Sie hatte nicht gehört, was er zu ihr gesagt hatte, aber dass er sie zum Essen eingeladen hatte, war offensichtlich: Zwei Tage später war das Mädchen bei ihnen aufgetaucht.

Sie hatte nicht bedacht, wie die Einladung bei dem Mädchen ankommen würde. Julia brauchte keine Entschuldigung von Fabian, sondern eine Bleibe. Damit hatte Karin nicht gerechnet. Sie ärgerte sich über ihre eigene Ignoranz. Kein bisschen war sie besser als ihr arroganter Sohn, der Julia nicht einmal anschauen konnte und sich im Zimmer eingesperrt hatte, als sie nach dem Magura zurückgekommen waren. Man schläft mit keinem Mädchen und versperrt vor ihm dann die Tür, hätte sie am liebsten gebrüllt. Aber sie hatte nichts gesagt. Karin hatte Julia angesehen, wie sie da vor seiner Tür stand. Sie hatte nicht einmal besonders wütend gewirkt. »Ich glaube, wir gehen am besten alle ins Bett«, hatte Karin gesagt. »Zum Glück ist morgen Samstag. Ach, oder musst du vielleicht trotzdem arbeiten?« Das Mädchen hatte genickt und gegähnt. »Ich muss um sechs in der Bäckerei sein. Aber Samstag nur bis zwei.« Karin hatte das Mädchen in das Gästezimmer begleitet, kurz darauf hatte Barbara zurückgerufen und gesagt, für die anderen Frauen wäre es wie zu erwarten kein Problem.

Markus hatte gelacht, als sie ihm von ihrer Idee erzählt hatte – und gleichzeitig erleichtert gewirkt über die Aussicht, das Mädchen bald wieder loszuwerden.

Die ganze Nacht lang hatte Karin kein Auge zugetan. Absichtlich hatte sie die Tür offen gelassen. Doch nichts war geschehen. Um fünf war sie aufgestanden, um halb sechs hatte sie das Mädchen geweckt, das es kaum geschafft hatte, die Augen aufzumachen. »Nach der Arbeit kommst du her und dann fahren wir los, ich habe mit Barbara geredet«, sagte Karin, und Julia nickte schlaftrunken.

Vielleicht war Julia bei ihrer Schwägerin und den Frauen gar nicht so schlecht aufgehoben. Sie selbst mochte Barbara sehr gern und schätzte sie, nur die Gemeinschaft der Frauen war ihr zu anstrengend. Diese vielen übertriebenen esoterischen Dogmen – nein, unmöglich. Barbara und ihre Frauen lebten idyllisch in einem noblen Vorort der Stadt. Wie Markus hatte Barbara zuerst Jus studiert, es aber bald zugunsten eines Architekturstudiums aufgegeben. Auch das hatte sie nach kurzer Zeit hingeschmissen. Doch Markus und Barbara kannten dank ihrer Eltern keine Geldsorgen. Barbara hatte im Vorort die Wohnung ihrer Mutter geerbt, arbeitete mittlerweile Teilzeit als Assistentin in einem Architekturbüro und hatte es sich gemütlich eingerichtet.

Die Natur würde Julia sicher guttun. Hier konnte sie andere Dinge kennenlernen, sich neu orientieren, Ruhe finden. Und so anstrengend die Frauen auch sein mochten, sie waren schon in Ordnung und vor allem vertrauenswürdig.

Seit sie losgefahren waren, hatte Julia das Handy nicht aus den Augen gelassen. Darin war sie ihrem Sohn gleich. »Was hörst du für Musik?«, fragte Karin.

Das Mädchen murmelte »Katy Perry« und tippte weiter.

Was hatten sie sich alle ständig mitzuteilen? Mit wem tauschten sie diese Unmengen an Nachrichten aus?

»Ich habe mit Barbara geredet, du kannst so lang in dem Gästezimmer bleiben, wie du willst. Also zumindest ein paar Monate, bis du etwas anderes gefunden hast. Natürlich kannst du auch an den Treffen der Frauen teilnehmen. Sie machen wirklich viel, und du bist nie allein. Das ist sicher besser als bei uns. Markus und ich arbeiten dauernd, und Fabian ... Fabian hat immer lang Unterricht und lernt danach mit seinen Freunden. Er hat ja Matura, da muss er sich gut vorbereiten.« Das war gelogen.

Fabian kam manchmal schon am Nachmittag nachhause und verbrachte Stunden am iPad oder an der Playstation.

Karin warf einen Blick zur Seite, das Mädchen zeigte keine Reaktion. Nicht eine Sekunde löste es die Augen vom Handy.

»Du kannst dich mit den anderen austauschen, neue Erfahrungen sammeln. Vielleicht kommen dir Ideen und du findest andere Möglichkeiten und Sichtweisen. Was meinst du?«

»Ich bin nicht eso«, murmelte das Mädchen.

Karin lachte. »Ich auch nicht, überhaupt nicht, aber das macht nichts. Ich glaube, es wird dir dort gefallen, das Haus liegt am Strandrand. Eigentlich ist es gar nicht mehr Stadt, sondern schon eher Land. Rundherum ist es grün und es gibt wunderschöne Spazierwege.«

Karin fand ihre Schwärmerei selbst lächerlich und konnte dennoch nicht aufhören.

»Die Frauen haben erst seit Kurzem eine Etage in einem Haus dort gemietet. Es ist ein seltsamer Zufall, aber im selben Gebäude ist auch ein Altersheim. Doch der Raum hat sich angeboten. Er muss allerdings hergerichtet werden.«

Julia antwortete nicht.

»Vielleicht kannst du helfen, wenn du Lust hast.«

»Helfen?«, fragte das Mädchen gedehnt.

Immerhin ein Wort, das eine Reaktion hervorgerufen hatte.

»Nur wenn du Lust hast, du wirst zu nichts gezwungen.«

»Muss ich was zahlen, wenn ich nicht helfe?«

»Was? Nein, natürlich nicht. Das ist alles kein Problem.«

»Ich möchte lieber bei Fabian sein. Weil wir zusammengehören.«

»Ach, Julia«, seufzte Karin. Was sollte sie dem Mädchen sagen? Dass ihr Sohn nicht daran interessiert war, mit einem Proletenflittchen zusammen zu sein? Sie war knapp davor gewesen, ihm eine Ohrfeige zu geben, als er gesagt hatte, Julia wäre ihm zu dumm. »Aber um mit ihr zu schlafen, war sie dir nicht zu blöd, wie?«, hatte Karin gesagt. Er war rot angelaufen, und Karin hatte sich geschämt, für ihn und für sich selbst. Denn gleichzeitig war sie erleichtert gewesen, dass er nichts von Julia wollte.

»Ich hab es gewusst, er hat eine andere!«, rief das Mädchen auf einmal.

»Nein, nein, Julia, das ist es nicht. Fabian … Fabian und du, das ist nicht … ihr passt nicht so ganz zueinander, findest du nicht auch? Ihr habt ja ganz andere Interessen.«

»Ich habe keine Interessen«, sagte das Mädchen.

»Natürlich hast du das. Jeder Mensch hat Interessen. Fabian … er interessiert sich, also, vor allem für, nun ja … Wie auch immer, ihr passt nicht zusammen, er und du, das ist … das ist …«, sie überlegte und spürte, dass das Mädchen sich nicht mit dieser Erklärung zufrieden geben würde. »Also, nein, weißt du, es ist so: Er muss sich auf die Matura vorbereiten und hat wenig Zeit. Er muss sich völlig auf das Lernen konzentrieren, verstehst du? Jede Art von Ablenkung schadet, und du willst doch auch, dass er seinen Abschluss schafft.«

Sie kamen nur schleppend voran, der Nachmittagsverkehr war zäh.

»Was ist, wenn er den nicht schafft?«

»Dann bleibt er sitzen.«

Julia sah zum ersten Mal, seit sie weggefahren waren, kurz vom Handy auf.

»Das ist nicht so schlimm, das bin ich auch.«

Karin trat auf die Bremse, sie hatte gedacht, sie würde es noch über die Ampel schaffen. »Aber er … bei ihm ist das anders, jetzt ist er ja schon so weit, da wäre es schade, wenn er sitzen bleiben würde. Er möchte ja dann studieren.«

»Verliert er Geld?«

»Was meinst du damit?«

»Wenn er sitzenbleibt. Bekommt er dann weniger Geld?«

Karin verstand nicht ganz, worauf das Mädchen hinauswollte. Aber dann wurde es ihr klar: Natürlich, für das Mädchen hatte Geld eine ganz andere Bedeutung als für Fabian. Es war eine

Existenzfrage, keine Selbstverständlichkeit. Julia suchte nicht nur eine Bleibe, sie suchte auch einen Freund, der Geld hatte.

»Ganz genau, er bekommt weniger Geld, wenn er sitzenbleibt.«

Die Ampel schaltete auf grün, Karin gab Gas.

»Und er hat keine andere? Sicher?«

Karin registrierte, dass das Mädchen sie von der Seite ansah. Vielleicht sollte sie eine fiktive Freundin erfinden, um es ein für alle Mal klar zu stellen. Nein, das war unnötig, gelogen und unsensibel. »Nicht, dass ich wüsste.«

Das Mädchen gab sich damit zufrieden. »Gut, dann soll er lieber lernen, damit wir kein Geld verlieren.« Julia fing wieder an zu tippen. Karin war froh darüber.

***

Nun ja. Schön ist es nicht. Es ist sehr groß. Nicht hoch, aber lang. Es gibt eigentlich nur zwei Stockwerke. Darüber ist ein riesiges Dach. So ein Haus habe ich in der Stadt noch nie gesehen. Es ist richtig hässlich. Vom Ort kann ich nicht viel sehen, weil es schon dunkel ist.

Wir sind, glaube ich, fünf Stunden hergefahren, weil es so einen Riesenstau gegeben hat. Aber Fabians Alte hat gemeint, es waren höchstens eineinhalb. Und normal ist man in einer halben Stunde da. Ich schaue mich ein bisschen um. Das ist ein Kaff, das sehe ich sofort. Da sind nur ganz wenige Häuser und dann ist es schon wieder aus. Sonst ist da rundherum nur Wald und Wiese. Wo ist da die Stadt, wenn das Stadtrand heißt? Die Fabian-Alte telefoniert. »Ja, hallo, wir sind schon da. Wo seid ihr? Ah, okay. Nein, ihr braucht euch nicht zu stressen. Okay. Okay. Ja, gut, ciao, bis dann.« Sie steckt das Handy in die Tasche. »Barbara kommt erst später, aber sie hat mir gesagt, wo sie den Schlüssel hingelegt hat.« Die Fabian-Alte geht zu einem Blumentopf. Da ist eine tote Pflanze drin. Sie hebt den Topf auf. »Holst du den Schlüssel heraus? Der müsste da drunter liegen.«

Fabians Alte sperrt eine Tür auf. Die ist klein, obwohl das Haus so groß ist. Wir gehen ein paar Stufen hinauf. Links geht eine Tür ab, aber wir gehen weiter. Ich komme mir vor wie in einem Horrorfilm. Das Licht ist schummrig, und so große Häuser sind spooky. Es ist richtig gruselig. Vielleicht dreht sich die Fabian-Alte um, hat auf einmal ein Monstergesicht und frisst mich. Ich möchte eine rauchen. Ich habe die ganze Fahrt nicht geraucht. In der Bäckerei habe ich extra viel und oft geraucht, weil ich mir gedacht habe, dass das danach nicht mehr so gut geht. Aber das hat nichts geholfen, ich will trotzdem eine.

»So, da sind wir«, sagt Fabians Alte. Wir stehen wieder vor einer Tür. Sie nimmt noch einmal den Topf-Schlüssel. »Der Haupteingang ist eigentlich auf der anderen Seite, aber hier kommt man auch hinauf«, sagt sie.

Ich weiß nicht, was sie meint. Wir gehen durch eine Tür und sind in einem Zimmer. Das ist ein bisschen wie das Schlafzimmer von Mama und mir, aber es steht nur ein Bett drinnen und ein Schrank. Bei uns ist alles vollgestopft und überall steht und liegt irgendwas. Da ist gar nichts. Das Zimmer ist größer als unser Schlafzimmer. Es ist auch irgendwie gruselig. Eine Glühlampe hängt von oben herunter.

»Du musst es dir nur einrichten und schon hast du eine richtig schöne, ruhige Oase. Was meinst du?«

Die Fabian-Alte schaut mich so an, dass ich was sagen muss, und ich kann ja nicht sagen, dass das Ultramegaüberdrüberscheiße ist. Weil ich bin ja höflich.

»Ja, genau, hehe.«

Ich mache meinen Kicherer, den habe ich vor Ewigkeiten für die Schule geübt. Wenn die Lehrer gefragt haben, ob ich die Hausübung gemacht habe, habe ich so gekichert.

»Ich lasse dich einmal ankommen, und dann sehen wir uns unten.«

»Unten?«

Ich habe jetzt wirklich Panik. Sie kann mich ja in dem Haus

nicht ganz allein lassen. Da kommt wer und bringt mich um die Ecke, ohne dass es jemand sieht.

»Wir sind einen Stock unter dir, keine Sorge, du gehst einfach die Stiegen hinunter, dann die Tür hinein, an der wir vorbeigegangen sind, okay? Da warten wir auf dich.«

Ich kann ja jetzt nicht sagen, dass ich mir in die Hosen mache, ich bin ja kein Baby. Also reiße ich mich zusammen. »Okay.«

Sie geht, und ich stelle meine Tasche auf das Bett. Wenigstens sieht die Bettwäsche frisch aus und riecht gut. Der Boden ist dreckig. Ich will mir da meine D&G-Tasche nicht schmutzig machen, echt nicht. Und dann wird mir richtig schlecht: In dem ganzen Zimmer ist *kein Fernseher*! Wenn das so ist, ziehe ich sofort wieder aus, fix.

Ich schreibe ein WhatsApp an Michelle. »Die Hölle, da bleibe ich nicht.« Ich bekomme nichts zurück und bekomme den nächsten Schock: Ich habe gar keinen Empfang! Scheiße. Ich kann nicht einmal Facebook abrufen. Verdammtescheißenocheinmaldreckarschlochmistsau.

Ich nehme mein Handy und probiere wirklich jede Ecke in dem Zimmer aus. Mehr als ein Strich ist nirgends. Ich meine, was ist das? Ich bin so sauer, dass ich mit dem Fuß gegen die Wand haue. Jetzt tut mir mein Fuß auch noch weh. Ich halte es da nicht mehr aus. Ich muss hier dringend weg, raus aus dem Zimmer, das macht mich noch ganz kaputt. Das ist wie bei den Stars, die dann immer in den Hotelzimmern randalieren müssen, weil sie es nicht mehr aushalten. So ist das jetzt bei mir auch. Scheiße.

Ich rauche fünf Zigaretten und überlege, ob ich einfach zurückfahren und bei Mama einziehen soll. Aber das mache ich dann doch nicht. Ich erinnere mich an die Fernsehshow. Da hat eine Frau gesagt, dass man durchhalten und sich selber anstacheln muss.

»Halt durch, Tschulie«, sage ich laut, damit es nicht ganz so still ist im Zimmer. »Du schaffst es, Tschulie. Du schaust super aus, Tschulie.« Ich warte ein bisschen, damit ich merke, ob es schon wirkt. Aber es passiert nichts. Ich finde es genauso beschissen wie vorher. Ich gehe zum Kasten und mache ihn auf. Er quietscht, und ich glaube, er fällt gleich auseinander. Drinnen ist alles staubig. Da lege ich mein Gewand sicher nicht hinein. Ich setze mich auf das Bett und weiß nicht, was ich jetzt tun soll. Fabians Alte hat gesagt, ich soll »ankommen«. Keine Ahnung, was sie damit meint.

Ich rauche noch zwei Zigaretten und stecke mir einen Kaugummi in den Mund. Ich finde, ich bin jetzt genug angekommen. Ich gehe die Stiegen wieder hinunter, zum Glück gibt es jetzt Licht. Links ist eine Tür und ich mache sie auf, die quietscht auch so komisch. Dann ist auf einmal ganz arges Licht und ich muss die Augen zumachen.

»Hallo Julia, schön, dass du da bist. Setz dich doch.«

Nach ein paar Sekunden kann ich wieder sehen. Da ist ein gigantischer Raum und in der Mitte ein Mega-Tisch. Und um den sitzen drei Weiber, eine ist die Alte von Fabian und die zwei anderen haben so arge Gewänder an, dass ich die Augen fast wieder zumachen muss. Eine hat ganz wirre rote Hexen-Haare und ihr Gewand ist orange und gelb und viel zu groß. Das Gewand von der anderen ist auch viel zu groß, aber dafür sind es so Kackefarben. Braun und gelb, wie Pisse und Scheiße, in fünf Schichten übereinander. Sie hat ganz kurze Haare. Sicher eine Lesbe, womöglich will die mich als ihr Sexobjekt oder so, und ich darf deshalb da wohnen. Das Gewand von der schaut aus wie aus der Caritas, wie soll mir die helfen, wenn sie selber kein Geld hat?

»Komm nur, komm nur«, sagt die Feuer-Alte, und ich gehe hin. Auf einmal kläfft ein Fiffi-Hund auf ihrem Schoß. »Aus, Mondschein, aus jetzt.« Ich frage mich, warum sie zu ihrem Hund Mondschein sagt. Der Fiffi-Hund bellt noch lauter, es ist so ein weißer Wuschel, so einen wollte meine Mama auch immer haben, weil er so bequem in einer Tasche Platz hat.

Ich sage »Grüß Gott«, weil ich ja höflich bin und gebe beiden die Hand.

»Ich bin Selena«, sagt die Kack-Alte, »und das ist Leya.«

Leya klingt wie die Putzfrau, die im Solarium gearbeitet hat. Der Fiffi-Hund beißt mich fast.

»Hörst du auf!«, schimpft die Feuer-Alte und lässt ihn auf den Boden, wo er herumwinselt. »Mondschein ist leider nicht so gut erzogen, wie er sein sollte. Setz dich«, sagt die Kacke-Alte, und ich setze mich auf einen Sessel, der älter ist als meine Oma. Vor mir steht ein Teller, und ich bin froh, weil das hoffentlich heißt, dass es bald Essen gibt. Mein Magen knurrt so, dass der Fiffi-Hund wahrscheinlich glaubt, ich bin ein Wolf. Nur – wo ist da eine Küche?

»Wir freuen uns, dass du bei uns bist.«

Die Kack-Alte lächelt mich an. Ich lächle nur ein bisschen, sonst glaubt sie, ich bin auch eine Lesbe.

Ich habe einmal mit Michelle auf lesbisch getan, das haben wir nur gemacht, damit die Typen geil werden. So wie Vanessa und Olivia bei *Gossip Girl*. Der Hund tut auf meinen Füßen herum. Wehe, er pisst mir ans Bein.

»Und, wie gefällt es dir hier?«, fragt die Feuer-Alte und macht so eine runde Bewegung mit den Armen.

Was meint sie? Den Raum, das Zimmer? Die Gegend? Ich kann ja jetzt nicht sagen, dass ich das alles beschissen finde. Weil das tue ich. Das ist nicht der Arsch der Welt, das ist hinterm Arsch der Welt. »Eh«, sage ich, weil »eh« ist ein Wort, das nicht schlecht, aber auch nicht gut ist.

»Wir sind so froh, dass wir den Raum hier gefunden haben, es ist toll hier, findest du nicht?«

Sie schaut sich um, und ich weiß nicht, ob der Feuer-Alten ihre Farben ins Hirn gestiegen sind. Der Raum hier ist zum Kotzen, der Putz fällt herunter, der Boden ist kaputt und die Fenster sind dreckig. Vorhänge gibt es auch nicht.

»Ja, das war wirklich ein Glücksgriff«, sagt Fabians Alte.

Spinnen die alle?

»Wir haben diesen tollen Raum und – das hat Karin dir ja

schon erzählt – ein Zimmer darüber gemietet, das eigentlich als Gästezimmer dienen sollte. Wenn wir in Zukunft Seminare und Workshops anbieten, können hier Besucherinnen übernachten. Aber Karin hat uns erzählt, dass du dringend eine Unterkunft brauchst. Da haben Leya und ich uns gedacht: Warum nicht?«

Ich verstehe nicht, wovon die Feuer-Alte so redet, aber langsam gewöhne ich mich daran, dass diese Weiber alle irgendwas reden, das ich nicht verstehe. Mein Magen knurrt wieder. Entweder sind die taub, oder sie glauben, dass der Fiffi-Hund knurrt.

»Ich glaube, die Situation ist noch sehr neu, nicht wahr, Julia?«

Die Fabian-Alte greift auf meine Hand und wischt darauf herum. Hoffentlich denkt die Kack-Alte jetzt nichts Falsches!

»Gut, vielleicht essen wir dann erst einmal was, was meint ihr?«, sagt die Kack-Alte. »Ach ja und übrigens: Wir sind natürlich per Du!«

Die Feuer-Alte holt aus einem Korb Aufstriche, Brot und so Sachen heraus, die ausschauen wie das Gewand von der Kack-Alten.

»Wir haben hier nur eine ganz kleine Küche hinter dem Raum, und die ist noch nicht eingerichtet. Deshalb haben wir ein bisschen was mitgenommen. Da ist Couscous-Salat, ein paar Gemüse-Sticks, verschiedene Dips und Falafel. Wir sind Vegetarierinnen«, erklärt die Feuer-Alte, »aber wir dachten, vielleicht magst du ein bisschen Fleisch. Deswegen haben wir eine echte Hirsch-Salami vom Bio-Bauer im Ort geholt, sie riecht köstlich.«

Sie hält mir die Hirsch-Salami unter die Nase, und mir wird schlecht. Sie stinkt wie die Hölle.

»Ich bin auch Vegetarierin«, lüge ich und da strahlen die zwei.

»Das trifft sich ja gut!«

Die Fabian-Alte schaut mich ein bisschen schief an.

»Erst seit Kurzem«, sage ich und schmiere Kack-Aufstrich aufs Brot. Der schmeckt weniger schlimm, als ich gedacht habe. Aber vielleicht ist das auch nur, weil ich schon so hungrig bin.

»Was ist dein Lieblingsessen?«, fragt die Kack-Alte.

»Chicken McNuggets«, sage ich.

»Huhn? Du isst nur kein *rotes* Fleisch?«

»Ich meine, *war*! *War* mein Lieblingsessen. Jetzt mag ich« – nachdenken, Tschulie, denken, denken – »*Nudeln.*« Uff, Kurve gekratzt. Was ist rotes Fleisch? Egal. Mir fällt bei Rot nur ein, dass ich dringend ins Nagelstudio muss.

»Also, wenn du magst, können wir dir morgen gleich die Gegend zeigen. Die Frauen kommen dann später, oder, Leya? Du musst doch morgen nicht arbeiten?«

»Nein, morgen hat sie frei, erst am Montag wieder«, meint Fabians Alte.

Was ist, glauben die, dass ich nicht selber reden kann?

»Wann musst du Montag in der Stadt sein?«, will die Kack-Alte wissen.

»Halb sechs«, sage ich mit vollem Mund. Hinunterschlucken ist sich nicht mehr ausgegangen.

»Halb sechs? Oh, das ist wirklich früh. Dann musst du hier den Bus um halb fünf nehmen, das ist der Erste.«

Mir bleibt fast das Herz stehen. »Halb fünf?« Da kann ich ja gleich durchmachen, am besten ich gehe nie mehr schlafen.

»Macht dir der Job denn Spaß?«, fragt die Kack-Alte.

»Nein.«

Unter dem Tisch wuselt der Fiffi herum und kitzelt meine Füße.

»Na dann wird es Zeit, etwas zu finden, das zu dir und für dich passt. Vielleicht bekommst du hier bei uns ja neue Impulse für dein Leben und ein bisschen Freiheit im Kopf.«

Ich nicke. Was meint sie damit? Ich hole mein Handy heraus und lege es neben den Teller. Aber da habe ich auch keinen Empfang. Das gibt es ja nicht!

Ich esse ein bisschen was von diesem Couscous-Salat, und die Feuer-Alte holt eine Flasche Wein aus ihrem Korb. »Zur Feier des Tages«, sagt sie. Sie hat vier Gläser in dem Korb. In eines schenkt sie nur ganz wenig ein, das bekomme ich. »Also, Julia, auf dich und darauf, dass wir neue Räume in unseren Herzen finden.«

Wovon reden die da? Ich trinke das Glas in einem Zug aus und bin froh, dass ich nicht mehr hab. Dieses Kotzzeug ist ja nicht zum Saufen!

»Köstlich«, sagt die Fabian-Alte. »Auch von dem Biobauer, der macht wirklich guten Wein.«

Ich trinke nie Wein, ich trinke nur Wodka-Red-Bull.

»Julia, Karin hat uns erzählt, du würdest dich für Schauspiel interessieren?«

»Ja, aber nicht Theater«, stelle ich klar. Leider fällt mir ein bisschen was vom Couscous aus dem Mund, das ist so blöd zum Essen. »Ich will zum Fernsehen.«

Die Feuer-Alte nickt. Der Fiffi-Hund jault, der will sicher auch was zu essen. Dürfen Hunde von Vegetariern Fleisch essen? Ich kenne niemanden, der kein Fleisch isst. Außer Michelle eine Woche lang, weil sie eine Diät gemacht hat.

»Ja, Karin hat ein bisschen darüber erzählt. Nur weißt du, Julia«, die Feuer-Alte legt ihr Besteck weg, »wenn du die Schauspielerei wirklich verstehen willst, musst du natürlich zum Theater, das ist, sagen wir mal, die Königsklasse.«

Wieso soll ich was von der Schauspielerei verstehen? Als Schauspielerin muss man auswendig lernen, aber von Verstehen habe ich noch nichts gehört.

»Eine unserer Freundinnen ist auch Schauspielerin«, sagt die Kack-Alte.

»Ach ja«, die Feuer-Alte freut sich. »Stimmt, Marlene! Mit ihr müssen wir dich unbedingt bekannt machen, Julia. Ich glaube, morgen kann sie nicht, aber nächste Woche kommt sie bestimmt mal vorbei.«

Habe ich richtig gehört, da gibt es eine *Schauspielerin*? »Spielt die auch im Fernsehen?«

»Nein, aber in einem Kinofilm hat sie mal mitgespielt, glaube ich.«

»Echt?« Ich mag Kino nicht so gern wie Serien, aber ein paar Filme, so wie *Hangover*, sind super.

»Es war eine österreichische Produktion, aber ich kann mich gar nicht mehr an den Titel erinnern.«

Ich habe gar nicht gewusst, dass in Österreich auch Filme gedreht werden. Ich kenne nur Shows, *Saturday Night Fever*, *Die große Chance*, *Austria's Next Topmodel* und so was, aber ich glaube nicht, dass sie das meinen.

»Ist sie berühmt?«

Karin lacht auf einmal ganz laut. Ich weiß nicht, was so lustig ist.

»Berühmt würde ich nicht sagen«, sagt die Kack-Alte, aber sie grinst auch. »Aber sie ist nicht schlecht, ich finde, sie ist wirklich talentiert. Sie ist in einer kleinen Theatergruppe.«

Die Feuer-Alte ist die Einzige, die überhaupt nicht lacht. »Ich bin mir sicher, dass sie dir viel zeigen kann, Sprechtechnik und solche Dinge.«

Was ist Sprechtechnik? Wovon reden die da immer? Die kann mir sicher nichts beibringen, wenn sie in einer Pimperltheatergruppe ist.

»Und was tust du sonst noch gern?«, fragt Kack-Alte und schmiert etwas auf ihr Brot, das aussieht wie ihr Oberteil.

»Lesen«, sage ich, weil das habe ich früher den Lehrern auch immer erzählt. Danach haben sie immer gestrahlt.

»Lesen? Das ist ja toll! Was liest du gerade? Oh, du hast ja dein Glas schon ausgetrunken, magst du noch einen Schluck?«

Ich nicke. Den Alkohol brauche ich heute, scheißegal, wie er schmeckt.

»Ich lese gerade so ein Buch, aber – haben Sie auch so eine Tasche für den Hund?«, frage ich die Feuer-Alte, damit ich nicht weiter wegen einem Buch nachdenken muss. Bis jetzt habe ich ein Buch gelesen, und das war *Twilight*.

»Du meinst so eine Tragetasche? Nein, das habe ich nicht. Ich finde, das ist nicht so bequem, und ich möchte Mondschein nicht einsperren. Er sollte sich frei fühlen. Freiheit ist für jeden wichtig.«

Wenn ich einmal so einen Hund habe, dann habe ich sicher eine Tasche, das schaut voll cool aus. Ich glaube, der Fiffi-Hund möchte auch lieber getragen werden, aber ich sage nichts.

»Also, Julia, worauf hättest du morgen Lust? Wir hätten nämlich sonst vorgeschlagen, dass wir dir am Vormittag ein bisschen die Gegend zeigen. Am Nachmittag erwartet dich eine kleine Überraschung. Was hältst du davon?«

Es ist nicht höflich, dass sie mich fragen, worauf ich Lust habe, und dann sowieso schon alles ausgemacht ist. Aber weil ich höflich bin, sage ich »Ja«.

Wir essen und dann reden die Frauen untereinander irgendwas über andere Frauen, und das ist alles so langweilig, dass ich fast einschlafe.

»Ich glaube, da ist jemand schon sehr müde«, sagt Fabians Alte. »Julia, es war heute ein anstrengender Tag für dich, du hast ja ganz früh zu arbeiten begonnen und jetzt hier, die neuen Eindrücke, wir sind alle schon recht müde.«

Ich bekomme Panik. Wollen die mich in dieser hässlichen Riesenhütte allein lassen? Ohne Fernseher? Ich schaue auf mein Handy. Es ist erst neun! Was soll ich jetzt ins Bett gehen?

»Brauchst du noch irgendetwas?«, fragt die Kack-Alte.

»Schlafen Sie auch da? Bin ich allein in dem Haus?«

»Fürchtest du dich?«, fragt die Fabian-Alte.

»Natürlich nicht!«, sage ich.

»Du bist hier nicht allein, keine Angst, hier sind ganz viele Leute. Daneben, über dem Haupteingang, ist ein Seniorenwohnhaus.«

»Eine Altenbude?«

Ich bin voll geschockt. Wie sollten mich Halbtote retten, wenn die Untoten mich holen kommen?

Die Kack-Alte räuspert sich, die Fabian-Alte Karin macht wieder so einen Schmalmund, und die Feuer-Alte atmet tief ein. »Altenbude ist keine schöne Bezeichnung für ein Seniorenwohnhaus, meinst du nicht auch?«, fragt sie, und ihre Stimme ist ganz piepsig.

Mir scheißegal, was für eine schöne Bezeichnung das ist. Ich will nicht mit lauter Gammligen in einem Haus sein. Was ist, wenn ein Verbrecher bei mir hereinspaziert? Bis das jemand schnallt und die Polizei ruft, hat mich der schon längst abgemurkst.

»Es sind auch Pfleger und eine Krankenschwester über Nacht da, also kein Grund zur Sorge. Du bist ja ein mutiges Mädchen, nicht wahr?«, meint die Fabian-Alte.

»Klar«, sage ich.

Gut, da muss ich durch. Ich werde es schaffen. Es bleibt mir nichts anderes übrig, oder? Vielleicht sollte ich doch in die Stadt zurück. Irgendwo komme ich schon unter. Zur Not bleibe ich im Dome und mache durch.

»Wo ist da die Bushaltestelle?«, frage ich. Ich versuche, so dreinzuschauen wie Serena, wenn sie etwas Böses vorhat, aber will, dass alle sie für einen Engel halten.

»Die zeige ich dir morgen. Der Bus fährt einmal pro Stunde, der erste um halb fünf, der letzte«, sie schaut auf die Uhr, »ja, der ist gerade gefahren. Um halb zehn.«

Ich will schreien. Aber in dem Moment heult der Fiffi-Hund los, weil ich ihm versehentlich auf seine Fiffi-Pfote gestiegen bin.

***

In meinem Kopf ist so viel los, dass ich nicht einschlafen kann. Ich muss an die Fabian-Alte, die Kack-Alte und die Feuer-Alte denken, an den Fiffi-Hund, natürlich an Fabian, an Aylin, an die Halbtoten da im Haus, und ob ich meine D&G-Tasche auch so hingelegt hab, dass sie nicht staubig wird. Ich habe schon ein halbes Packerl Zigaretten beim Fenster hinausgeraucht. Gott sei

Dank habe ich das noch in der Stadt gekauft. Hier gibt es ja wahrscheinlich nicht einmal einen Zigarettenautomaten. Ich will gar nicht mehr rauchen, weil mir schon schlecht ist. Aber was soll ich sonst tun? Ich habe keinen Fernseher. Noch dazu bin ich abgeschnitten von der Welt, weil ich keinen Empfang habe. Ich glaube, das ist noch schlimmer als damals, wo mir das Handy gestohlen worden ist. Jetzt habe ich ein Handy und kann nichts damit anfangen. Das ist das Schlimmste vom Schlimmen. Und ich kann niemandem erzählen, wie arg das ist, weil ich niemanden erreichen kann!

Es ist so ruhig, das ist unheimlich. Ich mache das Fenster noch einmal auf. Aber draußen ist es genauso still, kein Auto, keine Leute, die streiten oder reden oder laut Musik hören. Wie soll man bei der Ruhe bitte einschlafen? Das ist ja unnatürlich.

Ich denke ganz fest an Fabian. Er muss spüren, dass ich an ihn denke. Vielleicht braucht er Zeit. Und ich muss mich erst beweisen. Das ist wie bei *Hand aufs Herz*, da hat Ben auch ganz oft beweisen müssen, dass er Bea liebt und für sie ganz viel tun müssen. Das ist sehr romantisch.

Ich denke weiter an Fabian, aber immer taucht seine Mama auf und dann sind auch die Feuer-Alte und die Kack-Alte in meinem Kopf und der Fiffi-Hund bellt wie blöd.

»Julia«, sagt meine Mama, aber sie schaut aus wie der Fiffi-Hund. »Julia, Julia, Julia«, kläfft sie, sie hat rosa gestrichene Krallen. Ihre Schnauze ist ganz nah vor meinem Gesicht. »Julia«, bellt sie, reißt ihr Maul auf, und ich wache auf. Ich bin ganz fertig, mein Kopf ist wie ein Discovery, voll wuggi.

Ich schaue auf das Handy. Elf. Es ist stockfinster. Ich weiß nicht, aber so finster habe ich es mir auf dem Land nicht vorgestellt. Mir ist arschkalt. Wer hat gesagt, dass es auf dem Land schön ist? Es ist finster, kalt und still. Totenstill. Was soll da besser sein als in der Stadt? Von irgendwo höre ich plötzlich Stimmen. Die Halbtoten! Vielleicht ist die Polizei da, weil daneben die

Altenbude ist. Uralte Leute regen sich immer total auf und rufen wegen jedem Scheiß die Polizei. Die Frau Marlicek bei uns hat fünfhundertmal die Polizei geholt. Sie hat sich immer beschwert, dass wir zu laut sind. Wir haben ihr dann gesagt, sie soll scheißen gehen. Aber die Polizei hat eh nichts gemacht. Die Polizei macht nie was, das weiß ich. Lukas' Cousin will auf die Polizeischule, weil man als Polizist nichts hackeln muss. Nur dastehen und Schnellfahrer aufhalten. Vielleicht sollte ich auch Polizistin werden. Aber wenn es kalt ist, möchte ich nicht auf der Straße stehen.

Ich muss doch irgendwann eingeschlafen sein, weil wie ich aufwache, ist es draußen schon hell. Es ist erst 10 Uhr. Sonst schlafe ich bis Mittag, wenn ich frei habe. Aber jetzt bin ich schon richtig munter. Also stehe ich auf und ziehe mir meine Jeans und mein Leiberl an. Ich habe nur Stiefel mit Mega-Heels. Das ist vielleicht nicht so super. Vielleicht macht das die Kack-Lesbe ganz geil. Und ich weiß ja nicht, ob es auf dem Land gescheite Straßen, Gehsteige und so gibt.

In der Steiermark, wo ich mit Mama war, waren einige Wege aus Schotter. Wenn da auch alles aus Schotter ist, kann ich nicht einmal wohin. Ich schaue aus dem Fenster. Da ist nichts. Ein Baum, ein bisschen grauer Himmel. So viel Nichts ist das Schlimmste vom Schlimmsten. So schlimm wie still.

Ich schaue mir das Zimmer an. Es ist das erste Zimmer, das mir gehört. Also nicht wirklich mir gehört, aber so ein bisschen und irgendwie schon. Wenn ich es einmal richtig putze, ist es vielleicht okay. Und dann kann ich ja Poster aufhängen. Von Katy.

Ich wasche mich und putze mir die Zähne, dann gehe ich hinunter. Aus dem Raum höre ich Stimmen. Ich habe schon wieder Hunger. Hoffentlich gibt es ein Frühstück. Ich mache die Tür auf, der Fiffi-Hund rennt mich fast nieder. In der Mitte ist kein Tisch mehr. Was, wenn ich nichts zu essen bekomme? Ich habe fast kein Geld mehr.

Die Kack-Alte und die Feuer-Alte stehen da, sie haben was anderes an, aber sie schauen trotzdem gleich aus. Die Feuer-Alte hat ein bisschen grün und blau dabei, noch immer ist alles zu weit und wallt herum. Die Kack-Alte hat schwarze Leggins mit einem Rock an und dann noch einen Pullover und noch so eine Jacke drüber, alles in violett. Ich finde, es schaut trotzdem nach Pisse und Kacke aus. Ich weiß nicht, warum. Fabians Alte ist nicht mehr da. Sie hat gestern gesagt, dass sie in die Stadt zurückfährt. Ich habe bis jetzt gehofft, dass sie noch da ist und mich mitnimmt.

Die Feuer-Alte macht die Arme auf, wie wenn sie mich umarmen will. Sie will das nicht nur, sie hat das fix vor! Sie kommt auf mich zu! Und dann bin ich auch schon gefangen, und sie quetscht mich an ihren Busen. Jetzt geht die Lesben-Sache schon wieder los!

»Julia, einen wunderschönen guten Morgen.«

Mir bleibt die Luft weg, aber ich glaube, ihr Busen ist gar nicht so groß, es ist nur so viel Stoff.

»Na, wie war die erste Nacht, hast du gut geschlafen?«

Sie lässt mich wieder aus, und ich muss nachdenken, wie ich ausweichen kann, damit mich die Kack-Alte nicht auch noch umarmt. Aber das geht nicht, weil die ist schon neben mir und ich werde noch einmal zusammengequetscht. »Du weißt doch: Der erste Traum an einem fremden Ort geht in Erfüllung«, sagt sie. Das hoffe ich nicht, sonst bellt mich Mama als Fiffi-Hund an. Der Fiffi-Hund bellt heute nicht so viel, dafür tut er die ganze Zeit an meinem Fuß herum. Wahrscheinlich will er mich beficken, das ist voll grauslich. Ich probiere ihn unauffällig abzuschütteln, damit die Feuer-Alte nicht denkt, dass ich eine Tierquälerin bin. Je mehr ich schüttle, desto fester klebt er auf mir drauf. Ich gebe auf.

»Was hältst du davon, wenn wir frühstücken gehen?«, fragt die Kack-Alte. »Leya und ich haben gedacht, wir spazieren gemütlich in das Café im Ort. Das ist sehr nett, und es wäre eine tolle Möglichkeit für dich, mal die Umgebung zu sehen.«

Ich nicke, und die Feuer-Alte hebt ihren Fiffi-Hund hoch. »Du musst ihn entschuldigen, er ist so stürmisch. Hast du deine Jacke oben? Wenn du sie holst, können wir gleich los.«

Ich hole meine Jacke, und dann gehen wir hinaus. Sofort hole ich mein Handy heraus. Endlich habe ich wieder Empfang! Michelle hat mir ein paar WhatsApp geschickt. Von Fabian ist nichts da. Es ist eiskalt. Meine Jacke ist nichts fürs Land. Da hat es minus hundert Grad. Hier gibt es sicher Eisbären. Im Fernsehen war eine Sendung über Eisbären. Die haben so ein fettes Fell, da geht nichts durch. Aber wenigstens sind die Straßen und Gehsteige aus Asphalt. Trotzdem ist es mit den Stiefeln blöd, weil der Fiffi-Hund vorrennt und ihm die zwei Alten hinterherlaufen. Ich kann mit meinen Stiefeln nicht so schnell wie die mit ihren Gesundheitsschlapfen. Ich bin froh, dass wir auf dem schönen Land sind. Wenn mich wer mit denen in der Stadt sieht, brauch ich nie mehr in den Dome gehen.

Gestern war Samstag. Michelle war sicher im Dome. Und genau in dem Moment, wo ich das denke, piepst mein Handy fünfmal. Michelle hat mir fünf WhatsApp geschickt. Das letzte ist ein Bild mit Malik und ihr. Dahinter steht Kamil und daneben ist eine Tussi, die ich nicht kenne. Wahrscheinlich seine neue Alte. Wenn ich die einmal sehe – nein, das ist mir ja egal. Kamil ist überhaupt nicht mehr in meinem Leben.

»Hier, da hinten, siehst du die Weinberge?«, fragt die Feuer-Alte und zeigt mit ihrer Hand dorthin. Da ist nur so Gestrüpp. »Dort ist es wunderschön, perfekt zum Spazierengehen.« Sie macht so auf übertrieben Luft holen. »Diese frische Luft, herrlich. Ich habe ja auch jahrelang in der Stadt gewohnt, aber das ist kein Vergleich mit der Lebensqualität hier.« Ich weiß nicht, was daran herrlich sein soll. Wenn wir nicht bald im Café sind, muss ich erfrieren, was interessieren mich die Weinberge?

»Hier vorn sind das Gemeindeamt und die Post, daneben ist eine Apotheke.«

»Ist da wo ein H&M?«

Die Kack-Alte lacht. »Einen H&M gibt es da leider nicht. Wir haben nur eine Boutique, an der kommen wir gleich vorbei.«

Die Boutique ist so groß wie mein Zimmer in dem Haus, und es hängen Oma-Fetzen drinnen. Die zwei bleiben stehen.

»Leider ist heute Sonntag, aber du siehst ja, es sind echt nette Sachen«, sagt die eine.

Das ist sicher ein Scherz, also lache ich, was geht. Aber die beiden lachen nicht.

»Was ist so witzig?«, fragt die andere.

»Das Geschäft «, sage ich, aber sie machen beide keinen Rührer. War das kein Schmäh? Sie sehen mich an, was soll ich denn jetzt sagen? »Es ist so, also, manchmal muss ich einfach lachen. Wegen nichts. Das ist so bei mir.« Sonst fällt mir auf die Schnelle nichts ein. Aber das war genau das Richtige.

»Das ist ja toll!«, ruft die Kack-Alte und klatscht.

»Finde ich auch, Lachen ist die beste Therapie!«

Die Feuer-Alte lacht wie auf Befehl los und die andere steigt ein. Das ist so peinlich! Ein alter Mann geht an uns vorbei, sicher einer von der Vergammeltenhütte, sogar der erschreckt sich. Aber das finden die noch witziger. Die Feuer-Alte hält sich den Bauch. Haben die was geraucht? Zum Glück fängt der Fiffi-Hund an zu kläffen und sie beruhigen sich endlich.

Kurz darauf sind wir beim Café. Es ist ein einziger Tisch in einem Raum. Dann gibt es eine Glastür und dahinter sind viele Tische. Ich will schon hineingehen, da sagt die Kack-Alte: »Dahinten ist der Raucher, da ist die Luft so schlecht.« Sie setzt sich auf den Mini-Tisch.

Scheiße, in dem anderen Raum könnte ich wenigstens ein bisschen Rauch einatmen. Aber es hilft nichts. Wir bestellen, und ich nehme dasselbe wie die zwei: ein großes Frühstück.

»Aber ohne Schinken«, sagt die Feuer-Alte.

»Für mich mit«, sage ich. Scheiße noch einmal, ich habe vergessen, dass ich Vegetarierin bin. »Nein, für mich auch ohne.«

»Na was jetzt?«, fragt die Kellnerin.

Als Kellnerin darf man nicht so grantig sein. Die Michelle war einmal Kellnerin, und sie war immer sehr freundlich. Dafür hat sie auch sehr viel Trinkgeld bekommen. Aber dann hat sie einmal Geld aus der Kasse genommen und ihr Chef hat sie gekündigt. Das war unfair, weil sie wollte es sich ja nur ausborgen.

»Kein Schinken, ich bin Vegetarierin.«

»Ach so.«

Die Kellnerin geht weg, blöde Kuh. Das Frühstück ist sehr gut. Es gibt Ei und Kipferl und Semmel und Butter und Marmelade. Die zwei Alten lassen fast alles stehen, und ich esse auch ihre Portionen weg. Warum sind die nicht dünner, wenn sie nichts essen?

»Na, hat dir wohl geschmeckt?«, fragt die Kack-Alte. Ich nicke. »Was hast du zuhause gegessen? Kochst du gern? Oder deine Mama?«

»Wenn meine Mama was kocht, esse ich es sicher nicht«, sage ich.

Endlich lachen wir alle zusammen. Sie fragen mich noch andere Sachen von meiner Mama und von der Schule, und warum ich keine Lehre gemacht habe. Ich komme mir vor wie beim AMS. Daneben schreibe ich eine WhatsApp. Ein paar Mal piepst mein Handy. Lukas: »Gib mir meine Tasche zurück«. Idiot. Die Weiber fragen weiter. Das macht mich ganz müde.

»Was haltet ihr davon, wenn wir zurückgehen? Julia, du siehst ganz erschöpft aus, leg dich doch ein bisschen hin und am Nachmittag lernst du dann die anderen Frauen kennen.«

»Wollten Sie, ich meine ihr, mir nicht da alles zeigen?«

»Was meinst du?«

»Ja was es alles gibt im Ort.«

»Was meinst du genau? Eigentlich haben wir schon alles gesehen, das Geschäft, da gegenüber ist noch ein Spar, hier in der Bäckerei gibt es gutes Gebäck und sonst kann man einfach überall spazieren gehen.«

Spazieren? Gehen die immer nur spazieren? Was machen die am Abend? Gibt es da nicht einmal ein Kino?

»Es gibt tolle Wanderrouten«, sagt die Kack-Alte, »falls du einmal Lust hast, auf einen Berg zu steigen und etwas Anstrengendes zu machen.«

Ich mag nichts Anstrengendes, es ist schon anstrengend genug, dass man aufstehen muss. Auf einen Berg gehen? Die spinnt ja.

»Also wir zahlen und dann gehen wir, gut? Du Armes, siehst wirklich müde aus. War mühsam, die letzte Zeit, hm?«

Die Feuer-Alte streichelt meine Wange. Jetzt fängt die Lesben-Scheiße wieder an.

***

Karin konnte sich nicht konzentrieren. Ständig sah sie auf ihr Handy. Sie hatte Barbara doch gebeten, sich bei ihr zu melden. Nun gut, sie hatte gesagt, sie solle sich melden, falls etwas nicht in Ordnung sei. Aber einmal kurz Bescheid zu geben, wäre doch nicht so schwierig!

»Magst du noch?«, fragte Markus.

»Nein, ich bin fertig.«

Markus nahm das letzte Stück Brot und schmierte Butter drauf. »Jetzt komm, du wirst ja nicht den ganzen Tag an dieses Mädchen denken«, sagte er und griff zur Marmelade. »Dass es nicht dein Problem ist, habe ich ja schon gesagt. Jetzt hast du sie untergebracht, wo sie sicher am besten aufgehoben ist, also bitte hör auf, so ein Gesicht zu ziehen. Ich verstehe nicht, warum sie dich so interessiert. Du kennst sie ja nicht einmal.«

»Ich weiß nicht, ich fühle mich einfach für sie verantwortlich.«

»Verstehe, ein neues Projekt, na fein.« Er verdrehte die Augen.

Sie erinnerte sich an die Mimik ihres Professors an der Uni. Wenn ihm etwas nicht passte, bekam er diese unsympathische Stimme und verdrehte die Augen.

»Ja, Herr Professor«, sagte sie, um ihn zu necken. Es war als Auflockerung gedacht, doch Markus ärgerte sich.

»Ich glaube, es gibt Dinge, die wichtiger sind als dieses komische Mädchen, zu dem wir absolut keinen Bezug haben.«

Ihr fiel auf, dass seine Schläfen immer mehr ergrauten und er eine neue, kaum sichtbare Falte auf der Stirn bekommen hatte.

»Du hast recht«, lenkte sie ein. Sie wollte einen Streit vermeiden. Langsam räumte sie den Tisch ab, am Wochenende gab es keinen Grund zur Hektik. »Müssen wir noch was einkaufen?«

Markus zuckte mit den Schultern, nahm die Zeitung und sah sie nicht mehr an. Ihr war nicht ganz klar, ob er tatsächlich beleidigt war oder einfach nur Zeitung lesen wollte. Markus war oft wortkarg, das machte die Kommunikation nicht gerade einfach. Sie öffnete den Kühlschrank.

»Wir könnten heute Abend einen Fisch braten.«

Er sagte nichts. Karin sah auf die Uhr. »Fabian schläft ja ewig. Geht ihr heute wieder Tennis spielen?«

Markus nickte. Unregelmäßig spielten er und Fabian gemeinsam Tennis. Durch den Sport hatten sie sich richtig kennengelernt. Oft hatte Karin das Gefühl, Markus war ihrem Sohn näher, als sie es war. Aber was sollte man von einem 18-Jährigen erwarten?

Sie ging ins Schlafzimmer und legte sich aufs Bett. Dreimal rief sie Barbara an, jedes Mal erreichte sie nur die Box. Typisch, Barbara nahm das Handy fast nie ab. Karin verstand nicht ganz, was dann der Sinn des Geräts war. Aber gut, Markus hatte recht, es war wirklich unverständlich, dass sie sich wegen des Mädchens so viele Gedanken machte. Vielleicht war es einfach die Ablenkung, die sie brauchte, um nicht an sich selbst zu denken? Aber war es deshalb schlecht? Warum sollte man sich nicht um die Menschen, die einem begegneten, kümmern? Auch wenn es auf seltsamen Wegen passierte, es war doch nichts Negatives daran?

Sie war sicher keiner dieser Gutmenschen. Nie hatte sie ehrenamtlich gearbeitet oder sich für etwas besonders engagiert. »Ich habe ein Kind, das ist Ehrenamt genug«, hatte sie immer als Ausrede benutzt.

Gut, sie spendete, zu Weihnachten und bei aktuellen Katastrophen, aber nie war es um konkrete Hilfe und Unterstützung gegangen.

Karin starrte aus dem Fenster, ohne etwas wahrzunehmen. Hilfe und Unterstützung klangen karitativ und bedürftig. Aber Julia war nicht bedürftig. Sie war ein Mädchen, das aus einer sozial weniger privilegierten Schicht kam. Davon gab es Hunderttausende. Julia war nicht die einzige Jugendliche ohne eine richtige Ausbildung. Aber sie hatte einen Job und würde sich durchschlagen, ganz bestimmt. Sie war natürlich naiv, aber gleichzeitig unbedarft und furchtlos. Auf alle Fälle war Karin überzeugt, dass Julia mehr Potenzial besaß, als in einer Bäckerei Weckerln zu verkaufen. Sie würde keine Universitätsprofessorin werden, aber vielleicht Kindergärtnerin. Karin stellte sich Julia im Kindergarten vor. Es gelang ihr nicht. Diese hohen Schuhe, die Unmengen an Make-up, die engen Klamotten, nein, vielleicht Immobilienmaklerin? Ja, schon besser. Das konnte doch nicht so schwer sein. Warum nicht? Karin lächelte. Als Maklerin konnte Julia sogar für sich selbst eine Wohnung finden. Dann hätte sich dieses Problem auf einen Streich erledigt. Julia war alt genug, einen Mietvertrag abzuschließen. Nur fehlte es ihr an Geld. Doch dafür würde Karin nicht aufkommen, finanziell wollte sie auf keinen Fall etwas für das Mädchen tun. Das war die Aufgabe der Eltern. Auch wenn sie selbst nichts hatten: Sie erhielten staatliche Unterstützung für ihr Kind, zumindest das stand Julia zu.

Karin musste dort vorbeischauen.

***

Ich brauche dringend eine Maniküre. Aber da in dem Ort gibt es nicht einmal ein Nagelstudio. Friseur habe ich auch keinen gesehen. Ich rauche schon meine zehnte Tschick, ich muss ja alles aufholen und vorrauchen für später.

In dem Zimmer ist es eiskalt, weil ich aus dem Fenster hinausrauche. Das ist sehr höflich von mir. Ich halte mein Handy ganz weit aus dem Fenster hinaus. Aber es geht trotzdem nicht. Das mit dem Empfang ist ganz arg da im Haus. Das gibt es ja nicht. Los ist hier auch nichts, sogar mitten am Tag. Unter mir ist eine kleine Straße, und ich kann nicht genau sehen, wo die hingeht, dahinter sehe ich nur Wald. Wenn ich mich ganz hinauslehne, ist da nur ein einziges Haus und das ist weit weg. Ich werfe meine Zigarette hinunter, da liegt jetzt sicher schon ein ganzer Haufen. Aber da kann ich nichts dafür. Wo soll ich sie sonst hinschmeißen? Ich mache das Fenster zu.

Wann geht noch mal der Bus? Es reicht, ich muss da weg, ich fahre sofort zurück. Irgendwo komme ich schon unter. Ich nehme meine D&G-Tasche und stopfe die wenigen Sachen, die ich herausgenommen habe, wieder hinein. Dann ziehe ich mich an, nehme alles mit und gehe die Stufen so leise hinunter, wie es nur geht. Ich bin schon an der Haustür, auf einmal ruft die Feuer-Alten-Stimme ganz laut:

»Julia!«

Soll ich laufen? Ich bleibe stehen.

»Wo willst du hin?«

Ich kann gar nichts sagen, schon hat sie meine Hand genommen. Vor meinen Füßen kläfft der Fiffi-Hund wie blöd.

Sie zieht mich mit, und wir gehen in den großen Raum. Da sind ganz viele Frauen. Sie stehen zu zweit oder zu dritt herum und schauen aus wie die Feuer- und die Kack-Alte, oder Mischungen daraus. Sie lachen und quasseln. Die Feuer-Alte lässt meine Hand aus und stellt sich in die Mitte.

»Liebe Frauen, heute haben wir eine ganz besondere Mission,

wir wollen unseren Raum nach unseren kreativen Ideen gestalten. Er soll ein Platz ganz nach unseren Vorstellungen werden. Unser *Wohlfühlraum* sozusagen. Und dabei hilft uns ein ganz besonderer Gast. Julia, kommst du mal zu mir?«

Ich gehe in die Mitte, und sie glotzen mich an. Habe ich was im Gesicht, oder was?

»Ich freu mich, euch Julia vorstellen zu dürfen. Sie hat einiges hinter sich und wird eine Zeit lang unser Gast sein. Bei uns und hoffentlich auch mit unserer Hilfe hat sie die Chance, den richtigen Weg zu finden. Julia, wir freuen uns, dass wir dich dabei unterstützen dürfen!«

Alle nicken. Mit »einiges hinter sich« meint sie wahrscheinlich, dass Fabian jetzt eine Hängearschtussi hat. Auf einmal fängt die Kack-Alte an zu klatschen an und die anderen klatschen auch, der Fiffi-Hund bellt.

Ich habe noch nie Applaus bekommen. Das ist super, noch dazu habe ich nichts gemacht. Applaus bekommen sonst nur die, die voll was Gutes machen. So wie Dominique bei *GNTM*. Gut, dass ich vorher nicht abgezischt bin.

»Okay. Julia, Frauen, ich hätte vorgeschlagen, wir legen los. Also: Ran an die Farben, Walzen und Pinsel!«

Auf einmal ist es wieder laut, und alle rennen herum und holen sich Kübel und Pinsel und Walzen und so was. Ich bleibe neben der Feuer-Alten stehen.

»Was ist mit *dir*?« Die Feuer-Alte nimmt schon wieder meine Hand. Vielleicht sind das alle Lesben. »Du musst natürlich auch mitmachen. Einfach die Wand vor dir, was meinst du? Und hier ist ein Kübel mit toller Farbe.«

In dem Kübel ist ein Blau. Blau? Wollen die ihre Wände blau streichen? Die Feuer-Alte stellt sich zur Wand. Vom Pinsel tropft Farbe auf ihre Schuhe und den Boden, aber das macht ihr nichts. Sie malt einen Kreis, der nicht einmal rund ist.

»Mach einfach, was dir gefällt!«

Um den Kreis malt sie Punkte.

»Lass deiner Fantasie freien Lauf! Lebe dich aus, lass die Farben für dich sprechen.«

Es sieht schlimmer aus als die Zeichnung, die mir Anna-Sophie von Stiege acht einmal geschenkt hat. Anna-Sophie ist zwei. Aber vielleicht findet die Feuer-Alte das lustig.

»Los, komm«, sagt sie und hält mir einen Pinsel hin.

Ich tauche ihn in die Farbe und mache es so, wie es Michelles Papa gesagt hat: Den Pinsel ganz hoch an die Wand halten und dann mit einmal ganz gerade hinunter.

Ich mache den Strich bis zum Boden. Dann fange ich wieder oben an. Das mache ich ein paarmal. Es sieht ganz ordentlich aus, finde ich. Die Bahnen sind halbwegs gerade, und die Farbe gut verteilt. Das ist am Wichtigsten, hat Michelles Papa gesagt.

Mit einem breiteren Pinsel kann man das sicher besser machen, aber vielleicht kennen sich die Lesben da nicht so aus. Nach der fünften Bahn mache ich eine kurze Pause. Ich höre Vögel zwitschern. Wo kommt da ein Vogel her? Die Fenster sind zu, und draußen ist es so saukalt, dass alle Vögel, die noch da leben, tot sind. Aber dann macht es Ping, Ping, Ping, und ich komme drauf, dass das Gezwitscher aus einem Radio kommt.

Ich sehe in der Mitte vom Raum einen iPod. Und wie ich mich so umschaue, fällt mir fast der Pinsel aus der Hand. Diese Weiber machen nur Punkte, Figuren, Wolken und Tattoo-Symbole in knallbunten Farben – keine einzige, gerade Bahn.

»Julia, Süße, was machst du da? Sei kreativ, male, was du willst. Lass dich nicht einschränken.«

Die Feuer-Alte nimmt mir den Pinsel weg und taucht ihn in den Farbtopf. Wieder tropft die Farbe auf ihre Schuhe und auf den Boden. Sie gibt mir den Pinsel zurück und nimmt meine Hand, so dass wir jetzt beide den Pinsel halten. Dann malt sie mit mir einen Kreis.

»Und jetzt du!«, sagt sie und lacht. Die spinnen komplett. Ich male einen kleinen Kreis.

»Perfekt!«

Die Alte streckt mir den Daumen entgegen. Sie nimmt einen Pinsel, der auf dem Boden liegt und aus dem die Farbe rinnt. Sie macht auch einen Kreis. Ich verstehe wirklich nicht, warum so hässliche Kreise besser sind als meine Bahnen-Wand, aber bitte. Mache ich eben Kreise, kleine und größere, dicke und dünnere. Aber ich versuche, die Linien so rund zu malen wie es geht, damit es nicht aussieht wie von Anna-Sophie.

»Na, macht Spaß, nicht wahr?«, sagt die Kack-Alte auf der anderen Seite.

»Ja«, sage ich und tauche den Pinsel sofort wieder in den Topf, damit sie sieht, wie super ich das finde. Diesmal male ich einen großen Kreis und mache einen kleinen hinein. Rundherum klatsche ich Tupfen drauf, weil ich sehe, dass die anderen das auch so machen.

»Toll! Genau so!«, ruft die Kack-Alte. Ich mache so weiter. Eine von den Weibern, die graue abstehende Haare hat, sagt: »Wir könnten Farben tauschen, was meinst du?«

Ich nehme ihren Pinsel. Dann male ich eben rote Kreise, auch wurscht.

Immer, wenn eine fragt, ob wir Farbe tauschen, mache ich die Kreise in einer anderen Farbe. Nach einiger Zeit ist mir wirklich langweilig, und ich mache die Kreise größer, damit ich nicht mehr so viel malen muss. Das Ping, Ping, Ping und Zwitscher, Zwitscher geht mir auf die Nerven. Dann sehe ich, dass die Frauen teilweise über die Bilder der anderen malen. Das wird immer ärger! Ich patze mir auch noch einen roten Fleck auf mein Top.

»Scheiße!«, brülle ich.

Die Weiber rundherum starren mich an. Schnell tauche ich den Pinsel in die Farbe und tu so, als ob nichts passiert ist. Mir tut schon die Hand weh.

Endlich sagt die Feuer-Alte: »Gut, ich glaube, so langsam kommen wir ans Ziel.« Sie stellt sich wieder in die Mitte und macht das Ping, Ping aus. Die Weiber legen die Pinsel weg, also mache ich das auch. Sie sehen sich an, nicken sich zu und lächeln. Es ist fürchterlich. Die Wände sind richtig angeschmiert. Ich stelle mir vor, wie Michelles Vater das sieht und tot umfällt.

»Toll, toll, toll, es sieht wirklich super aus. Genauso haben wir uns das vorgestellt.«

Wieder klatschen alle, und ich hoffe, dass wir jetzt fertig sind, ich habe echt keine Lust mehr.

»Julia, ich finde, du warst eine ganz großartige Hilfe!«

Sie klatschen noch einmal, und jetzt bekomme ich schon zum zweiten Mal Applaus. Gut, wenn es ihnen so gefällt, kann ich schon noch ein paar Kreise machen, das geht gerade noch.

***

Barbara gab ihr die Adresse durch. Sie hatte Julia einfach danach gefragt. Karin notierte sie in ihrem Kalender. Sie saß in der Arbeit und hatte tausend Dinge zu erledigen, doch einfach keinen Kopf dafür. Schnell gab sie Namen und Adresse im Online-Telefonbuch ein. Treffer. Die Nummer war zum Glück nicht geheim. Karin speicherte sie unter »Julia Mutter« ab. Sie nahm sich vor, von zuhause aus sofort anzurufen.

Zuhause starrte sie auf die Nummer. Sobald sie den grünen Knopf drücken wollte, überlegte sie es sich doch anders. Vielleicht lieber eine SMS? Nein, dann würde sie auf eine Antwort warten müssen, und wer wusste schon, wann und ob diese Frau sich zurückmelden würde? Wenn, dann war nur ein Anruf möglich. Sie musste nur vorher überlegen, was sie sagen wollte.

Hallo, hier spricht Karin Lepuschitz. Gut. Und dann? Doch lieber spontan? Spontaneität war in solchen Fällen vielleicht am besten. Karin tippte auf die grüne Anruftaste. Sekunden später auf die rote.

Das gab es doch nicht, sie telefonierte jeden Tag mit mindestens zehn Leuten, und jetzt fürchtete sie sich vor diesem lächerlichen Anruf?

Nein, so ging das nicht. Jetzt aber. Sie drückte die grüne Taste, hielt sich das Handy ans Ohr und wartete. Es läutete. Insgeheim wünschte sie sich, dass die Box anging. Es läutete weiter. Keine Box, nichts. Karin legte auf.

Sie versuchte es nun doch mit einer SMS. Damit die Nachricht nicht zu Missverständnissen führte, schrieb sie nur: »Bitte um kurzen Rückruf in einer privaten Angelegenheit, es ist nichts Schlimmes passiert. Vielen Dank, Karin Lepuschitz.«

Hoffentlich verfiel die Frau jetzt nicht erst recht in Panik. Ob sie ein weiteres klärendes SMS nachschicken sollte? Sie rief noch einmal an. Wieder läutete es, doch diesmal ging die Box nicht an.

Den ganzen Abend wartete Karin auf eine Rückmeldung. Sie nahm das Handy sogar ins Schlafzimmer mit.

»Ruft dich heut noch dein Lover an?«, fragte Markus. Seine Laune war hervorragend. »Und dafür muss ich in der Nacht aufwachen? Mir bleibt auch nichts erspart.«

Karin streichelte über seine Wange. »Armer Kerl. Nur für dich schalte ich es auf extra laut.«

Sie nahm das Handy, kontrollierte es noch einmal und drehte es schließlich ab.

»Nichts?«, fragte er. Sie schüttelte den Kopf.

»War ehrlich gesagt auch nicht zu erwarten.« Er zog sie zu sich. »Es wird schon alles gut gehen. Mach dir keine Sorgen. Du hast alles getan, was möglich ist – und noch viel mehr.«

Karin legte den Kopf auf seine Schulter. »Ich habe das Gefühl, ich kann es einfach nicht so lassen. Natürlich geht es mich nichts an, aber – so ist es eben.«

Er küsste sie auf die Wange. »Ja, so bist du eben«, sagte er. »Gute Nacht.«

Markus drehte sich um. Karin entschied, morgen nach der Arbeit einfach hinzugehen und anzuläuten. Auch auf die Gefahr hin, dass es sinnlos war. Sie malte sich aus, wie die Wohnungstür in einem grauen, heruntergekommenen Gebäude aufging. Das Bild hielt sie noch länger wach.

***

Die ganze Woche stehe ich um halb fünf auf. Ich weiß nicht, wie ich das mache, aber ich schaffe es. Vielleicht weil mir ein Interview von Vince einfällt. Er sagt, dass er für *GZSZ* auch immer früh aufstehen muss.

Jeden Tag bin ich pünktlich um halb sechs in der Filiale. Am ersten Tag vertue ich mich um 3 Euro 35, und Aylin macht ein Theater, als ob ich die scheiß Bäckerei ausgeraubt hätte. Soll *sie* einmal so früh aufstehen und dann arbeiten, die blöde Kuh! Das sage ich ihr auch. Also nicht, dass sie eine blöde Kuh ist, aber dass sie einmal so früh aufstehen soll. Sie sagt, dass sie jeden Tag um halb vier aufsteht, weil sie von noch weiter herkommt. Ja, gut, da kann ich auch nichts machen, dass die in einer noch beschissenern Gegend wohnt als ich.

Jeden Abend sitze ich in dem Zimmer im Dorf und will zu Fabian, oder mit Michelle in den Dome. Aber dann mache ich es doch nicht, und in der Früh bin ich wieder im Bus.

Wenn ich am Abend ankomme, laufe ich die paar Schritte im Ort zu der Feuer-Alten nachhause. Die hat immer ein Abendessen für mich. Sie wohnt in einer echt super Wohnung. Ich frage mich, wo die anderen Leute sind, die da auch wohnen. Sie hat vier Zimmer. Aber außer ihr und ihrem Fiffi hab ich noch nie sonst wen gesehen.

Es gibt immer nur gesunde Sachen zum Essen, und heute sagt sie: »Weil es dir am besten schmeckt, habe ich Soja-Chicken-McNuggets gekauft.«

Das ist voll grauslich, ich weiß nicht, was das mit Chicken McNuggets zu tun haben soll. Deswegen sage ich, dass mir schlecht ist, weil ich in der Bäckerei Sachen verkosten hab müssen. Das glaubt sie mir, weil sie ja keine Ahnung hat.

Wenn ich bei ihr bin, redet sie ohne Ende. Ich höre nicht zu, dafür bin ich zu müde, und es ist saulangweilig, was sie sagt. Meistens redet sie was von Entscheidungen und Sinn im Leben und so. Sie fragt mich, was ich mir vorstelle für die Zukunft.

»Ja, so mit Fabian, und dass er halt arbeiten geht, und ich bin daheim und mache ihm was zu essen und so.«

Sie sieht ganz geschockt aus.

»Ohne Fleisch, Essen ohne Fleisch!«, sage ich, aber sie hat noch immer so ein Schock-Gesicht.

»Ich glaube, wir müssen einmal über dein Frauenbild reden«, sagt sie. Sie klingt ernst.

Ich weiß nicht, was ein Frauenbild ist. Außer ein Bild mit einer Frau. Aber ich weiß nicht, was es darüber zu reden gibt. Ich weiß nicht, ob ich nachfragen soll, vielleicht ist das etwas, das man eigentlich wissen soll. Es gibt Dinge, die sollte man wissen.

»Glaubst du nicht, dass es mehr Möglichkeiten für Frauen gibt, als daheim zu sein und auf den Mann zu warten?«, fragt sie.

»Sicher«, sage ich, »aber ich bin gern daheim. Wenn ich einmal ein Daheim habe ...«

»Ich glaube, du hast sehr viele Talente, Julia, und es wäre doch schade, sie nur dafür zu verschwenden, auf einen Mann zu warten.«

Von meinen vielen Talenten weiß ich nichts. Außer dass ich eine gute Schauspielerin bin.

»Hast du keine anderen Pläne und Ideen für die Zukunft? Ich bin mir sicher, es gibt Dinge, die du spannend finden würdest. Vielleicht hast du bis jetzt einfach noch nicht gefunden, was dich interessiert, und es ist etwas ganz anderes. Kunst zum Beispiel – oder Psychologie.«

Ich weiß nicht, warum die Kack-Alte glaubt, dass ich Kunst oder Psychologie interessant finde. Ich weiß auch nicht genau, was Psychologie ist, und was man da so macht.

»Ja, vielleicht«, sage ich, und sie sieht zufriedener drein. Auf einmal läutet mein Handy. Die Fabian-Alte ist dran.

»Wie geht es dir, fühlst du dich wohl?«, fragt sie.

Ich sage nichts. Wenn ich sage, dass es totale Scheiße ist, darf ich Fabian vielleicht nie mehr wiedersehen.

»Ich weiß, die Frauen sind ein bisschen gewöhnungsbedürftig. Aber du bist hier gut aufgehoben, zumindest eine Zeit lang.«

Ich bin sauer und sage wieder nichts.

»Ich komme nächste Woche mal nach der Arbeit vorbei, gut? Kann ich dir etwas mitbringen?«

»Einen Fernseher!«, rufe ich.

»Ja, also, das kann ich versuchen. Ich glaube, Markus hat noch irgendwo einen alten stehen, den nehme ich dir mit, in Ordnung?«

Jetzt bin ich ein bisschen gut mit ihr. Mit einem Fernseher ist die Welt gleich viel besser.

»Ich glaube aber, hier haben sie gar kein SAT und Kabel«, sagt die Fabian-Alte.

»Was?«

Ich bekomme fast keine Luft. Kein SAT? Kein Kabel? Ich habe nicht gewusst, dass es so etwas gibt. Was mach ich dann mit dem Fernseher?

Am nächsten Tag schlafe ich wie immer in der Früh im Bus, bis wir in der Stadt ankommen und ich in die U-Bahn umsteigen muss. Im Bus sind echt schon Leute um diese Zeit! Ich habe gedacht, dass keiner so früh weg muss wie ich. Aylin ist nicht da, sie ist krank. Statt ihr ist eine blöde Kuh da. Sie heißt Daria und redet noch schlechter Deutsch als Aylin. Sie macht alles falsch, und am Ende fehlt Geld in der Kasse. Ich schimpfe sie, das darf nicht passieren.

Es ist Samstag, und ich gehe schon um zwei. Danach treffe ich Michelle. Wir gehen in die Mall shoppen und essen bei McDonald's. Ich nehme gleich zwei Portionen Chicken McNuggets mit einer großen Portion Pommes. Michelle sagt, es ist super mit

Malik und sie wollen fix zusammenbleiben und bald heiraten. Ich esse meine Pommes und sage, dass Fabian und ich auch fix zusammenbleiben wollen, aber dass er sich jetzt konzentrieren muss, damit er Geld bekommt. Michelle interessiert das überhaupt nicht. Sie fragt mich, ob ich mit in den Dome kommen will, aber dass Kamil mit seiner neuen Freundin kommt. Dann werde ich sicher wütend. Aber ich sag trotzdem Ja. Am Sonntag muss ich dann eben mit dem ersten Bus ins Dorf.

Die Kack-Alte hat erzählt, dass es am Sonntag eine riesige Feier geben wird. Sie hat nicht genau gesagt, was es wird, und dass ich mich überraschen lassen soll. Aber es wird sicher etwas Großes. Ich glaube, dass es in einer Disco ist. Ich weiß zwar nicht, wo da eine sein soll, aber die Kack-Alte hat von einer *Mega*-Party geredet – wo soll das sonst sein?

Michelle geht mir mit ihrem Malik-hin und Malik-her auf die Nerven. Also sage ich, dass es bei mir auch voll cool ist.

»In dem Ort ist eine Disco, die ist größer als der Dome«, erzähle ich.

»Echt? Vielleicht kann ich Malik überreden, dass wir da einmal hingehen. Dome ist schon voll öd.«

»Ja, aber in der Disco da ist viel Eintritt, so 50 Euro.«

»50? Warum?«

Ich wische das Ketchup mit zwei Pommes zusammen. »Da gibt es dann Gratis-Red-Bull und so ein paar Sachen zum Essen, und Zigaretten und so«, sage ich.

Das sag ich nur, weil ich genau weiß, dass sich Michelle das nie leisten kann. »Also wenn ihr wollt, könnt ihr schon kommen.«

Sie nimmt eine Pommes von mir. »Spinnst du? Malik und ich haben ja nicht 50 Euro für einen Eintritt! Warum hast du so viel Geld?«

Ich ziehe am Strohhalm und sauge mein Cola. »Für die Leute vom Ort ist es gratis.« Ich saug alles auf.

»Wie heißt die Disco?«

»Na, Disco halt.«

»Hab ich noch nie gehört.«

Michelle schaut mich an, wie wenn sie mir nicht glaubt. Das finde ich blöd, weil ich habe sie vorher noch nie angelogen, ehrlich nicht. Und das ist ja auch nicht so eine Lüge-Lüge, es kann ja sein, dass die Mega-Party morgen echt in einer Disco steigt.

»Das wird sicher super.«

***

Es war am Ende der Welt. Die letzte U-Bahn-Station. Hier war Karin noch nie gewesen. Sie stieg aus und ging in die Richtung, in der sie die Straße vermutete. Auf der Rolltreppe blieb sie stehen und betrachtete die Leute, die mit ihr ausgestiegen waren: Eine junge, dicke Frau mit Kinderwagen, ein Bursche mit dunkler Haut, ein Mann, der aussah, als käme er direkt aus einer Likörstube, ein anderer in Arbeiterkleidung und mit müdem Blick. Trostlos, ging es Karin durch den Kopf. Sie kam oben an und ging durch eine Eingangshalle, an die ein neu aussehender, gepflasterter Park anschloss. Das trübe Wetter tat sein Übriges. Der Bursche ging zu einer Gruppe Jugendlicher, die ihn begrüßte. Alle anderen Fahrgäste verschwanden irgendwo.

Karin wusste nicht, wohin sie gehen musste. Ein kleiner Weg führte zu neuen, großen Wohnhäusern, dazwischen erstreckten sich kleinere Felder und Gestrüpp. Hier war es also, das Neubaugebiet, das vor rund zehn Jahren nach und nach entstanden war. Noch immer gab es brach liegende Flächen. Überhaupt war die Gegend ganz anders als die Teile der Stadt, die Karin kannte. Sie wohnte in einem der Innenstadtbezirke in einem wunderschönen Altbau. Hier war alles neu und zweckmäßig. Stadt in der Stadt nannte sich das Konzept. Günstige Wohnungen, die vor allem junge Familien anzogen, mit der U-Bahn erreichbar waren und trotzdem mit viel Grün lockten. Gleich vor dem Platz stand ein Wohnhaus, jeder Stock hatte Balkone. Davon träumte Karin immer noch, wenigstens ein paar Quadratmeter, um hinausgehen zu können. Doch hier wirkten die Balkone nicht einladend, obwohl das Gebäude neu und die Wohnungen modern waren.

Karin war verwirrt. Sie hatte normalerweise eine gute Orientierung, aber hier hatte sie überhaupt keine Idee, wo sie hinmusste. Es war alles so flach und sah so gleich aus. Es hatte keine Atmosphäre, eine Aneinanderreihung unpersönlicher Bauten, gesichtslos und langweilig, die Schönheit der Stadt war genauso wenig vorhanden wie die Vorteile des Landes. Karin holte ihr Handy aus der Tasche und öffnete Google-Maps. Laut Anzeige musste sie dem kleinen Weg folgen. Das tat sie auch, doch der Name der Querstraße, die folgte, kam laut Maps erst später. Sie ging den Weg weiter, bog einmal ab und entdeckte, dass sie unnötigerweise einen riesigen Umweg gemacht hatte, denn von hier aus führte eine Straße geradewegs in wenigen Metern zur U-Bahn. Karin schüttelte den Kopf, so etwas war ihr noch nie passiert. Immerhin war die nächste Querstraße die, nach der sie suchte.

Sie ging den Wohnhausblock entlang, bis sie die richtige Nummer erreichte. Ein Tor führte in einen Innenhof und zu verschiedenen Stiegen. Sie brauchte nicht lang, bis sie Nummer zwei fand. Im Hof spielten Kinder. Kurz darauf stand sie vor der Tür der Stiege zwei und suchte nach dem Namen. Sie drückte.

Karin hatte sich die halbe Nacht lang ausgemalt, was sie sagen würde. Sie hatte eine ganz genaue Vorstellung, wie Julias Mutter aussehen musste: etwas ungepflegt und roh, älter und verbrauchter, als sie tatsächlich war, dicklich durch das Junkfood, Kettenraucherin, Biertrinkerin. Dass ihr gerade dieses Bild eingefallen war, lag wahrscheinlich an einer Darstellung der unterschiedlichen Wählerinnen- und Wählergruppen der kommenden Parlamentswahlen, die in der letzten Ausgabe einer Politik-Illustrierten zu sehen war. Unter anderem war ein Paar abgebildet, das als »Politisch desinteressiert, vorwiegend FPÖ« beschrieben wurde. Sie hatten einen gigantisch großen Flat-TV, auf dem Tisch stand ein überquellender Aschenbecher, der Mann trug einen ungepflegten Schnurrbart und eine rote Jogginghose, die Frau einen tief ausgeschnittenen rosa Pullover, viel zu viel Make-up und eine blondierte Mähne, die ihr tragisches Aussehen unterstrich.

»Ja?«, fragte eine Stimme.

»Guten Tag, ich bin ... mein Name ist, ich bin Karin Lepuschitz. Es geht um Julia.«

Kurze Zeit passierte nichts. Karin überlegte schon, die Klingel noch einmal zu drücken oder es einfach an einer anderen Tür zu versuchen und dann hochzulaufen. Doch plötzlich ertönte das Summen des Türöffners. Sie trat ein und ging durch einen hellen, sauberen Gang. Im zweiten Stock zierte ein missglücktes Graffiti die kahle, milchig-weiße Wand. Karin vermutete, dass es männliche Genitalien darstellen sollte. Sie ging weiter, bis sie an der Tür Nummer 28 angekommen war. Sie war verschlossen.

Karin erinnerte sich ganz plötzlich an den ersten Besuch bei Christians Eltern, damals war sie so aufgeregt gewesen, dass sie Ewigkeiten vor der Tür stehen geblieben waren, bevor sie Christian erlaubte, anzuläuten. Als die Eltern geöffnet hatten, war Christian ohne eine Begrüßung hineingestürmt und hatte »Karin ist schwanger!« gebrüllt. Sie hätte ihn in diesem Moment umbringen können, doch die Reaktion war ganz anders ausgefallen, als sie gedacht hatte. Christians Mutter hatte sie umarmt und gar nicht mehr ausgelassen, der Vater hatte nach einem ungläubigen Blick auf seinen Sohn zu lachen begonnen. Es war eine schöne Erinnerung, die ein warmes, angenehmes Gefühl hochkommen ließ. Sie hatte gar nicht gewusst, dass diese Situation noch immer in ihrem Gedächtnis abgespeichert war. Karin lächelte. Sie holte Luft und läutete noch einmal an. Es blieb still. Sie läutete noch einmal und vernahm ein Klappern, das näher kam. Die Tür ging auf.

***

»Ein Tanzfest?«, frage ich.

Die Kack- und die Feuer-Alte nicken.

»Was ist das?«

Ich bin müde, weil ich ja erst in der Früh aus dem Dome raus und mit dem ersten Bus zurückgefahren bin. Jetzt ist es halb zwölf. Wir sind wieder in dem Café, und ich habe mein zweites Ei bestellt.

»Lass dich überraschen. Wir wollen dir nicht zu viel verraten, aber es gefällt dir bestimmt!«

Tanzfest, das ist sicher so etwas wie Disco. Vielleicht heißt das auf dem Land nur anders. Ich wundere mich, weil es ja mitten am Sonntag ist. Die Kack-Alte hat gesagt, dass es schon um zwei Uhr anfängt. Eine Sonntagnachmittagsdisco? Von so was habe ich noch nie gehört. Aber auf dem schönen Land ist das vielleicht anders, weil die Leute ja so früh aufstehen müssen, damit sie den Bus erwischen, und deshalb fängt es schon um zwei Uhr an. Das ist da vielleicht so wie eine After-Work-Party. Bei so etwas war ich noch nie, aber das kenne ich, weil Olli es im No Limits bei *Verbotene Liebe* organisieren wollte. Vielleicht ist es doch nicht so schlecht in dem Ort, wenn es eine Disco am Sonntag gibt, ist ja was los. Wir frühstücken fertig und gehen zurück zum Haus.

In dem Raum sind schon die anderen Frauen. Ich lasse meine Jacke an, weil wir gehen ja sicher gleich los. Jetzt bin ich wieder froh, dass ich meine hohen Stiefel für die Disco mithabe. Außer dem bisschen Zeug aus meiner D&G-Tasche habe ich noch immer nichts da. Die Kack-Alte hat gesagt, sie kann es waschen, und vorgestern habe ich ihr meine Unterwäsche gegeben. Aber die anderen Sachen lasse ich einmal. Ich weiß ja noch nicht, wie lang ich noch da bleibe. Bei Mama hat es auch eine Waschmaschine im Haus gegeben. Da in dem Haus von den Gammligen ist sicher auch eine. Aber ich gebe meine Strings nicht zu den Unterflatzen von denen, da sind sicher voll grausliche Bakterien drauf, die dann über meine Muschi bis in mein Hirn wandern oder so.

Langsam wird mir heiß. Ich weiß nicht, warum die nicht weitertun, keine von denen hat die Jacke angezogen. Ich will da jetzt endlich los.

»Wo ist das eigentlich?«, frage ich die Kack-Alte, die gerade mit einer von den Weibern redet.

»Wo ist was?«

»Ja, die Dis..., ich meine das Tanzfest.«

»Na hier.«

»Wo hier?«

Auf einmal kracht es. Ich drehe mich dahin, wo der Krach herkommt. Die Feuer-Alte ist in dem Eck, wo ich die meisten Kreise gemalt habe und schaltet einen iPod ein. Es kommt eine Musik, die ein bisschen klingt wie die beim Chinesen. Was dann passiert, ist noch ärger als das mit dem Anmalen von den Wänden.

Ein paar Weiber fangen an sich zu drehen. Hinter mir tut eine, als wenn sie in einem Boot ist und rudert. Sie hat die Augen zu. Fast alle haben die Augen zu. Die Feuer-Alte dreht sich und hüpft auf einem Bein. Der Fiffi-Hund bellt nicht einmal, er liegt hinter dem iPod im Eck. Der hat wahrscheinlich auch Angst. Die Kack-Alte macht so komisch herum mit dem Bauch. Eine in so einem kurzen Rock mit einer Hose drunter springt wie irre herum. Daneben hält eine die Hände wie beim Beten. Was ist los mit denen? »Komm, mach mit!«, ruft die Feuer-Alte und wirbelt herum. Ein paar zucken komplett aus. Sie hüpfen wie irre und dann – das ist das Allerärgste – wälzt sich eine auf dem Boden herum. Ist ihr schlecht?

Scheiße, wenn das jetzt so ein Lesben-Gangbang wird? Eine Dicke mit ganz grausig unfrisierten Haaren zieht sich den Pullover aus und tanzt im BH. Soll ich flüchten? Aber keine fängt zu schmusen an. Die im BH hat fast keine Titten. Sie bewegt sich so verrückt, dass ihr der Schweiß herunterrinnt. »Was ist, mach mit, lass es raus, beweg dich, tanz mit, los!«, ruft sie. Die Feuer-Alte fetzt bei mir vorbei. Das ist so peinlich! Weil ich nicht weiß, was ich sonst tun soll, mache ich ein bisschen wie Katy. Katy tanzen habe ich einmal mit Michelle vor dem Spiegel bei ihr daheim geübt. Aber wie soll ich zu China-Restaurant-Musik wie Katy Perry tanzen?

Ich weiß jetzt, warum die alle die Augen zu haben, so müssen sie nicht sehen, was da los ist. Das ist alles so irre, das glaubt mir Michelle nie, wenn ich es ihr erzähle. Ich wünsche mir, dass sie jetzt da ist, wenn sie das sieht, pissen wir uns an vor Lachen. Soll ich ein paar Handyfotos machen? Aber das traue ich mich nicht. Die Kack-Alte ist in einem Eck und hat sich richtig weggesprengt. Vielleicht haben die ganz arge Drogen genommen. Ich habe noch nie Drogen genommen, außer Ofen geraucht, und das ist ja nicht Droge.

Wie lang dauert das? Die Musik hört gar nicht auf, das Lied geht immer weiter. Ich weiß nicht, aber wenn das nicht bald ein Ende hat, muss ich weg. Vielleicht kann ich unauffällig flüchten und mit dem Bus zurück in die Stadt.

Auf einmal ist die Feuer-Alte hinter mir, greift mir auf die Schulter und tanzt mit mir. Das ist noch peinlicher. Der Fiffi-Hund ist auch wieder aufgewacht. Die Feuer-Alte lässt mich los, geht in die Mitte und klatscht. Der Fiffi-Hund dreht sich auf dem Boden. Sie klatscht noch einmal, und er springt wieder auf. Das ist super. Ich hau mich voll ab und die Frauen lachen auch.

»Versuch du es einmal«, sagt die Feuer-Alte, und ich klatsche. Der Fiffi rollt!

»Das ist wie der bei der *Großen Chance*, der mit dem Hund aufgetreten ist, der gewonnen hat«, rufe ich und klatsche noch ein paar Mal. Der Fiffi rollt von einer auf die andere Seite.

»Genug«, sagt die Feuer-Alte, »sonst wird Mondlicht noch schlecht.«

Ich finde, dass der Fiffi überhaupt nicht wie knapp vorm Speiben dreinschaut. Trotzdem höre ich auf, weil ich ja höflich bin.

Jetzt bemerke ich erst, dass die Musik aus ist. Die Frauen sagen: »Wuhu« und »Super« und »Ahhh« und »Befreiend« und »Herrlich« und so was. Die Feuer-Alte klatscht, und der Fiffi-Hund macht eine Rolle.

»Nein, nicht für dich, Mondschein. Frauen, was haltet ihr von einer Entspannungsrunde?«

Ich weiß nicht, was jetzt damit gemeint ist.

»Julia, stellst du dich neben mich?«

Sie nimmt meine Hand. Geht da gar nichts ohne Händchenhalten? Die Frauen stellen sich im Kreis auf. Jede nimmt die Hand von der daneben. Neben mir ist die im BH. Das ist voll ekelig. Ihre Hand ist ganz nass vor lauter Schwitze. Ich möchte sie gern auslassen.

Alle sagen irgendwas, was ich nicht verstehe. Auf einmal reißen sie die Arme in die Höhe und meine müssen mit. Sie atmen voll laut ein. Dann lassen sie die Hände wieder fallen und atmen voll laut aus.

»Noch einmal«, sagt die Feuer-Alte.

Sie wiederholen das Hände-Hinaufreißen, Einatmen, Fallenlassen und Ausatmen mindestens hundertmal. Mir ist schon richtig schwindlig. Wenn das so weitergeht, speibe ich und nicht der Fiffi. Keine Einzige hat die Augen offen. Ohne Augen-zu-Haben geht bei denen nichts. Und ohne Händchenhalten auch nicht. Nach einer Ewigkeit lassen sie mich endlich aus.

»Vielleicht mag deine Mama auch mal zu unseren Tanztreffen kommen?«, sagt die Feuer-Alte.

Ich pisse mich fast an, das ist ja echt die geilste Idee. Aber ich reiß mich zusammen und sage nur: »Ja, sicher.«

***

Am Abend bin ich todmüde. Trotzdem kann ich nicht schlafen. Ich möchte Fabian anrufen, oder wenigstens Michelle. Weil mir so langweilig ist, gehe ich ein paar Mal aufs Klo. Das Bad ist beim

Zimmer gleich dahinter. Es gibt eine Dusche, die ist groß. Es ist kalt da drin. Beim dritten Mal aufs Klo Gehen kommt nicht einmal mehr ein Tropfen aus mir heraus. Ich schaue auf mein Handy. Es ist schon eins. Mein Magen fängt an zu knurren. Die Kack-Pampe, die es nach der Tanzerei gegeben hat, hat mich nicht satt gemacht. Wenn das eine Gammligenhütte ist, muss es doch irgendwo was zu essen geben. Ich werde mir ein bisschen was nehmen, das fällt sicher nicht auf. Hoffentlich haben die nicht nur Brei, weil die ja nicht mehr beißen können.

Ich stehe auf, und es ist gar nicht so leicht, überall die Lichter zu finden. Weiter hinauf geht es nicht, also gehe ich hinunter und probiere die andere Tür aus, die nicht in den Saal geht. Sie ist offen. Ich brauche gar kein Licht einzuschalten. Da ist ein Gang, der ist ganz hell. Ich gehe durch und es ist schon wieder voll gruselig. Jeden Moment kann ein Altenbuden-Zombie aus einer Tür kommen. Aber ich stelle mir einfach vor, dass ich Phoebe von *Charmed* bin, dann geht es besser. Ich tu so, wie wenn neben mir ein Kameramann ist. Ich mache das voll Profi.

Jedes Mal, wenn ich an einer Tür vorbeigehe, mache ich so einen Gesichtsausdruck wie Phoebe und bewege mich ganz schnell und leise. Ich komme ohne Probleme durch den Gang. Jetzt ist nur die Frage, wo ich die Küche finde. Aber dann sehe ich ein Schild, da steht: »Speisesaal«. Die Küche kann nicht so weit weg sein vom Speisesaal. Ich gehe weiter und stehe vor einem großen Raum mit vielen kleinen Tischen und Sesseln rundherum. Auf der anderen Seite ist eine Tür. Ich gehe durch. Am Ende ist noch eine große Schiebetür, und dann fängt die Küche an.

Die Küche ist keine normale Küche. Sie ist groß, mit Mega-Töpfen und Riesenschöpfer und so was. Das kenne ich, weil mich Mama als Kind einmal in so eine Küche mitgenommen hat. Sie hat in einem Krankenhaus gearbeitet, da hat die Küche genauso ausgeschaut. Alles ist weggeräumt und sauber. Irgendwo gibt es sicher einen Vorratsraum. Oder einen Kühlschrank. Ich finde den Lichtschalter, mache das Licht an und suche alles ab. Das Licht ist voll grell. Endlich, der Kühlschrank. Da sind Tonnen Fleisch und Käse und ganz riesige Packerl Schlagobers drinnen. Darüber stehen drei Bleche und auf jedem ist Apfelkuchen. Das ist so viel Apfelkuchen, dass es nichts machen kann, wenn ich mir ein kleines Stück nehme. Blöd ist nur, dass dann ein Eck fehlt. Aber was soll's. Ich finde in einer Lade gleich darunter ein Messer. Das ist riesig. Ich schneide mir ein Stück Kuchen herunter. Und weil eh so viel da ist, gleich noch eins.

»Maria, bist du das?«

Ich fall fast um. Mein Herz bleibt stehen. Jetzt ist ein Zombie da! Mir wird heiß, kalt, alles gleichzeitig. Eine Frau schlurft daher, sie ist mindestens 140. Ihr Gesicht ist nur aus Falten und sie hat wenige Haare, die abstehen, dazwischen schaut die Haut durch. Sie hat so einen Morgenmantel an mit Sonnenblumen drauf und ist höchstens so groß wie Emily bei uns in der Stiege, die ist erst zehn.

»Maria?«, sagt sie, und ich glaube, sie ist blind. Aber sie kommt zu mir. Wahrscheinlich riecht sie gut, das habe ich in einer Sendung über Blinde gesehen. Da haben Blinde auf hundert Meter Entfernung riechen können, kein Scheiß.

»Maria«, sagt sie und greift nach meiner Hand, und ich glaube schon, jetzt ist es vorbei, aber es ist gar nichts vorbei, sie sagt nur: »Ich will auch einen Kuchen.«

Ich schneide ihr ein Stück herunter, und weil ihre Hände so alt und zittrig aussehen, suche ich einen Teller, sonst fällt ihr ja alles hinunter. In so einem silbernen Kasten finde ich einen. Der zwar zu groß ist, aber wurscht. Die Frau ist schon wieder weggeschlurft. Vielleicht ist sie verrückt und geht einfach wieder schlafen. Vielleicht ist sie Schlafwandlerin. Schlafwandeln ist gefährlich, das habe ich auch in einer Sendung gesehen. Da ist eine Schlafwandlerin fast aus dem Fenster gesprungen, weil sie gedacht hat, es ist eine Tür. Aber hier ist nirgends ein Fenster, und die Frau ist auch gar nicht zurückgegangen. Sie hat sich auf einen Tisch in dem dunklen Speisesaal gesetzt und wartet. Ich suche noch eine Gabel und schneide ihr ein ordentliches Stück herunter. Sie sieht geradeaus, und ich weiß nicht, ob sie vergessen hat, dass ich da bin. Alte Leute vergessen viel, manchmal vergessen sie sogar, wer sie sind und wo sie sind und so was. Aber auf einmal ruft sie: »Und ein Wasser!«

Ich suche ein Glas, fülle Wasser hinein und gehe mit Teller und Glas in den Speisesaal. Sie fängt sofort an zu futtern und sagt mit vollem Mund: »Der ift gut.« Und weil ich noch immer munter bin und sonst auch nichts zu tun habe, setze ich mich neben sie und schaue, wie sie den Kuchen hinunterputzt. Wie nichts nämlich. Dabei ist sie kraxendürr. Ich überlege mir schon, ob sie vielleicht bei *Die große Chance* auftreten kann.

Auf einmal fängt sie an zu reden, und ich kenne mich überhaupt nicht aus. Es kommen hundert Namen vor, und Krieg und Arbeit und Hunger, und dazu spuckt sie immer Kuchenbrösel aus. Es graust mich ein bisschen, aber ich kann die Frau ja nicht einfach allein sitzen lassen. Das hat mir meine Mama beigebracht: Wenn alte Leute sich setzen wollen, muss man aufstehen, und wenn alte Leute Hilfe brauchen, muss man helfen. Ich weiß aber nicht, ob es der Frau hilft, wenn ich danebensitze, weil sie erzählt sich sowieso alles selber.

Ich will nicht in mein Zimmer zurück. Ich packe mein Handy aus, das habe ich natürlich mitgenommen, und schaue auf Facebook und schreibe ein paar WhatsApp. Hier habe ich sogar Empfang. Sie redet und redet, und langsam werde ich doch müde. Ich versuche, mich anders hinzusetzen, aber mir fallen echt die Augen zu.

»... hat er gesagt, und ich habe gedacht ... bist du müde, Maria?«, fragt sie und rüttelt mich.

»Ja, müde.«

»Dann gehen wir.«

Sie steht auf und wartet auf irgendwas.

»Na, die Hand«, sagt sie, und ich weiß nicht, was sie meint und gebe ihr die Hand. Aber sie hakt sich ein. So gehen wir durch den Gang. Vor einem Zimmer bleibt sie stehen.

»Da?«, frage ich.

Sie sagt nichts. Aber ich nehme an, dass sie da wohnt, also mache ich die Tür auf. Drinnen ist es finster. Hoffentlich muss ich sie nicht ausziehen oder aufs Klo begleiten oder so was. Ich finde das Licht und drehe es auf, es ist unangenehm hell. Auf einmal ruft wer: »He!«, und ich sehe, dass in dem Bett schon wer liegt, er bewegt sich und ruft ganz laut: »Hilfe!«

Ich befreie mich aus der Hand der Oma, renne den Gang zurück, durch die Tür, die Stiegen rauf, hinein ins Zimmer, Tür zu, Licht aus.

***

Mit einem Mann hatte Karin nicht gerechnet. Vor allem nicht mit einem, der nur Shorts und T-Shirt trug.

»Ja?«, fragte er, nachdem Karin ihn sekundenlang angestarrt hatte.

»Ich, ich suche, ich bin hier wegen ...«

»Ich komme schon« hörte sie eine Stimme, und eine Frau tauchte auf. Die Frau blickte Karin genauso fragend an wie umgekehrt. Sie sah gute fünf Jahre jünger aus als Karin, dabei empfand sich Karin als junge Mutter. Ihr Gegenüber war mindestens einen Kopf kleiner und zehn Kilo leichter.

»Hat Julia irgendwas gemacht? Sind Sie von der Bäckerei?«, fragte die Frau. Ihre Stimme war tief und angenehm. Sie klang nicht erschrocken oder besorgt, sondern gereizt. Ihr Nasenpiercing glitzerte, auch das linke Ohr war gepierct, ihr Haar sah unecht aus, zu lang und zu dick.

»Ich ... nein ... sie hat gar nichts getan. Ich, vielleicht ... haben Sie kurz Zeit?«

Die Frau zuckte mit den Schultern, trat aber einen Schritt beiseite, um Karin hereinzulassen. Karin zog ihre Schuhe aus und fühlte sich beobachtet. Ihre flachen, schmucklosen und leicht verdreckten Stiefel wirkten neben den ausnahmslos zierlichen und hochhackigen Schuhen im winzigen Vorzimmer deplatziert und fremd. Die Frau hatte die Hände in die Hüften gestemmt und beobachtete Karin wortlos. Aus der Wohnküche war der Fernseher zu hören. »Bitte«, sagte die Frau und ging voraus. Ihr Mann saß auf der Couch, sah Karin kurz an und wendete sich wieder dem Fernseher zu. »Schalt ein bisschen leiser«, sagte Julias Mutter und deutete mit dem Kopf auf einen Stuhl an einem runden Esstisch. »Wollen Sie was trinken? Saft oder so? Zitronenlimo?«

»Leitungswasser bitte.«

»Leitungswasser? Gut.« Sie zuckte mit den Schultern, ging zur Abwasch und ließ das Wasser lang rinnen.

Karin sah sich um. Die Wohnküche war nicht viel größer als ihr Schlafzimmer. Der Raum war vollgestopft, aber sauber und ordentlich. Die Einrichtung war billig und geschmacklos. Es roch nach Rauch, auf dem Esstisch stand ein voller Aschenbecher. Der Fernseher war kleiner, als Karin erwartet hatte, aber für ihre Verhältnisse noch immer riesig. Der Mann hatte leiser gedreht, Karin fand es trotzdem unangenehm laut.

Die Frau kam mit dem Glas Wasser zurück, setzte sich gegenüber und nahm eine Zigarette aus der Packung, die auf dem Tisch lag. »Wollen Sie auch eine?«, fragte sie. Karin schüttelte den Kopf. »Also, worum geht es?« Die Frau lehnte sich betont lässig weiter nach vorn.

»Mein Sohn ist im Alter Ihrer Tochter. Sie haben sich im Sommer kennengelernt und –«

Die Frau klopfte mit der flachen Hand auf den Tisch. Ihre Augen wurden größer, und jegliche Lässigkeit verschwand aus ihrem Blick. »Warten Sie, warten Sie, wollen Sie mir sagen ... ist Julia etwa *schwanger*?« Sie atmete den Rauch aus. Nun klang sie tatsächlich erschrocken.

»Nein, nein, das ist es nicht.« Karin hob beschwichtigend die Hände. »Sie ist nicht schwanger, um Gottes willen, das ist es nicht.«

Der Mann lachte auf, und Karin war sich nicht sicher, ob es sich auf ihr Gespräch bezog oder auf den Inhalt des Fernsehprogramms. Die Frau zog erleichtert an ihrer Zigarette. »Na dann ist ja gut«, murmelte sie. »Was ist *dann*?«, fragte sie, mit einem Mal desinteressiert und ungeduldig.

Karin trank einen Schluck, das Wasser war eiskalt, sie konnte sich nicht mehr zurückhalten. »Wissen Sie denn, wo Ihre Tochter gerade ist?«

Die Frau sah Karin erstaunt an, offensichtlich verstand sie nicht ganz, worauf diese Fremde hinauswollte. Sie zuckte mit den Schultern. »Bei Michelle wahrscheinlich.«

Karin wurde wütend. Wie konnte diese dünne, solariumgebräunte Dampflokomotive so uninteressiert an ihrer eigenen Tochter sein?

»Ihre Tochter ist bei meiner Schwägerin in Landing untergekommen. Meine Schwägerin hat ihr ein Zimmer zur Verfügung gestellt, wo sie fürs Erste gratis wohnen kann«, platzte es aus Karin heraus.

»Aha«, sagte die Frau.

»Haben Sie das gewusst?«

Julias Mutter schüttelte den Kopf.

»Sie ist dort schon einige Tage, wie kann es sein, dass Sie das nicht wissen?«

»Ich habe viel zu tun gehabt, und sie hat mich auch nicht angerufen«, verteidigte sich die Frau.

»Ist es Ihnen denn egal, wo sie ist und was sie macht? Nur falls es Sie interessiert: Es geht ihr gut, danke der Nachfrage.« Karin war richtig wütend geworden. Sie hatte sich am Tisch aufgerichtet.

Julias Mutter war erstaunt. »Ach ja? Mir hat sie gesagt, sie ist bei ihrem neuen Freund.« Die Frau dämpfte ihre Zigarette aus.

»Wie? Vorher haben sie gesagt, sie wäre bei Michelle. Anscheinend wissen Sie überhaupt nicht, wo Julia sein könnte. Sind Sie nicht auf die Idee gekommen, einmal nachzufragen?«

Die Frau verzog ihren dunkelrot geschminkten Mund. »Warum? Julia ist keine fünf Jahre mehr alt.«

Karin seufzte. »Julia hat mir erzählt, dass sie hier nicht wohnen kann, weil sie in Ihrer Wohnung keinen Platz hat. Es ist meiner Meinung nach *Ihre* Verantwortung, dass sie eine Bleibe hat. Und wenn es nicht hier sein kann, haben *Sie* dafür zu sorgen, dass sie etwas anderes findet. Sie sind Ihre *Mutter*!«

Der Mann sah Karin neugierig an, die Schärfe ihrer Worte war ihm wohl nicht entgangen. Doch er mischte sich nicht ein.

»Aber sie hat ja was gefunden, wenn sie bei Ihrer Schwägerin ist. Julia ist sicher noch nie auf der Straße gewesen.« Die Frau war jetzt lauter geworden. »Sie wollte zu ihrem Freund«, setzte sie fort. »*Ich* habe ihr nicht gesagt, dass sie gehen muss. Sie wollte dahin. Warum sie jetzt bei Ihrer Schwägerin ist, weiß ich nicht. Aber wenn sie da nicht bleiben kann und nicht zurück will, muss sie eben arbeiten und etwas mieten.« Sie nahm sich eine neue Zigarette. Karin fielen die manikürten Krallen auf. Was für eine Proletin. »Ich weiß nicht, was Sie das alles angeht. Keiner hat Ihnen oder Ihrer Schwägerin angeschafft, dass Sie das Zimmer hergeben müssen. Wenn es Ihnen nicht passt, schmeißen Sie sie eben hinaus!«

Nein, so ging das nicht. Es war völlig sinnlos, an das Gewissen der Frau zu appellieren. Sie verstand einfach nicht, worum es ging – oder sie hatte kein Gewissen.

»Ich habe immer für Julia gesorgt und ihr alles gezahlt. Jetzt ist sie langsam alt genug, dass sie auf sich selbst schaut«, sagte die Frau. Sie verschränkte die Arme.

Karin schüttelte den Kopf. »Ich habe Ihnen ja gesagt, dass Julia im Sommer bei uns war. Vor Kurzem haben wir sie zufällig getroffen und zu uns eingeladen. Sie hat gesagt, sie will bei uns bleiben, weil sie sonst nirgends hin kann.«

Die Frau griff zur Packung und knüllte sie zusammen. »So ein Scheißdreck! Julia hat einen Schlüssel und wenn sie will, kann sie herkommen.«

»Das stimmt«, meinte auf einmal der Mann. »Dabei ist sie alt genug, dass sie sich selber was sucht.«

»Und es hat keiner gesagt, dass *Sie* was tun müssen für sie«, pflichte die Frau bei.

Karin fühlte sich in die Ecke getrieben. Zwei gegen eine.

»Wenn es Ihnen nicht passt, schicken Sie sie halt heim.«

Sie erinnerte sich an ein Seminar über positive Konfliktbewältigung. Sie musste vermitteln, sich zu ärgern brachte niemanden weiter.

»Darum geht es nicht. Wir mögen Julia und tun auch gern etwas für sie. Ich wollte nur sagen, dass es ihr gut geht, und Sie daran erinnern, dass Julias Zukunft auch in Ihrer Verantwortung liegt.«

Der Mann hatte sich jetzt gänzlich vom Fernseher abgewandt, ließ Karins Satz aber unkommentiert.

Die Frau zog die Augenbrauen zusammen, sie schien ebenfalls nicht genau zu wissen, was Karin damit meinte. »Vielleicht haben Sie das Geld, dass Sie ihren Sohn durchfüttern und ihm eine Wohnung zahlen, bis er vierzig ist. Ich habe das nicht. Und wollen tu ich das auch nicht. Weil Julia kann auf sich selbst schauen.«

Das saß. Diese haarverlängerte, solariumverbrannte Proletin hatte ihren Nerv getroffen. Vielleicht übernahm Karin wirklich zu viel Verantwortung? Ihr Sohn war alles andere als selbstständig, wieso sollte er es auch sein? Durch seine Ausbildung war er sicher besser für die Zukunft vorbereitet, aber wer sagte, dass er besser gerüstet war? Aber hier ging es nicht um Fabian.

»Gut, ich glaube, ich habe Ihnen gesagt, was ich sagen wollte. Julia geht es gut. Ich hätte außerdem einen Vorschlag.« Sie stand auf und stützte sich mit einer Hand auf dem Tisch ab. »Meine Schwägerin in Landing würde sich freuen, Sie zu einem Mittagessen einladen zu dürfen. Vielleicht haben Sie Zeit, dann können Sie auch sehen, wo Ihre Tochter wohnt.«

Die Frau sah sie überrascht an. »Was, wie, Sie sagen, dass wir uns kümmern sollen und jetzt laden Sie uns ein?«

»Nun, ja, es ist ein reines Frauentreffen.«

Der Mann lachte auf. Karin war überzeugt, dass Julias Mutter gleich absagen würde. Die Frau kratzte sich an der Stirn und strich die linke Augenbraue entlang. »Gut, ja, warum nicht, dann komm ich. Wie muss ich dahin?«

»Was, Sie kommen? Das ist ja toll!« Die Frau zuckte nur mit den Schultern. Warum um alles in der Welt sagte sie nach diesem Besuch zu? »Ich hätte vorgeschlagen, dass wir an einem Wochenende hinfahren. Am Samstag oder Sonntag, wann auch immer Sie Zeit haben. Sie können mit der U-Bahn zum Schiraditor fahren, dort hole ich Sie mittags herum mit dem Auto ab.«

Die Frau nickte. »Gut, ich bin nächsten Samstag um 12 Uhr dort.«

***

Dass ich den Bus versäume, ist nicht meine Schuld. Ich kann nichts dafür. Mein Handy-Wecker geht nicht. Jetzt ist es schon elf. Noch wegfahren zahlt sich nicht mehr aus. Bleibe ich halt da. Ich schlaf noch ein bisschen, weil ich ja sonst auch nichts zu tun hab.

Um zwölf bin ich dann zwar noch immer nicht munter, aber hungrig. In meiner Brieftasche sind noch elf Euro. Allein frühstücken in dem Café ist nicht lustig. In die Altenbude gehen traue ich mich nicht. Also stehe ich auf, ziehe mich an und hole in der Bäckerei einen Coffee-to-go und ein Croissant. Das kostet mehr als bei uns im Geschäft. Die unfreundliche Kellnerin ist heute hinter der Theke. Sie steckt das Croissant ganz falsch in das Sackerl und den Kaffee macht sie auch nicht richtig. Vielleicht brauchen sie da ja wen, der das wirklich kann. Wenn ich hier arbeiten würde, müsste ich nur aufstehen und über die Straße gehen. Aber das ist ein Blödsinn. Ich werde ja nicht da bleiben.

Beim Zurückgehen hole ich das Handy heraus. Ich hab mindestens fünf Anrufe in Abwesenheit. Die Nummer kenne ich nicht. Hat Fabian eine neue Nummer? Ich höre die Box ab. Da fragt eine Frau von der Bäckerei, warum ich heute nicht in die Arbeit gekommen bin. Ich soll mich melden. Ich habe von dieser Nummer noch vier Anrufe und eine Nachricht, in der steht: »Du brauchst nicht mehr kommen, Aylin.«

Aha, danke für den Hinweis. »Ich scheiß drauf«, schreibe ich ihr zurück. Zurückrufen tu ich die Frau nicht, das Kapitel ist für mich abgeschlossen. Das ist wie bei Phoebe, die hat das Kapitel mit Leo auch abgeschlossen.

Ich esse mein Croissant und trinke den Kaffee draußen an der Bushaltestelle. Ich weiß nicht, wo ich sonst hinsoll. In mein Zimmer mag ich nicht. Zwei alte Frauen gehen an mir vorbei, sonst passiert nichts. Ich habe das Croissant gegessen und der Kaffee ist auch leer. Vielleicht schaue ich doch einmal in die Boutique. Ich gehe hin, aber die Sachen in der Auslage sind zu hässlich.

Ich setze mich wieder zurück auf die Bank, rauche und tippe mindestens fünfzig WhatsApp an alle Leute, die mir einfallen. Und weil mir so fad ist, dass mir sogar Fabians Alte einfällt, schreibe ich auch der ein SMS. »Freu mich auf TV.«

Niemand schreibt mir zurück. Das ist so traurig, aber ich habe meine wasserfeste Wimperntusche nicht drauf, also reiße ich mich zusammen und weine nicht.

Ich gehe ein bisschen herum. Warum wohnen hier Leute? Vielleicht ist es billig. Mama sagt immer, die Miete in der Stadt ist sauteuer. Es ist freundlich von den Weibern, dass sie mich da wohnen lassen. Die haben ja auch kein Geld. Ich habe gar nicht gefragt, was die alle so machen. Aber die Wohnung von der Kack-Alten ist ursuper und hat sogar einen großen Balkon. Das wünscht sich Mama auch. Wahrscheinlich zahlt die Kack-Alte keine Miete. Sie hat nur überall so komische Figuren herumstehen, mit blauen Gesichtern und vielen Armen. So was habe ich einmal auf VIVA gesehen, da hat Madonna Yoga gemacht und daneben hat sie auch eine Figur mit ganz vielen Armen gehabt.

Mein Handy piepst. Fabian, denke ich ganz fest. Es ist seine Mama.

»Liebe Julia, ich hoffe, es geht dir gut, ich komme spätestens übermorgen. Bis dahin viel Spaß beim Arbeiten, Karin.«

Die weiß nicht, dass ich nicht mehr arbeite. Soll ich es ihr sagen? Nein, wozu. Sie ist ja nicht meine Mama. Ich schaue auf die Wolken. Dann überlege ich es mir anders und schreibe ihr doch: »Hab in bäckerei aufgehört. Weil aylin hat mich gemobt.«

In der Berufsschule haben wir ein Jahr fast nur über Mobbing geredet. Das ist, wenn andere einen schlecht behandeln. Das heißt auf Englisch Mobbing. Das ist viel cooler, als wenn man sagt: »Es ist wer blöd zu mir gewesen.« Bei uns in der Berufsschule hat es eine gegeben, Marina, die hat so komisch geredet, dass man sie nicht verstanden hat. Es war echt nervig, darum hat sich keiner mehr mit ihr abgegeben und wir haben sie nachgemacht. Das war ja schon lustig. Dann ist sie auf einmal im Fernsehen aufgetaucht und hat gesagt, dass sie alle in der Schule mobben und sie sich deswegen umbringen will. Nach der Sendung sind dann Leute in die Schule gekommen. Sie haben gesagt, sie sind Psychiater und sie wollen mit uns reden. Ich habe mit einem reden müssen. Er hat gesagt, dass ich andere nicht ausgrenzen darf, weil das schlimm ist. Aber ich hab Marina gar nicht ausgegrenzt. Ich hab nur gelacht, wenn sie etwas gesagt hat. Jedenfalls haben wir dann ein Projekt zu Mobbing gemacht und Regeln gegen Mobbing aufgestellt und Wie-ich-mich-wehre-Übungen gemacht. Marina hat davon nichts gehabt, sie ist in eine andere Schule gewechselt.

Mein Handy piepst wieder.

»Gemobbt? Das ist ja schrecklich, das sollten wir dem Arbeitgeber bekannt geben. Es kann nicht sein, dass du deshalb deinen Job verlierst!«

Das ist jetzt blöd. Ich will ja meinen Job verlieren, und mein Arbeitgeber interessiert mich nicht. Es piepst noch einmal.

»Ich helfe dir natürlich«, schreibt Fabians Alte. Die soll mir lieber helfen, dass Fabian seine Hängearschtussi verlässt! Was soll ich jetzt zurückschreiben? Ich schreibe nichts, sondern schicke ein paar WhatsApp an Michelle und ein paar Herzchen mit Kussmund an Fabian. Von Michelle kommen Fotos mit Malik zurück, aber von Fabian kommt gar nichts. Michelle fragt, wie die Disco am Sonntag war.

»Super, viel besser als im Dome«, antworte ich.

Wir können nicht telefonieren, weil sie in der Arbeit ist. Ich surfe noch ein bisschen, dann wird mir kalt. Meine Jacke sieht zwar gut aus, nur warm ist sie nicht. Und meine Stiefel haben Pelz, aber der wärmt gar nicht. Ich gehe kurz spazieren. Spazieren gehen habe ich noch nie verstanden. Was bringt das? Man geht herum, ohne zu shoppen oder wohin zu wollen. Eine Mama mit Kinderwagen kommt mir entgegen. Sie sieht aus wie fünfzig. Ich möchte mit fünfzig kein Kind mehr haben. Meine Mama hat mich mit achtzehn bekommen. Sie hat gesagt, wenn ich schwanger bin, haut sie mir eine, dass ich nicht weiß, wo oben und unten ist.

Ich stelle mir vor, dass ich mit fünfzig schwanger werde, und wie mir meine Mama eine herunterhaut. Sie hat nur eine String an, aber ihr Arsch ist dann schon ganz alt und faltig und beim Hauen tut sie sich schwer, weil sie mich nicht mehr gut sieht und dann haut sie daneben.

Spazieren ist totaler Scheiß. Also gehe ich ins Haus zurück, lege mich aufs Bett und schlafe ein. Als ich aufwache, schaue ich auf das Handy. Es ist früher Nachmittag.

Mir ist langweilig. Ich gehe aus dem Zimmer und bin im Stiegenhaus. Auf in der Kälte Hinausgehen habe ich keine Lust. In den großen Lesben-Raum will ich auch nicht. Mir bleibt nur noch die Tür daneben. Na dann. Ich bin wieder in dem Gang. Er sieht genauso aus wie in der Nacht, aber jetzt ist es etwa halb sechs. Ich gehe leise. Weil ich so aufpasse, höre ich alles rundherum. Ich bleibe stehen und, ganz klar: Da schaut wer fern! Und ich kann die Stimmen voll erkennen! Das ist Micki von *Unter Uns*! Es ist gerade eine spannende Szene, glaub ich. Ich muss ganz genau zuhören. Es kommt von weiter vorn. Der Fernseher kann nicht so weit weg sein. Ich gehe den Gang entlang und höre Schritte. Kommt da wer? Was jetzt?

Ich weiß nicht, was ich machen soll und bleibe einfach stehen. Ein alter Mann geht an mir vorbei, er schaut mich kurz an, aber das war's. Schnell weiter. Ich gehe dem Geräusch hinterher. Einmal muss ich an einer Frau vorbeizischen. Eine Zimmertür ist offen, und sie macht das Bett. Die gehört eindeutig nicht zu den Gammligen, weil sie jünger ausschaut.

Der Ton vom Fernseher wird immer lauter. Und dann auf einmal ist da ein großer Raum neben dem Gang, ganz vorn steht ein Fernseher und es läuft *Unter uns*. Ich habe in einer Vorschau gesehen, dass es da einen Unfall geben wird und fünf Leute nicht mehr dabei sein werden. Ich muss das sehen! Jetzt redet gerade Easy Winter. Der Fernseher ist geradeaus vor mir, und ich kann nur Köpfe von hinten sehen. Sie sind alle alt. Zwei Köpfe sind weißhaarig und einer fast kahl.

Der Fernseher ist so laut eingeschaltet wie bei Frau Kratochwa. Das ist sicher deshalb, weil die alle taub sind. Irgendwas klingt komisch, und ich komme drauf, dass ein Mann schnarcht. Wie kann der jetzt schlafen? Sonja ist gerade im Bild. Sie wird vielleicht nicht bleiben dürfen! Ich gehe ein bisschen weiter hinein, die schauen eh alle auf den Bildschirm, und der Mann schläft. Hoffentlich muss nicht Easy Winter gehen. Die Joe soll weg. Die braucht wirklich niemand. Sie ist voll blöd.

Jetzt kommt eine Szene mit Leonie und Paco. Die können keine normale Beziehung führen, weil Leonie mit John eine Scheinehe führt, damit ihn die Auslandsbehörde nicht abschiebt. Mir tun die Füße schon weh, also setze ich mich auf einen Stuhl ganz hinten. Ein bisschen weiter weg ist die Alte von gestern, aber sie bemerkt mich gar nicht. Paco kriegt mit, dass John in Köln bleiben will. Sie fetzen sich voll. Aber da taucht Leonie auf. Sie macht es sicher noch schlimmer! »Wer ist das?«, fragt die Alte von gestern auf einmal.

»Leonie«, sage ich. Scheiße! Die wissen ja nicht, dass ich da bin!

Aber die Frau wundert sich nicht. »Ach so«, sagt sie.

Ich glaube, es hat niemand ein Problem damit, dass ich da sitze.

»Was willst du?«, fragt Paco. Paco, reiß dich zusammen!

»Warum ist der so grantig?«, fragt die Frau.

»Ja weil der John da bleiben möchte. Dabei hat er gesagt, dass er geht. Der hat ihn angelogen.«

»Ach so.«

Sie filmen John ganz nahe.

»Schau, ein Nega«, sagt die Frau.

»Psscht«, mache ich. Wie kann die mit hundert so eine laute Stimme haben, gestern in der Nacht ist mir das nicht so aufgefallen. Der Fernseher ist ja volle Tube aufgedreht und trotzdem höre ich sie. Das Schnarchen ist auch lästig. »Schsch«, mache ich noch einmal lauter. Der Mann schmatzt und hört auf.

»Warum ist der Nega da?«, will die Alte wissen.

»Ja weil der von daheim weg hat müssen, aber er darf nicht da bleiben. Weil er keine Aufenthaltsbewilligung hat.«

»Ach so.«

Paco mag ich am liebsten, ich hoffe, er bekommt kein Problem. Aber dann wechselt die Szene und Ringo ist auf dem Bildschirm. Ringo mag ich nicht. Er hat Tine wegen dieser blöden Yannick sitzen lassen.

»Wie heißt der? Ingo?«

»*Ringo*! Das ist der Ringo!« Ich sage das jetzt ganz laut. Es nervt mich ja schon, dass die sich überhaupt nicht auskennt. Was schaut sie es dann?

»Hallo?«, sagt eine Weiberstimme, und die ist nicht aus dem Raum, sondern hinter mir.

Ich mache mich im Sessel klein, damit sie mich nicht sieht, aber es ist zu spät. Sie hat mich entdeckt.

»Was machen Sie da, wer sind Sie?«

Ich bin so erschrocken, dass mir echt nichts einfällt. Das ist die Frau, die ich beim Bettenmachen gesehen habe. Paco sagt auf einmal: »Scheiße.« Dann ist es einige Sekunden lang ganz ruhig.

»Das ist die Maria«, sagt die alte Schwerhörige.

»Die Maria? Aber Frau Malle, die ist ja schon tot.«

»Das ist die Maria, die ist auf Besuch«, sagt die Alte, und so wie sie das sagt, glaube ich fast selber, dass ich die Maria und zu Besuch bin.

Die Bettenfrau schaut mich an, dann sagt sie: »Von mir aus, aber nicht zu lang«, und geht.

Ich lächle die Alte an, weil ich ja höflich bin und sage ganz laut und deutlich: »Danke.«

Sie wackelt ein bisschen mit ihrem Kopf, dann sagt sie: »Maria, setz dich zu mir.«

Ich setze mich neben sie. Sie nimmt meine Hand und tätschelt drauf herum. Das macht mir nichts, weil ich dafür Fernschauen kann. Und wer so alt ist, ist sicher nicht mehr lesbisch.

Dann ist *Unter uns* aus, der Mann schnarcht wieder und von den zwei Frauen ist keine mehr da. Es läuft *RTL Explosiv*, und das ist voll langweilig. Ich will umschalten, auf einem anderen Sender ist sicher etwas Besseres.

Neben den Stühlen steht ein kleiner Tisch. Die Stühle sind alle vor dem Fernseher aufgereiht. Auf dem Tisch steht eine Nachttischlampe und daneben liegt die Fernbedienung. Ich nehme sie mir und drücke das Plus. Niemand sagt etwas. Ich schalte weiter. Wieder weiter. Die haben da mindestens fünfhundert Sender. Zum Schluss sind nur mehr so Pay-TV-Sachen, und ich fange wieder von vorn an. Die Oma neben mir sagt nichts, und der Opa schnarcht. Auf Passion bleibe ich kurz, da läuft eine alte Folge von *Verliebt in Berlin*. Aber ich glaube, im Ersten ist schon *Verbotene Liebe*. Ich schalte um und sehe es mir an.

Danach gucke ich noch *Alles was zählt* und zum Schluss *Gute Zeiten, schlechte Zeiten*. Auf Sixx läuft der erste Teil von *Twilight* im Hauptabendprogramm. Den kenne ich zwar schon, aber das macht nichts. *Twilight* ist der beste Film aller Zeiten. Obwohl ich ihn schon dreimal gesehen habe, ist es noch immer spannend. Gerade, als Jakob Bella von Laurent befreit, sagt die Alte: »Der ist aber blass! Der soll ein bisschen in die Sonne.« Ich erkläre ihr, dass Laurent nicht zu viel in die Sonne kann und die meisten anderen auch nicht, weil sie ja Vampire sind. »Ach so«, sagt die Alte. In der Werbung komme ich drauf, dass ich dringend aufs Klo muss. Ich stehe auf und bin wieder leise. Zum Glück ist ein Klo gleich daneben.

Ich komme zurück. Der Mann schnarcht nicht mehr. Das ist kein Wunder, er ist nämlich nicht mehr da. Die Frau und ich schauen trotzdem weiter. In den Werbepausen fragt sie, warum da alle so blass sind. Ich erkläre es ihr mindestens zweihundertmal, aber sie merkt es sich nicht. Dafür kann sie nichts, sie ist ja alt.

Wir sehen es bis zum Ende an. Sonst ist niemand mehr da. Auf meinem Handy ist es jetzt halb elf. Ich wundere mich, aber es ist keine Schwester oder Putzfrau oder sonst wer vorbeigekommen. »Schon aus?«, fragt die Alte.

Ich zappe ein bisschen herum, aber es ist alles fad und ich bin hungrig. Diese Woche habe ich mir immer nach der Arbeit einen Burger oder eine Pizzaschnitte reingezogen. Aber in diesem Kaff gibt es ja nicht einmal einen Mäki.

»Gehen wir was essen«, sagt die Alte und steht auf.

Die hat meine Gedanken gelesen! Das ist voll spooky, aber gleichzeitig super. Voll *Twilight*!

Ich stehe auch auf, sie hakt sich wieder ein und wir gehen in den Speiseraum. Sie setzt sich an den Tisch, und ich gehe in die Küche. Jetzt kenne ich mich ja schon aus.

Im Kühlschrank ist wieder ein Kuchen, und ich schneide uns ein großes Stück herunter. Aber weil ich so hungrig bin, mag ich nicht nur etwas Süßes. Ich finde eine Platte mit Wurst und Käse und richte uns auf zwei Extra-Tellern noch was her. Damit es niemand merkt, nehme ich nur da was weg, wo es unauffällig ist.

Wir essen, und die Alte redet von ihren Kindern und ihrem Mann und dass es im Krieg nichts zu essen gegeben hat. Ein paar Brösel fallen ihr währenddessen aus dem Mund. Das ist ekelhaft, aber ich schau einfach nicht hin.

Ihre Rederei macht mich voll müde. Die Alte liest schon wieder meine Gedanken. »Gehen wir ins Bett«, sagt sie und wartet, damit sie sich einhaken kann.

Diesmal laufe ich nicht in das falsche Zimmer. Sie bleibt vor einer der Türen stehen. Ich sage, dass das sicher nicht ihr Zimmer ist und zeige auf das Schild. Da steht: »Herbert Karl«.

Wir gehen zu einer anderen Tür. Sie zeigt auf das Schild. »Das bin ich«, sagt sie. »Irmgard Malle«, lese ich. Zur Sicherheit klopfe ich an. Das ist umsonst, fällt mir dann ein. Wer da drin liegt, ist sicher schwerhörig. Also mache ich ganz leise die Tür auf und suche einen Lichtschalter. Im Zimmer wird es hell, das Bett ist leer. Ich gehe mit der Alten hinein und helfe ihr noch, sich auf das Bett zu setzen. Aber dann sage ich schnell »Gute Nacht« und verschwinde. Ich will ihr ja nicht den Hintern abwischen, oder so.

***

Am nächsten Tag bleibe ich daheim und gehe wieder in die Altenbude. Ich bin zuerst allein in dem Raum. Dann gehe ganz unauffällig an dem Zimmer vorbei, in dem die alte Frau wohnt. Die Tür ist offen, und sie sitzt auf dem Bett. »Ah, Maria«, sagt sie. Ich gehe hinein, sie hakt sich sofort bei mir ein und wir gehen ins Fernsehzimmer. Weil ich sonst nichts zu tun habe, bleibe ich den ganzen Tag dort. Es gibt so viele Sender, irgendwo läuft immer was.

Nach *Verbotene Liebe* kommt der Schnarch-Mann von gestern. Er setzt sich auf denselben Platz, schläft sofort ein und rüsselt los. Mich stört es heute viel weniger; ich weiß nicht, warum.

Nach ein paar Stunden bekomme ich Hunger. Leider kann die Alte diesmal nicht hellsehen. Also sag ich, dass ich Hunger hab.

»Rudi!«, brüllt die Alte.

Mich haut's fast vom Stuhl. Der Schnarcher reißt die Augen auf.

»Rudi!«, brüllt sie noch einmal.

»Was ist?«, fragt er. Er hat eine hohe Stimme. Das ist komisch, weil er schnarcht wie ein Wolf.

»Gehst du essen? Dann bring uns was mit!«

Er schmatzt. »Aber weißt eh, wir sollen drüben essen und nichts mitnehmen.«

Darauf sagt die Alte gar nichts, und der Schnarcher geht. Ich fürchte schon, dass ich selber in die Küche schleichen muss. Aber nach einer Folge *How I Met Your Mother* kommt er mit einem Tablett zurück. Es wackelt, ihm wird sicher gleich alles hinunterfallen, aber er schafft es und stellt es auf den kleinen Tisch mit der Nachtischlampe. Es ist eine Suppentasse und so ein Fleischzeug mit Reis und ein Pudding.

»Iss, Maria, iss«, sagt die Alte, und weil sie nicht hungrig ist, futtere ich alles weg. Nach *Unter uns* taucht der Putzdrache auf. Die Alte sagt wieder: »Maria ist mein Besuch.«

»Aber nicht zu lang«, sagt der Putzdrache, nimmt das Tablett und verschwindet.

Am Tag darauf ist die Alte nicht in ihrem Zimmer. Ich gehe in den Fernsehraum, und da sitzt sie. »Maria, grüß dich!« Der Fernseher läuft noch gar nicht, sie sitzt einfach so da. Ich drehe auf und zappe alle Programme durch.

In der Altenbude ist es eigentlich voll super. Hier funktioniert sogar das Handy. Neben dem Fernsehen kann ich also whatsappen und ein paar Youtube-Videos von Katy anschauen. Die Alte nimmt ein paarmal meine Hand und streichelt drauf herum. Vielleicht war sie auch einmal bei der lesbischen Frauentruppe von der Kack-Alten. Aber bei ihr stört es mich nicht.

Mitten bei *Unter uns* läutet mein Handy so laut, dass der Rudi zum Schnarchen aufhört. Fabians Alte ist dran. Ich hebe nicht ab. Sonst muss ich ihr sagen, wo ich bin, und ich lüge ja nicht. Ich stelle das Handy auf lautlos, damit wir nicht noch einmal gestört werden. Sie schickt mir eine SMS.

»Ich komme am Freitag, treffen wir uns bei Barbara um 19 Uhr? Ich hoffe, dass es dir in der Arbeit schon besser geht. Wenn du Hilfe brauchst, gib mir bitte Bescheid, ich bin für dich da. Alles Liebe, Karin.«

Ich schreibe nicht zurück, mir fällt nichts ein und außerdem ist gerade so eine spannende Szene. Paco lenkt sich mit einer Tussi ab, weil er Liebeskummer hat.

»Dass sich die immer so abschlecken müssen«, sagt die Alte.

Ich erkläre ihr, dass sich Paco nur ablenken will und er gar nicht so ist.

»Aber deshalb müssen sie sich nicht immer abschlecken. Das ist ja grauslich.«

Ich finde es nicht grauslich, Paco hat einen super Körper. Aber vielleicht sieht man das mit hundert nicht mehr, vor allem, wenn man lesbisch gewesen ist. Ich schaue immer Typen an. Aber das hört sicher irgendwann auf. Lukas hat zwar gesagt, dass alte Leute noch immer vögeln können, aber ich glaube nicht, dass das geht.

Zu Mittag holt uns der Mann wieder was zu essen. Den Teller lasse ich stehen, weil ja die Putzfrau kommt. Aber diesmal kommt sie gar nicht.

Wir schauen wieder bis fast Mitternacht fern. Danach gehen wir was essen, und ich nehme das Tablett mit in die Küche, weil ich ja höflich bin. Da ist es auch nicht so sauber wie gestern. Vielleicht ist die Putzfrau krank.

Am nächsten Tag muss ich schon früher weg. Ich treffe ja Fabians Alte bei der Kack-Alten. Dabei ist es gerade voll gemütlich. Die Irmgard fragt wenig und wischt nur ein paar Mal auf meiner Hand herum. Ich will gar nicht weg. Sie versteht auch nicht, warum ich schon aufstehe und meine Jacke anziehe.

»Wo willst du denn hin?« Sie hält mich an der Hand.

»Ich muss leider weg. Aber ich komme wieder.«

Da sehe ich, dass sie echt Tränen in den Augen hat. Noch nie in meinem ganzen Leben hat wer geweint wegen mir! Meine Mama hat immer gesagt, sie muss nur weinen, wenn ich zurückkomme.

»Ich komm morgen wieder«, sage ich und jetzt streichle ich ihr die Hand.

»Ganz sicher?«, fragt sie und weint noch ein bisschen. Dann lässt sie meine Hand aus.

Ich gehe das erste Mal durch den Haupteingang hinaus. Überall sind die Halbtoten, aber sie machen mir gar nichts. Michelle hat Angst vor alten Leuten. Mir sind sie lieber als Kinder. Aber am liebsten habe ich Tiere. Die sind kuschelig und sagen nichts.

Bei der Kack-Alten gibt es wieder nur so einen Pampfraß. In der Altenbude war es viel besser. Da haben sie Schnitzel und

Schweinsbraten. Die Kack-Alte hat ein indisches Currygericht gekocht. Es ist nicht wie das Curryzeug im Foodcourt beim Inder.

***

»Wie war die Woche? War es besser in der Arbeit? Oder bist du etwa wieder gemobbt worden.«

»Gemobbt?«, fragte Barbara erstaunt und stach in ihrem Curry herum.

Karin verstand nicht, warum sie zum Essen einlud und selbst fast nichts aß. Das Mädchen nickte.

»Das ist schrecklich, da müssen wir unbedingt etwas dagegen tun, wer mobbt dich?« Barbara hatte ihre Gabel nun endgültig weggelegt.

»Ihre Kollegin, die schon länger dabei ist«, sagte Karin.

»Julia, das ist etwas ganz Schlimmes, da muss man unbedingt dagegen vorgehen. Habt ihr euch schon etwas überlegt?« Barbara klang besorgt.

»Julia wollte nicht, dass ich mich einmische, sondern sehen, wie es sich entwickelt, nicht wahr?« Karin sah Julia an, die in ihrem Essen schaufelte.

»Ja«, sagte sie.

»Nachdem es die Woche nicht besser geworden ist, ist es allerhöchste Eisenbahn, einzuschreiten.« Barbara ließ nicht locker.

»Ich habe ja schon gesagt, ich hätte es bereits getan«, entgegnete Karin. »Aber Julia wollte es definitiv nicht. Es gegen ihren Willen zu tun, halte ich nicht für sinnvoll.« Karin ärgerte sich. Sie hatte die Situation im Griff. Barbara musste jetzt nicht so tun, als wäre sie bisher nur abwartend herumgesessen.

»Ich will da ja gar nicht mehr arbeiten. Ich werde aufhören«, sagte Julia.

»Was?«, fragte Karin. Was sollte das jetzt?

»Ich will da nicht mehr arbeiten«, wiederholte Julia.

Karin schüttelte den Kopf. »Ich weiß, dass das eine harte

Erfahrung für dich war. Aber ich bezweifle, dass das so eine gute Idee ist, deshalb so überstürzt das Handtuch zu werfen. Solang du nichts anderes hast, ist es vielleicht trotzdem eine gute Überbrückung.«

Ein Handy piepste. Es war ganz klar, dass es nur Julias sein konnte, Barbara hatte ihr Handy wegen der gefährlichen Strahlung fast nie aufgedreht und Karins Telefon war in der Jackentasche, die wiederum an der Garderobe hing.

»Ich weiß nicht, ich halte das für keine so schlechte Idee. Julia hat kein Interesse an dieser Arbeit, und ich finde, es wäre gut, wenn sie einen Bereich für sich findet, den sie kreativ erfüllen kann.«

»Schauspielerin!«, ergänzte Julia sofort.

»Julia, das ist ja schön, aber hast du dir auch schon einmal realistisch überlegt, wie du das Ziel erreichst? Was du dafür leisten musst? Es ist nicht einfach, Schauspielerin zu werden, das wird man nicht über Nacht.« Karin warf Barbara einen wütenden Blick zu. Wieso musste ihre Schwägerin ihr in den Rücken fallen? Dass sich mit Luftschlössern kein Geld verdienen ließ, war doch allen klar.

»Es gibt Castings!«, sagte Julia.

»Ich fand deine Idee mit der Schauspielerei ja schon das letzte Mal gut«, meinte Barbara, ohne auf Julias Hinweis einzugehen.

»Ach ja?«, fragte Karin verärgert. »Und wie soll sie sich als Schauspielerin eine Wohnung leisten? Welche Ausbildung sollte sie machen? Hältst du das nicht für etwas zu fantasievoll?«

»Fantasie ist doch nichts Schlechtes. Es gibt ja durchaus Leute, die es schaffen, sie zu verwirklichen. Ich bin mir sicher, du hättest es auch gekonnt, wenn du drangeblieben wärst, Karin.« Barbara flüsterte den letzten Satz.

Karin wurde heiß vor Zorn.

»Ich finde es noch immer schade, dass deine vielen tollen Bilder im Zimmer verrotten und du sie nicht ausstellst«, setzte Barbara fort.

Karin schwieg.

»Was denn für Bilder?«, fragte Julia.

»Karin ist eine unglaublich talentierte Malerin. Sie hat die Akademie besucht und so viele wunderschöne Werke angefertigt, die jetzt alle in einem Zimmer stehen. Niemand kann sie sehen. Und das ist einfach schade.« Barbara betrachtete das senfgelbe Gemisch auf ihrem Teller.

»Du weißt, dass es mir auch lieber wäre, wenn sie wo ausgestellt wären«, sagte Karin.

»Natürlich, aber warum hast du aufgegeben? Es ist ja immer noch möglich.« Barbara legte die Hand auf Karins Schulter.

»Was ist möglich?«

»Noch eine Karriere in diese Richtung zu starten. Du musst dich nur trauen, Karin. Die Bilder sind ja da.«

Karin nahm Barbaras Hand und legte sie auf den Tisch zurück. »Bleiben wir doch lieber bei den wichtigen Themen. Und das ist ein Job für Julia.«

Karin dachte nach. Sie erinnerte sich an ihre eigene Schulzeit. Sie hatten damals einen Burschen gemobbt, ohne dass es ihnen aufgefallen wäre. Der Klassenverband war hart und unerbittlich gewesen. Wer nicht dazugehörte, wurde zum verachteten Außenseiter. Erst viel später wurde Karin bewusst, wie herzlos sie gewesen waren. Gemobbt zu werden war schrecklich.

»Solltest du dich wirklich dafür entscheiden, nicht mehr in der Bäckerei arbeiten zu wollen, respektiere ich das. Es ist verständlich, dass du in so einem Umfeld nicht bleiben möchtest. Ich finde es auch schön, dass du deine Träume verwirklichen willst. Aber ich glaube, als Erstes ist es wichtig, einen Job zu finden, mit dem du etwas verdienst. Und der es dir vielleicht auch ermöglicht, eine eigene Wohnung zu finden.« Karin überlegte, ob sie den Besuch bei Julias Mutter verraten sollte. Doch sie entschied sich dagegen. Nächsten Samstag würde sie mit ihr hier ohnehin auftauchen. Gerade jetzt schien ihr die Atmosphäre zu angespannt, um auch noch Julias Mutter ins Spiel zu bringen. Vielleicht würde Julia den Besuch als zusätzliche Belastung empfinden.

Barbara schaltete sich ein. »Was haltet ihr davon: Wir werden heute keine Lösung mehr finden. Warum machen wir uns also nicht einen schönen, entspannten Abend und denken in den nächsten Tagen darüber nach, was es für Möglichkeiten gibt? In ein paar Tagen treffen wir uns wieder und schreiben alles, was uns einfällt, auf einem großen Plakat auf. Was meint ihr?«

Karin zuckte mit den Schultern. Sie war noch immer beleidigt. »Von mir aus«, meinte sie.

»Julia, was hältst du davon?«

Julia nickte uninteressiert. »Ja, super.«

Karin fiel plötzlich auf, wie sehr Julias Tonfall dem ihrer Mutter glich.

»Na, dann ist ja alles klar.« Barbara lächelte zuerst Julia, dann Karin an. »Wenn das so ist, hole ich das Dessert.«

***

Karin drehte die Musik auf volle Lautstärke. Sie hatte einen Sender erwischt, auf dem Bruce Springsteens »Born In The USA« lief. Den Song hatte sie seit Ewigkeiten nicht mehr gehört. Er passte perfekt, um dieses schiefgelaufene Abendessen zu vergessen. Ein gemeinsames Plakat – waren sie denn in der Volkschule? Ging es darum, Zeit zu vertrödeln? Es war einfach lächerlich. Karin hatte sich zusammengerissen, vor Julia wollte sie nicht einen richtigen Streit vom Zaun brechen. Das wäre infantil und unverantwortlich ihr gegenüber gewesen. Und Julia brauchte doch in erster Linie Klarheit. Karin gähnte, sie war müde, die Sicht war schlecht, draußen war es leicht nebelig, zum Glück war nur wenig Verkehr.

Sie mussten einen Job für Julia finden, der zu ihr passte und realistisch war. Was machte es für einen Sinn, ihr Träumereien in den Kopf zu setzen? Sie alle hatten Träumereien, aber sie zu realisieren – das klappte nach Karins Erfahrung nur durch außergewöhnliches Talent, genügend Geld oder eine gigantische Portion Glück. Julia besaß kein besonderes Talent. Es fehlte ihr auch an Ehrgeiz. Sie wollte Schauspielerin werden, ohne etwas dafür tun zu, ihr ging es nur darum, den Ruhm zu ernten. Auch Karin hatte sich Ruhm als Künstlerin gewünscht, das stand außer Frage. Doch sie hatte das Malen sehr gemocht, und versucht, sich weiterzuentwickeln. Karin war überzeugt, dass Julia die Schauspielerei in Wahrheit nicht im Geringsten interessierte. Sie wusste ja nicht einmal, was es überhaupt bedeutete.

Auf Bruce Springsteen folgte ein aktueller Hit. Karin drehte ab. Sie konnte diesen Hitparadenschwachsinn nicht ausstehen. Früher hatte ihre Mutter immer gegen die Tür gehämmert, wenn die Tochter zu laut Musik hörte. Bruce Springsteen war die erste Kassette gewesen, die sie besessen hatte. Ihr älterer Cousin hatte sie ihr zum Geburtstag geschenkt, und nachdem sie das Band viermal hintereinander angehört hatte, hatte es ihr zu gefallen begonnen. Als Kind hatte sie mit ihrer Großmutter am liebsten Caterina Valente gehört. Bruce Springsteen war vergleichsweise gewöhnungsbedürftig gewesen. Auf ihn folgten Boy- und Popbands, abgelöst durch Bon Jovi und Guns'n'Roses, die später wiederum Pearl Jam und Nirvana wichen.

Karin hatte sich bei Fabian noch nie wegen zu lauter Musik aufgeregt, es gab keinen Grund. Er trug immer Kopfhörer. Sogar von seiner Musik war sie ausgeschlossen.

Zuhause nahm sie das iPad und suchte auf unterschiedlichen Jobbörsen nach offenen Stellen. Sie erwartete nicht, tatsächlich etwas zu finden, aber vielleicht kam sie dabei ja auf eine Idee. Die einzigen Angebote waren Stellen in der Gastronomie. Vielleicht war das gar nicht so schlecht? Julia war zwar von ihrer Arbeit in der Bäckerei nicht angetan, aber vielleicht gefiel es ihr, selbst zu kochen – ja, warum nicht?

Flexibilität gehörte zum Leben. Auch Karin hatte nie gedacht, jemals als Beamtin im Gewerbeamt zu landen. Gut, nach fast zwölf Jahren fand sie den Job nur noch mäßig spannend, aber es ging ihr gut. Sie bekam regelmäßig Geld, war abgesichert und brauchte sich keine Sorgen zu machen. Wenn sie wollte, konnte sie auf Urlaub gehen, wurde sie krank, war sie versichert. Nicht alle hatten einen Job wie sie. Einige ihrer Studienkolleginnen lebten im Prekariat, hantelten sich von Auftrag zu Auftrag und lebten von der Hand in den Mund.

Dabei hatte sie mit Christian auswandern und in Brasilien leben wollen. Nach Fabians Geburt war Christians Fernweh weiterhin gewachsen und gewachsen.

Karin gab den Ort, in dem sie damals gewohnt hatten, in das Google-Suchfenster ein. Schon vor der Abreise hatte sie sich nach Wohnungen und Häusern umgesehen. Christian hatte das nicht verstanden. Er war spontan, unerschrocken und neugierig. »Wir werden schon etwas finden«, hatte er immer gesagt. Drei Monate war Karin in Brasilien geblieben. Wenn sie heute darüber nachdachte, war sie über ihren damaligen Mut erstaunt.

Am Strand bläst der Wind, der Sand ist in den Schuhen, auf der Haut, in jeder Körperöffnung, überall dieser Sand. Die Idee eines Lebensziels ist anders als die Wirklichkeit. Am Abend schrubbt sie das Kind im Küchenwaschbecken, das Wasser rinnt spärlich, der Popo des Buben ist rot. »Aber die Luft«, sagt Christian und öffnet ein Skol mit dem Feuerzeug, »die tut ihm gut!« Zuhause husten die Kinder und erleben ihren ersten Schnupfen, während Fabians Haut eine Nuance dunkler wird und seine Atemwege kein einziges Mal irritiert sind, einen ganzen heißen Winter lang. Doch Karin meint mit »zuhause« noch immer nicht Brasilien. Ihre Freundinnen beneiden sie, sind trotz dicker Jacken und Strickwollmützen doch in Kälte eingeschlossen. Karin vermisst die Kälte, sie fühlt sich hier fremd. Sie hat Heimweh. Was für ein belastetes, verpöntes Wort.

Nur Fabian und sie waren zurückgeflogen. Auf den heißen Winter waren ein eisiger Frühling und ein einsamer Sommer gefolgt. Im Herbst war Karin umgezogen, bis dahin hatte sie die Zeit bei ihren Eltern verbracht, die gemeinsame Wohnung hatten Christian und sie vor ihrer Abreise aufgegeben.

Wie sie das Studium geschafft hatte, erstaunte sie im Rückblick genauso wie die Brasilienreise. Sie war die Einzige in ihrem Freundinnenkreis gewesen, die ein Kind hatte. Auf der Angewandten hatte sie bei ihren Kolleginnen und Kollegen sogar eine Art Sonderstatus gehabt. »Du hast ein Kind? Cool.« An mehr Information oder Austausch darüber waren die meisten nicht interessiert. Karin hatte es ihnen nicht übel genommen. Sie hatten andere Dinge im Kopf.

Noch heute fragten die Leute sie manchmal, ob sie es nicht bereute, wegen ihres Kindes viel versäumt zu haben. Natürlich tat sie das. Und natürlich würde sie das nie zugeben.

Sie kehrte zu den Jobbörseseiten zurück. Ein Sekretariatsjob vielleicht? Für die Lehre zur Kosmetikerin war Julia bestimmt geeignet. Sie hatte Julia noch nie ungeschminkt gesehen. Auch ihre Mutter war geschminkt gewesen, wobei es wahrscheinlich Permanent-Make-up gewesen war, die Augenbrauen hatten auf alle Fälle tätowiert ausgesehen. Karin schmunzelte bei dem Gedanken, sich ihre Augenbrauen zu tätowieren. Sie lebten doch alle in völlig verschiedenen Welten. Aber wie sollte sich Julia bei dem wenigen Geld, das eine Kosmetikerin verdiente, eine Wohnung leisten können?

Karin klappte das iPad zusammen. Es war schon nach zwölf. Markus hatte sich vor einer Stunde ins Bett gelegt, Fabian war ausgegangen. Wie lang würde ihr Sohn noch hier wohnen?

***

Die Kack-Alte sagt, ich soll Samstag und Sonntag wieder in den Raum kommen. Am Samstag ist ein Vortrag von irgendeiner, die etwas über Kräuter und so was erzählt. Und am Sonntag ist das »freie Tanzen«. Ich sage ihr, dass ich leider schon was vorhabe. Wenn ich noch einmal bei diesem freien Tanzen dabeisein muss, müssen sie mich danach wo einliefern. Das pack ich nicht. Und Kräuter? – ich brauch keine Kräuter. »Was hast du denn vor?«, fragt die Kack-Alte. Dass die auch so deppert neugierig sein muss. Ich frage sie ja auch nicht, was sie die ganze Zeit in ihrer Riesenbude macht. Also sage ich, dass ich meine Mama zum Shoppen treffe. »Ach, ihr seht euch wieder? Das ist ja toll«, sagt sie. Ich weiß nicht, warum sie das toll findet, aber bitte.

Am Samstag schlafe ich so richtig lang, danach bin ich den ganzen Tag in der Altenbude. Ich kenne jetzt außer Irmgard auch Rudi, Margit und Heidi. Die sind auch oft im Fernsehzimmer. Ich kann bei den Serien ein paar Mal nicht aufpassen, weil Heidi immer den Mund offen hat.

»Wer bist du?«, fragt sie, und bevor ich etwas sagen kann, hat Irmgard schon »Das ist die Maria« geantwortet.

»Ich bin die Heidi«, sagt Heidi, und dann zeigt sie auf die Frau, die neben ihr sitzt und ganz komisch atmet, »und das ist die Margit.«

Ich winke den beiden mit meiner linken Hand, weil auf der anderen liegt die Hand von Irmgard.

Heidi steht wie in Zeitlupe auf und setzt sich auf den leeren Stuhl neben mir. Sie winkt mir, dass ich ein bisschen näher zu ihr kommen soll. »Ich weiß, dass du nicht die Maria bist. Die Irmgard ist schon ein bisschen plemplem.« Sie sagt es in mein Ohr, aber sie sagt es ganz normal laut.

Ich ärgere mich. Ich finde Irmgard überhaupt nicht plemplem, nur weil sie mich mit einer Maria verwechselt. Aber ich sage nichts, ich will ja nicht streiten. Heidi erzählt, dass Maria die Tochter von Irmgard ist. Oder war. Maria ist tot, und »das ist das

Schlimmste, was einem passieren kann«, sagt Heidi, »dass das Kind vor einem stirbt. Seitdem ist Irmgard verwirrt.«

Ich bin froh, dass sie nicht mehr plemplem sagt. Heidi redet wieder voll laut in mein Ohr, aber Irmgard bekommt nichts mit. Vielleicht kann sie sich hinausdenken. Das habe ich einmal im Fernsehen gesehen, da hat sich ein Mann selber aus der Welt hinausdenken können. Mir tut Irmgard leid. Jetzt ist sie wahrscheinlich ganz allein auf der Welt. Damit sie nicht traurig ist, streichle ich ihre Hand. Aber eigentlich schaut sie ganz gut drauf aus.

Sie fragt mich immer ganz viel zu den Serien, zum Beispiel warum Annie von *90210* nur so wenig anhat. Aber ich bin ihr nicht böse. Ich erkläre ihr, dass Annie wo wohnt, wo es extrem heiß ist und da haben alle nur so wenig an. Das versteht Irmgard trotzdem nicht.

»Bei uns war es auch heiß, aber wir haben nie so etwas ohne Schultern angehabt«, sagt sie.

Zu Mittag bringt Rudi uns wieder etwas zu essen. Irmgard gibt mir ihre Portion. Ich mache mir ein bisschen Sorgen.

»Du musst auch was essen«, sage ich.

Aber sie wackelt ein bisschen mit dem Kopf und sagt: »Ich brauch nicht mehr so viel, aber du.«

Ich esse alles weg, weil ich ja so hungrig bin. Den Teller stelle ich wieder auf den kleinen Tisch. In einer Werbepause stehe ich auf und gehe in die Küche. Dort türmt sich das Geschirr. Mich wundert, warum keiner abwäscht. Vielleicht ist die Putzfrau krank.

Beim Zurückgehen komme ich an ein paar Zimmern der Altenbude vorbei. Die Betten sind noch nicht gemacht, dabei ist es schon voll spät. Meine Mama hat gesagt, ein Bett muss man immer sofort nach dem Aufstehen machen. Daran halte ich mich. Ich schaue ins nächste Zimmer hinein. Auf einmal stoße ich mit einem Mann zusammen.

»Hoppla«, sagt er. Er ist groß und trägt einen Anzug. Schon

wieder ein Anwalt. Er ist alt, aber ich glaube nicht, dass er schon hundert ist, so wie die anderen da, obwohl er auch graue Haare hat. »Guten Tag«, sagt er.

»Guten Tag«, sage ich.

»Besuchen Sie Ihre Oma?«, will er wissen.

Ich weiß nicht, was ihn das angeht. »Ja?«, frage ich, und ganz automatisch sage ich: »Ich bin die Maria.«

»Aha. Und wen besuchen Sie?«

»Irmgard Malle«, antworte ich.

»Ach, Frau Malle? Ich habe gar nicht gewusst, dass sie noch Verwandte hat.«

»Ja, ich hab das auch nicht gewusst, weil ... also ... wissen Sie, warum die Betten noch nicht gemacht sind?«

»Wie?«

»Die Betten, es ist schon spät und es ist nirgends aufgebettet.«

Er macht Falten auf der Stirn und schaut auf den Boden. »Jaja, ich weiß, wir sind schon auf der Suche. Unsere Reinigungskraft ist krank, und die andere auch, und –«, er schaut mich wieder an, »aber, wo waren wir eigentlich?«

Ich weiß nicht, warum er das alles weiß. »Sind Sie Anwalt?«, frage ich.

Er lacht. »Anwalt? Ich? Nein, warum?«

»Der Anzug«, sage ich.

Er kennt sich nicht aus.

»In den Serien haben die Anwälte auch immer einen Anzug an.«

Er checkt noch immer nichts. Schauen die alle nie fern, oder was?

»Ich bin der Direktor von dem Haus«, sagt er.

»Direktor«, wiederhole ich. Ich habe nicht gewusst, dass es in einer Altenbude auch einen Direktor gibt. Ich kenne nur Direktoren von der Schule. Ein Direktor ist sicher was Wichtiges. Ich finde es ziemlich cool, dass er mit mir redet. Leider ist keiner da, der das bemerken kann. Jetzt weiß ich, dass Direktoren auch

Anzüge anhaben. Der Direktor in der Berufsschule hat immer ein Hemd angehabt, aber nie einen Anzug.

»Also, Sie gehören zu Frau Malle«, sagt er.

Eigentlich schaut er für einen alten Mann nicht so schlecht aus. Er ist braun. Vielleicht geht er regelmäßig ins Soli. Ich habe in dem Ort kein Soli gesehen. Der muss wissen, wo es eines gibt. Aber bevor ich ihn fragen kann, redet er weiter

»Eine sehr nette Person, unsere Frau Malle, schön, dass sie doch noch wen gefunden hat.« Dann lächelt er. »Ich muss weiterarbeiten, einen schönen Tag noch.«

Er geht, und ich schaue ihm nach, er verschwindet in einen Gang, der rechts hineingeht. Davor ist ein Schild. Das ist mir noch gar nie aufgefallen. Da steht »Direktion« drauf. Schade, dass er weiterarbeiten muss. Was muss er überhaupt arbeiten? Ich glaube nicht, dass die Alten zu ihm müssen, wenn sie etwas angestellt haben, so wie in der Schule. Vielleicht muss er eine Putzfrau besorgen. Das soll er lieber bald machen, ich war vorher auf dem Klo und das war pfuigacks.

Im Fernsehzimmer wartet Irmgard schon auf mich. »Wo warst denn so lang?«, fragt sie.

»Ich habe den Direktor getroffen.«

»Der Direktor, das ist so ein feiner Mensch«, sagt Margit. »Letztes Mal haben wir eine Feier gehabt, da ist er bis zum Schluss geblieben. Da war mindestens schon Mitternacht. Und er hat mit allen Frauen, die keinen Partner gehabt haben, getanzt.«

»Da hat er aber viel zu tun gehabt«, sage ich.

Außer Rudi sind fast nur Frauen da in der Altenbude. Ich überlege, wie es geht, dass der Direktor mit Irmgard tanzt. Das kann ich mir gar nicht vorstellen, Irmgard kann ja fast nicht gehen. Also stelle ich mir vor, dass Irmgard dem Direktor und mir zuschaut, wie wir über den Tanzsaal schweben. Ich habe so ein Kleid an wie die bei *Dancing Stars*, und wir sind voll Profis. Das ist so eine super Vorstellung, dass ich die erste Szene von *Gossip*

Girl verpasse. In der nächsten Werbepause sage ich Irmgard, dass ich dann bald wegmuss.

»Warum?«, fragt sie.

»Ich habe noch wen anders, den ich besuchen muss.« Das stimmt auch. Ich bin heute bei Michelle, und wir gehen dann in den Dome.

»Aber du kommst wieder, Maria, nicht wahr?«

»Ja, fix.«

Irmgard lächelt. Sie drückt meine Hand ganz fest. Mich wundert es, wie stark sie ist. Ich habe noch nie wen so glücklich gesehen, nur wegen mir.

***

Sie begann mit dem Pinsel, es reichte nicht aus, es brauchte mehr, die ganze Hand versank in der Farbe. Die Leinwand war zu klein. Der Raum war zu klein. Die Möglichkeiten waren zu eng, um die Farben und ihre Schönheit zu feiern. Bis zu den Ellenbogen war sie eingefärbt, dicke Farbklumpen tropften von ihren Händen auf das untergelegte Plastik.

»Was machst du da?«, fragte Markus.

Karin erschrak, sie hatte ihn gar nicht gehört. »Malen?«, fragte sie, als hielte sie es selbst für nicht sicher.

»Toll.« Markus nickte lächelnd. Er hatte keinen Sinn für Kunst.

»Wie gefällt es dir?«

»Ganz gut, farbintensiv.«

Sein völliges Desinteresse fand Karin einerseits erfrischend und angenehm, andererseits wünschte sie sich eine kritische Stimme. Zum ersten Mal betrachtete sie selbst das Ergebnis. Sie fand es gut. Aber sie war nicht der Maßstab. Markus zwinkerte ihr aufmunternd zu und ging. Karin hockte sich auf die Knie und machte ihren Rücken rund. Sie fühlte sich steif, aber glücklich. Es war gut zu wissen, dass sie noch immer ins Malen eintauchen konnte, im wahrsten Sinne des Wortes. Durch das Fenster fiel ein schmaler Lichtstreifen, der das Bild perfektionierte. Wenn es irgendwo hängen sollte, müsste die Beleuchtung in exakt derselben Art und Weise erfolgen.

Sie ging in die Küche und wusch sich die Hände mit Spülmittel. Fabian saß auf dem Barhocker. Er hatte einen Brief geöffnet. »Ich muss zur Musterung«, sagte er.

»Ja, das ist wohl nicht zu verhindern«, erwiderte Karin. Sie hatte schon vor einigen Monaten daran gedacht, es aber in der Zwischenzeit wieder vergessen. Warum mussten Burschen das noch immer machen? Neun Monate verschenkte Zeit.

»Vielleicht bin ich untauglich, das wäre super.«

Karin sagte nichts. Sie rubbelte die Farbe ab. Insgeheim wünschte sie sich, dass ihr Sohn untauglich war und das alles nicht zu machen brauchte.

»Max kennt einen Arzt, der einen untauglich schreibt.«

»Wie meinst du das?«

»Das ist irgendein Bekannter von ihm, der das macht. Gegen ein bisschen was Bares eben.« Er grinste verschwörerisch.

Karin traute ihren Ohren nicht. Wollte Fabian ihr weismachen, dass er vorhatte, den Staat zu betrügen? Und es, noch schlimmer, sogar jemanden gab, der ihn »gegen Bares« dabei unterstützte?

»Das ist nicht dein Ernst, oder?« Karin kratzte mit einem Schwämmchen die besonders hartnäckigen Stellen ab.

»Wieso? Es ist total umsonst. Totale Zeitverschwendung. Davon hat man genau nichts. Und wenn es geht, dass man es nicht machen muss, dann tue ich das. Du hast selber gesagt, dass es für nichts ist.«

Karin trocknete sich mit einem Geschirrtuch die Hände ab. »Ja, das habe ich, aber das bedeutet nicht, dass ich Betrug in Ordnung finde. Und was du vorhast, ist Betrug. Das ist strafbar.«

Fabian schob den Brief weg und nahm einen Apfel aus der Obstschale, den er vor sich hin und her rollte. »Wie sollen die das herausfinden? Wenn ich vom Arzt eine Bestätigung habe?«

Karin schüttelte den Kopf. »Es ist immer möglich, dass betrügerische Dinge ans Tageslicht kommen. Ich habe damit tagtäglich in der Arbeit zu tun. Und auch da haben die Leute interessanterweise immer geglaubt, dass sie sicher nie erwischt werden. Aber die Dinge kommen heraus. Ich erlaube dir nicht, so etwas zu tun, das ist illegal und gefährlich.«

Fabian hatte, noch während sie sprach, sein Handy herausgenommen und tippte. Gelangweilt rieb er sich die Augen. »Fertig?«, fragte er.

»Ja, fertig«, antwortete Karin. »Außerdem ist der Zivildienst keine schlechte Alternative.«

»Ich gehe fix zum Bundesheer.« Wollte er sie provozieren?

»Gut, wenn du es besser findest, schießen zu lernen anstatt etwas Sinnvolles zu machen, dann musst du es eben tun.«

»Es dauert wenigstens nicht so lang.«

»Dafür ist es doppelt dumm.« Sie hatten nie darüber geredet, aber es war Karin immer klar gewesen, dass ihr Sohn – ihr Sohn! – nie auf die Idee kommen würde, zum Heer zu gehen.

»Ich finde es nicht blöder, als alten Leuten die Hintern zu wischen.« Fabian biss in den Apfel.

Ganz klar, er wollte sie provozieren. Und er schaffte es. Sie konnte seine Aussage nicht einfach hinnehmen. »Du kontrollierst lieber menschenleere Grenzen und spielst Krieg, anstatt älteren Leuten zu helfen? Ich glaube es nicht!«

Fabian zuckte die Schultern. »Ja, aber so ist es«, sagte er.

Hatte sie ihren Sohn so konträr zu sich selbst erzogen? Oder besser gesagt: verzogen? Sie musste Markus bitten, mit Fabian zu sprechen, vielleicht konnte er etwas ausrichten.

***

Michelle hat ein neues Top, und das schaut echt super aus. Es ist pink mit Pailletten und hat einen voll geilen Rückenausschnitt. »Schlampe«, sage ich, und wir lachen. Auf dem Rücken sieht man ihre Tätowierung. Sie schminkt sich und schaut sich im Spiegel an. Dann zieht sie das Top aus.

»Nimm du es«, sagt sie.

»Warum?«

»Ich hab heute keine Lust auf so was.«

Ich weiß ganz genau, dass Michelle lügt. Sie zieht das nur wegen Malik nicht an. Er möchte nicht, dass sie scharf aussieht und ihr die Typen nachgaffen. Mir ist es recht. Ich ziehe das Top an, und es ist schon sehr eng, aber dafür sieht man meinen Busen gut.

»Machst du ein Foto?«, frage ich Michelle und gebe ihr mein Handy.

Ich schicke das Bild an Fabian.

»Wem schickst du das?«, will Michelle wissen.

»Fabian«, sage ich.

»Aber der will ja nichts von dir.«

»Wer sagt das?«

»Ich. Du wohnst da draußen und ihr habt euch schon ewig nicht mehr gesehen.«

»Weil er lernen muss.«

»So viel kann man gar nicht lernen.«

Michelle hat vielleicht ein bisschen recht. Dass er auf meine WhatsApp nie antwortet, ist komisch. Vielleicht hat er doch eine Hängearschfotze und seine Alte lügt mich nur an? Ich möchte das am liebsten kontrollieren.

»Was ist, wenn wir heute nicht in den Dome gehen?«, frage ich.

Michelle schüttelt den Kopf. »Sicher gehen wir in den Dome, ich hab es mit Malik schon fix ausgemacht.«

Ich drehe mich ein bisschen im Spiegel. »Aber im Dome sind wir immer. Wir können ja in das Fex gehen. Da waren wir erst ein Mal, und das war super!«

Michelle steckt sich ganz lange Ohrringe an. Die machen ihr Outfit aber auch nicht heißer. »Spinnst du? Das war totaler Dreck.«

»Aber saufen war billig.«

»Ja, aber Malik sagt, Alkohol ist eh nicht gut. Warum willst du da hin? Glaubst du, du triffst dort diesen Lutscher?«

Ich zuckte mit den Schultern. Die ist echt so blöd, wieso soll ich sonst dahin wollen? »Weiß ich nicht, ob der da ist. Mir egal. Aber ich mag heut trinken und hab keine Kohle mehr.«

Das stimmt wirklich, ich hab fast nichts mehr. Und wenn wir heute in den Dome gehen, muss ich wen finden, der mich einladet. »Vielleicht gehe ich allein ins Fex«, sage ich. Aber ich hoffe, dass Michelle doch mitkommt.

»Wie du willst«, sagt sie.

Scheiße, das hat nicht geklappt. »Du hast Malik, der zahlt alles, aber ich hab niemanden.«

»Dann musst du dir wen suchen.« Michelle hat kein Mitleid. Die ist kalt wie ein Kühlschrank. »Warum hast du kein Geld? Ich hab gedacht, dass du dort in dem Dorf nichts ausgibst.«

»Es ist kein Dorf. Es ist ein Vorort. Und ich arbeite ja nicht mehr.«

»Ich kann dir nichts borgen, für das Monat bin ich pleite.«

Ich ärgere mich so, dass ich sage: »Na gut, ich gehe ins Fex.«

»Okay«, sagt Michelle.

So ein Dreck, jetzt kann echt ich nicht mehr in den Dome, das ist sonst urpeinlich. Ich will auch nicht bei Michelle allein bleiben oder zurück aufs Land fahren. Also muss ich echt ins Fex. Ich bin mir ganz sicher, dass ich dort Fabian treffen werde, weil das ist in den Serien auch immer so.

Michelle und ich gehen gemeinsam hinunter zur U-Bahn. Fast traue ich mich dann doch nicht und will mit ihr einsteigen. Ich reiße mich zusammen und springe in den Zug in die andere Richtung. Das ist so was von mutig von mir. Ich glaube, Michelle bewundert mich schon ein bisschen, weil ich mich nix scheiße.

Jedenfalls dauert es dann ziemlich lang, bis ich hinkomme, weil ich ja vergessen hab, wo das Fex genau ist. Ich muss ein paar

Leute fragen. Die wissen es auch nicht so richtig, aber dann finde ich endlich eine, die sagt: »Ich geh da auch hin.« Das ist so eine Schlampe mit Dreads, bei der ich zuerst denke, dass sie ein Typ ist. Sie erinnert mich an die Kack-Alte, und ich überlege schon, ob ich sie um ihre Nummer fragen soll, damit sie und die Kack-Alte sich einmal treffen können. Die ist ja sicher auch eine Lesbe. Aber dann traue ich mich nicht, sonst glaubt sie auch noch, ich finde sie geil.

Ich gehe ein bisschen hinter ihr, damit sie nichts Falsches denkt. Auf einmal sind wir bei dieser komischen Unterführung, wo es nach Pisse riecht. »Da«, sagt die Lesbe und zeigt mit dem Kopf auf das Lokal, »Fex«. Ich nicke, und sie lässt mich stehen. Das finde ich dann doch auch irgendwie blöd. Auf ein Getränk kann sie mich schon einladen, finde ich. Ich habe sie ja begleitet.

Im Fex sind wieder so kaputte Wichser wie beim letzten Mal. Ich komme mir ein bisschen blöd vor, weil ich ganz allein da bin. Aber ich muss mich gar nicht anscheißen, weil ich hab schon voll viel erlebt. So wie Paco von *Unter Uns*, der hat auch schon einiges hinter sich.

Ich ziehe meine Jacke aus. Wenn Fabian jetzt zufällig hereinkommt, haut es ihm sicher die Augen hinaus. Ich falle voll auf, sonst hat niemand was Pinkes mit Pailletten an.

Weil ich sonst nicht weiß, was ich tun soll, gehe ich zur Theke und bestelle ein Wodka-Red-Bull. Dafür muss ich mein letztes Geld ausgeben. Das Zeug schmeckt voll grausig, nicht einmal mixen können die da, bäh.

»Servus«, sagt ein Typ neben mir. Er ist mindestens 140, gegen den sind die von der Altenbude ja jung. Seine Augen bringt er kaum auf, er ist voll angesoffen und ekelig. Ich sage nichts und gehe woanders hin, wer weiß, sonst speibt der mich noch an.

Auf der Tanzfläche sind ein paar Spastis und tanzen peinlich herum. Das ist wie das Tanzen von den Weibern aus dem Dorf, das schaut genauso beschissen aus. Es ist ziemlich finster, deswegen kann ich fast nichts erkennen. Aber ich glaube, Fabian ist nicht da. Vielleicht kommt er später, es ist ja erst Mitternacht.

Ich setze mich auf eine Stufe auf dem Boden, weil ich nicht mehr stehen mag. Warum gibt es da keine Couch oder so was? Da ist alles echt ekelig. Es stinkt nach Schwitze.

»Hallo«, sagt wer von hinten und klopft mir auf die Schulter.

Fabian, denke ich und drehe mich um. Aber da ist ein Typ, ich weiß nicht, wer das ist.

»Hallo?«, sage ich.

»He, was machst du da, schon ewig nicht mehr gesehen, wie geht's?«

Mir fällt nicht ein, wer das sein soll, aber dann macht er so einen Grinser und ich checke es. Das ist der Kappen-Lutscher, mit dem Michelle herumgeschmust hat! Heute hat er keine Kappe auf, das sieht ganz anders aus. Hat der damals nicht gut ausgeschaut? Wenn der da ist, ist Fabian vielleicht auch da.

»Ist Fabian da?«, frage ich sofort.

»Was?«

»IST FABIAN DA?«, brülle ich. Diese blöde Musik, die eh keiner hören kann, stört voll.

»Nein, keine Ahnung, der ist heut nicht mit!«, brüllt er in mein Ohr.

Ich bin so enttäuscht, ich glaube, ich muss mir das Leben nehmen. Das wollte Leon von *GZSZ* damals, weil seine Frau gestorben ist.

»Willst du was trinken?«, fragt mich der Typ.

»Ja«, sage ich.

Wir trinken ein Wodka-Red-Bull nach dem anderen. Der muss viel Geld haben, er lädt mich auf alles ein. Er redet was von Stellung und Zivildienst. »Ich mache sicher Zivildienst«, sagt er.

»Zivildienst ist voll Schwanzlutscher«, sage ich.

»Bundesheer ist voll scheiße«, sagt er. Aber er kann nicht sagen, warum. Er ist voll fett. Das ist peinlich, ich vertrage viel mehr als er. Der ist echt ein Schwanzlutscher. Hat Michelle nicht gesagt, dass der super schmusen kann? Er macht mich an. Wenn ich will, kann ich das gleich ausprobieren. Es ist super, dass mich einer anbaggert, der mit Michelle was gehabt hat, weil das zeigt, dass ich auch gut ankomme. »Bundshfoollsch«, sagt er noch einmal. Ich lache, weil es so blöd klingt, wie er das sagt.

Wir schmusen ein bisschen. Entweder habe ich das verwechselt, oder Michelle hat einen ganz grausigen Geschmack. Der schmust voll scheiße, das gibt es gar nicht. Mit seiner Zunge bohrt er in meinem Mund herum, will er mir die Plomben herausholen oder was? Ich muss an Irmgard denken. Ich stelle mir vor, dass sie uns zuschaut und fragt, warum wir uns so abschlecken. Der ist im Bett sicher auch eine Null. Oder genau das Gegenteil. Das kann auch sein.

Wir schmusen trotzdem weiter. Ich weiß nicht, warum er nicht weitertut. Ich finde, wir könnten schon lang zu ihm gehen. Aber wir bleiben die ganze Zeit in dem Lokal. Alle gaffen uns an. Da kann man ja nichts machen außer Herumfummeln. Auf einmal geht das Licht an. Es ist Sperrstunde.

»Wo gehen wir jetzt hin?«, frage ich, und er sagt zuerst nichts.

»Ich ... also, ja, heim, oder?«, sagt er.

Ich hänge mir meine Tasche um. »Gut, wohnst du weit weg?«, frage ich.

Was guckt der so blöd? Es stinkt nach Schwitze, ich bin froh, wenn wir endlich weg sind.

»Was, zu *mir nachhause*?«

Was denn sonst? Der ist aber auch ein Volltrottel.

»Ja ... aber das geht nicht ...«

»Was«, frage ich, »was geht nicht?«

»Ja meine Mama, die, ich wohne ja daheim und die findet es nicht so gut, wenn ich Besuch mit heimnehme.«

Sind die alle Mama-fixiert oder was? Ich werde richtig grantig. Es ist jetzt vier Uhr in der Früh. Warum diese Bude jetzt schon zumacht, weiß ich nicht. Aber ich kann jetzt nirgends hin, bei Mama brauche ich nicht aufzukreuzen. Michelle übernachtet fix bei Malik, und der erste Bus in das Kaff fährt irgendwann um sechs. Was soll ich jetzt also machen?

»Was soll ich jetzt machen?«, frage ich den Volltrottel.

Er zuckt mit den Schultern. Da packt mich so eine Wut, wie Tyler bei *Vampire Diaries*, und ich haue ihm eine. Danach ist seine Wange knallrot.

Es sind nur mehr ganz wenige Leute da und auf einmal ist alles leise. Alle schauen mich an. Ich nehme meine Tasche und gehe einfach. Ich finde, so einfach weggehen ist sehr cool. Bei *Wien – Tag & Nacht* ist Chris einfach abgehauen, weil Vicky mit einem anderen herumgemacht hat. Sie ist ihm natürlich nachgelaufen.

Der Kappenlutscher läuft mir aber nicht nach. Ich verstehe das nicht. Das muss doch so sein! Ich warte vor dem Lokal, damit er sich entschuldigen kann. Endlich kommt er heraus. Er geht einfach vorbei und lässt mich stehen! Der Arschlochtrotteldrecksau, das gibt's ja nicht! Ich möchte ihm noch eine runterhauen und gehe ihm nach. Er fängt an zu laufen, und ich laufe ihm nach. »Du Scheißer«, rufe ich, weil mir sonst nichts einfällt.

Er hüpft in eine U-Bahn und fährt weg, bevor ich noch einsteigen kann.

Das ist alles so arg, ich pack das nicht. Luft bekomme ich auch keine. So viel und schnell laufe ich sonst nicht. Ich rufe Michelle mindestens zehnmal an und schreibe ihr 50 WhatsApp. Aber sie reagiert nicht. Ich überlege, ob ich zu weinen anfangen soll. Aber das mache ich dann doch nicht. Ich bleibe einfach sitzen und denke nach. So wie John bei *Gute Zeiten, schlechte Zeiten*. Der hat auch sehr lang nachgedacht.

Mindestens fünf Minuten denke ich nach, dann kommt die U-Bahn. In dem Moment fasse ich einen Entschluss, so wie Stefan bei *Vampire Diaries* den Entschluss fasst, Elena alles zu beichten: Fabian und diese Typen sind voll die peinlichen Milchbubis, die nicht einmal ficken können. Das sind überhaupt keine Männer. Die Fabian-Alte hat voll recht. Mit so einem passe ich nicht zusammen.

»Zug fährt ab«, sagt eine Stimme. Ich steige in den Zug und fahre noch in den Dome. Da, wo die echten Männer sind.

***

Karin war zwanzig Minuten zu früh an der Station. Sie hatte sich verschätzt und war mit dem Auto schneller gewesen, als sie gedacht hatte. Sie suchte einen Radiosender, drehte dann aber doch ab. Über ihr Handy rief sie die Mails ab und beantwortete sie. Das hatte sie nie gewollt: in der Freizeit Arbeitsdinge erledigen. Dafür wurde sie nicht bezahlt. Aber sie tat es doch immer wieder. Kein Wunder, dass Fabian handysüchtig war, sie war ein mieses Vorbild.

Sie überlegte, Marianne oder Anja anzurufen, um über Gerro zu schimpfen. Aber sie waren schon so oft über ihn hergezogen, es wiederholte sich am Ende immer wieder. Außerdem war Karin wütend auf Marianne. Was sollte es heißen, dass ihre Bilder nicht in das Konzept der Galerie passten? Wofür waren Freunde da?

Karin beobachtete die Gegend draußen. Das typische Wetter der Stadt hüllte alles in ein dämpfendes, gähnendes Grau ein. Immer wieder kamen Menschentrauben aus der U-Bahn-Station. Julias Mutter war nicht dabei. Karin rechnete nicht damit, dass diese Frau pünktlich sein würde. Schon wieder ein Vorurteil. Dabei hatte sie sich vorgenommen, keine mehr aufkommen zu lassen.

Ihre Eltern waren ein Musterbeispiel an Vorurteilen. Christian hatten sie von Anfang an für einen drogensüchtigen Nichtsnutz gehalten. Nun gut, als Student war er tatsächlich nicht besonders fleißig gewesen. Aber sie hatten sich alle in ihm getäuscht – er war einer der wenigen, die ihrer Überzeugung treu waren und ihren Traum verwirklichten. Christan war in Brasilien geblieben und hatte in einem damals noch unbedeutenden Kaff am Meer eine Pizzeria eröffnet, aus der einige Jahre später nach der Touristeneroberung eine Goldgrube geworden war. Vorgestern hatte sie mit ihm geskypt und von Fabians Bundesheer-Plänen erzählt. Sie hatte einen Ausbruch erwartet, Christian war Pazifist, in früheren Jahren hatte er bei keiner linken Demo gefehlt.

»Ach lass ihn doch«, hatte er nur gesagt, und das Skype-Bild hatte gewackelt.

»Das ist nicht dein Ernst, oder?«, hatte Karin gefragt. »Hallo, wir reden hier vom Bundesheer, dem – wie hast du es damals noch genannt? – dümmsten Saufverein mit unfreiwilligen Mitgliedern. Und jetzt sagst du nur ›Lass ihn doch‹? Nur weil er zu faul ist, ein Jahr etwas Sinnvolles zu tun?« Sie hatte nicht genau erkennen können, ob Christian lächelte, die Verbindung war schlecht gewesen und sein Gesicht immer gepixelt.

»Ich glaube, Kinder müssen selber herausfinden, was sie wollen. Es hilft nichts, ich habe mir das auch anders vorgestellt. Die Mädchen beweisen mir jeden Tag, dass es nicht nach meinem Kopf geht. Sie haben ihren eigenen.«

So viel Gleichmut hatte Karin ihm gar nicht zugetraut. Sie war beeindruckt gewesen, wie sehr er sich verändert hatte. Am gleichen Abend hatte sie mit Markus gesprochen. Er verstand ihre Aufregung genauso wenig. »Stell dir vor, ich war auch beim Bundesheer, und aus mir ist trotzdem was geworden«, hatte er gemeint.

»Aber bei dir war das was anderes. Du hast vorher studiert und warst schon zu weit, um ein Jahr zu vergeuden. Es hätte keinen Sinn gemacht, du wolltest schnell weiterarbeiten.«

Markus hatte nur die Stirn gerunzelt und sich vor den Laptop gesetzt.

Als die Tür aufging, schrak Karin hoch.

»Hallo«, sagte Julias Mutter mit ihrer unpassend tiefen Stimme und ließ sich auf den Sitz fallen.

»Hallo, schön, dass Sie schon da sind. Dann können wir gleich los.« Karin fand ihre gespielte gute Laune selbst unmöglich, sie konnte aber nicht anders. »Es ist nicht weit weg. Die Frauen freuen sich schon sehr auf Sie. Und Julia habe ich nichts verraten. Ich dachte, eine Überraschung wäre vielleicht nett.«

Karin startete den Wagen. Die Frau nickte nur abwesend und starrte geradeaus.

»Sind Sie gut hergekommen?«, fragte Karin.

»Ja«, antwortete die Frau knapp.

Karin erinnerte sich an die Autofahrten mit Julia und schaltete wie damals das Radio ein, um der Stille zu entgehen. »Mögen Sie Ö3? Passt Ihnen der Sender«, fragte sie.

Die Frau zuckte mit den Schultern und nickte gleichzeitig. »Ist okay.«

Karin hatte die Frauen schon vorgewarnt. Sie hatte mit Barbara telefoniert und ihr erklärt, dass Julias Mutter weder von einem Begrüßungsmantra noch von einer Vorstellungsrunde im Kreis angetan sein würde. Barbara hatte zwar nicht gleich eingelenkt, es am Ende aber doch eingesehen.

Sie passierten die Einfahrt von Leonding und durchfuhren zwei Kreisverkehre.

»Hier war ich noch nie«, sagte Julias Mutter.

»Wir sind gleich da, am Ende ist ein großes Altenheim. In dem Gebäude haben meine Schwägerin und ein paar andere Frauen einen Raum gemietet. Hier veranstalten sie Seminare und so etwas.« Ob die Frau eine Ahnung hatte, was Seminare waren? »Also Kurse«, fügte Karin hinzu. »Darüber ist ein Zimmer. Das wollten sie eigentlich den Gästen von auswärts anbieten, die die Kurse besuchen. Aber jetzt ist es Julias Zimmer.«

Aus den Augenwinkeln konnte Karin die Fingernägel der Frau

sehen. Ihre Spitzen waren grün und darüber klebten kleine Strasssteine. Was für ein unnötiger Aufwand, es sah fürchterlich aus.

»Altersheim?«, fragte Julias Mutter. »Tschulie wohnt in einem Altersheim?« Bevor Karin noch etwas sagen konnte, fing die Frau an zu lachen, dazwischen hustete sie. Raucherhusten, erkannte Karin sofort.

»Was ist dran so lustig?«, wollte Karin wissen, nachdem sich die Frau etwas beruhigt hatte.

»Altersheim ...«, meinte die nur, und grinste.

Bevor Karin weiterfragen konnte, waren sie angekommen. Julias Mutter öffnete die Tür.

»Ich bin übrigens Karin«, sagte Karin. Ihr fielen die schwarze, eng taillierte, glänzende Jacke, die hautfarbenen Strumpfhosen und die schwarzen, hochhackigen Stiefel mit goldenen Schnallen auf. Sie erstaunte, als Julias Mutter ihre Hand ergriff.

»Nicole«.

***

Die Kack- und die Feuer-Alte sagen, dass ich heute unbedingt in den Raum muss. Es gibt eine supertolle Überraschung für mich. Ich habe keine Lust auf irgendeine Tanzerei oder auf Malen oder Yoga oder so was. Noch mehr Überraschungen von den Lesbenweibern brauch ich nicht. Ich will es mir lieber bei Irmgard und den anderen gemütlich machen. Da muss ich nicht Wände anschmieren oder herumhüpfen wie ein Mongo.

Aber die zwei sind so hartnäckig, ich kann machen, was ich will. Das Blöde ist ja, dass ich kein Geld mehr habe und auch nichts arbeite. Wenn sie jetzt auf einmal wollen, dass ich was für das Zimmer zahle – nein, dann gehe ich lieber zu diesem Lesbentreff.

Ich bin müde. Im Dome habe ich mit Michelle voll abgetanzt. Kamil war auch da, und ich habe ihn nicht einmal angeschaut, seine neue Tussi ist voll hässlich. Sonst ist nichts passiert. Eine typische Dome-Nacht. Aber wenn ich das mit dem Fex voriges Wochenende vergleiche, war es trotzdem super.

Die ganze Woche war ich sonst in der Altenbude. Es war echt urlustig. Mittlerweile kenne ich immer mehr Leute. Aber Irmgard mag ich am liebsten. Sie nervt mich auch nicht. Das ist ein Wunder. Nicht einmal ihr Geplapper beim Fernschauen stört mich.

Diese Woche war ich außerdem fleißig. Ich habe mein Zimmer wie irre geputzt und dann habe ich die Kack-Alte gefragt, ob sie noch Wandfarbe übrig haben und ob sie was dagegen haben, wenn ich die Wand damit anmale. Die Kack-Alte hat gar nichts gesagt, sondern mich umarmt. Fast wollte sie mit mir schmusen, aber das habe ich noch abwehren können. Allein will ich die nicht mehr treffen! Aber dann hat sie gesagt, ich soll die Wand anmalen, wie ich will, und kreativ sein. Sie hat mir fünf Töpfe gegeben. Wahrscheinlich wollte sie, dass ich wieder so komische Kreise auf die Wand pinsle. Aber ich habe die Wand genauso gestrichen, wie es Michelles Vater gesagt hat. Danach war ich echt stolz. Es schaut wirklich geil aus. Jetzt ist es richtig gemütlich.

Die Überraschung freut mich null. Ich ziehe mir etwas Fades an, weil die ganzen Weiber scharf auf mich sind. Die Klamotten gehören gar nicht mir, so etwas Furchtbares kaufe ich mir sicher nicht selber. Die Feuer-Alte hat sie mir geschenkt. Sie hat gesagt, ihr passen sie nicht und sie wären voll bequem. Es ist so was wie ein Jogginganzug, aber nicht von Adidas, sondern ohne Marke. Sie hat recht gehabt, gemütlich ist es. Ich habe zuhause und in der Altenbude nur noch ihre Sachen an.

Ich gehe hinunter und will in dem Raum, aber ich höre, dass die Weiber alle draußen vor der Tür stehen. Also gehe ich hinaus. Sie stehen alle um ein Auto, ich weiß nicht, wer da ist, vielleicht irgendeine Superstarlesbe.

»Da ist Julia!«, ruft auf einmal die Feuer-Alte, als sie mich sieht.

Die Weiber gehen zur Seite, damit ich durch kann. Und da vor dem Auto, mitten zwischen den Weibern, steht meine Mama. Mich trifft fast der Schlag – was macht die denn da? Ich kann gar nichts sagen, so geschockt bin ich. Sie sagt auch nichts. Ich gehe zu ihr hin. Was soll ich denn sonst tun? Die Weiber stehen alle herum und warten auf irgendetwas. Also gebe ich Mama die Hand.

Auf einmal haut sie sich voll ab. »Was hast *du* denn an?«, fragt sie.

Erst jetzt sehe ich, dass Fabians Alte auch da ist und meine Mama vor ihrem Auto steht. Ist sie vielleicht mit ihr hergefahren?

»Na, ist das eine Überraschung?«, fragt die Kack-Alte.

»Ja«, sage ich, »voll.« Dann lachen alle außer Mama und mir.

»Wir freuen uns sehr, euch beide hier zu haben«, sagt die Kack-Alte.

Ich weiß nicht, ob ich Mama sagen soll, dass das alles Lesben sind. Aber das sieht sie eh gleich selber.

»Wir haben im Raum ein kleines Essen für unsere Ehrengäste vorbereitet, also nichts wie hinein mit uns!«, ruft die Feuer-Alte.

Mama und ich gehen nebeneinander und ich kann gar nicht fragen, warum sie da ist. Alle belagern uns und lauschen. Drinnen ist der Tisch gedeckt. Ich weiß, dass Mama das Essen genauso zum Speiben finden wird wie ich. Es ist wieder so Gesundheitspampe.

Wir setzen uns und ich bleibe neben Mama. Endlich kann ich sie fragen. »Was machst du da?«

»Die Karin, oder wie sie heißt, hat gefragt, ob ich nicht mit herkommen will. Und ich muss eh was reden mit dir. Allein.«

Bevor ich noch was sagen kann, ruft die Feuer-Alte: »Einen Toast!«

Sie steht auf und hebt ihr Glas in die Luft. Will sie einen Toast?

»Auf uns alle, die Kraft der Frauen und die Zeit, die vor uns liegt. Prost!«

Wir prosten uns zu und ich trinke wieder einen Schluck von so einem ekelhaften Wein.

Dann wird es ganz komisch: Mama isst wirklich was von der Pampe. Das macht sie fix nur, weil sie höflich ist. Die Weiber reden alle durcheinander. Bei uns sitzen die Fabian-Alte Karin, die Kack- und die Feuer-Alte. Mir fällt ein, dass jetzt schon *Gossip Girl* ist und Irmgard ganz allein fernsehen muss. Sie fragen meine Mama, was sie arbeitet und ob ihr das gefällt und so. Sie wollen von ihr genau dasselbe wissen wie von mir. Das finde ich blöd. Ich habe gedacht, ich bin etwas Besonderes. Aber sie wollen von meiner Mama genauso wissen, ob sie etwas anderes machen will und ob sie von etwas träumt und so. Ich bin ein bisschen beleidigt und sage gar nichts, aber das fällt niemandem auf. Das macht mich erst richtig grantig. Sie nimmt mir voll den Platz weg!

»Da ist echt ein Altersheim daneben ...? Stört Sie das nicht?«, fragt meine Mama und tut auf interessiert.

»Stören? Nein, wieso?« Die Feuer-Alte hat ihren Teller voll beladen. Kein Wunder, dass sie immer so weite Sachen tragen muss, die hat drunter sicher keine Figur mehr. »Überhaupt nicht. Wir wollen in Zukunft auch mit den Seniorinnen und Senioren gemeinsame Projekte veranstalten.« Sie stopft sich einen braunen Ball in den Mund.

»Projekte?«, fragt meine Mama.

Ich bin mir sicher, dass sie nicht weiß, was die Feuer-Alte damit meint. Ich weiß es auch nicht, aber ich bin auch noch nicht so alt wie sie.

»Ja, gemeinsame Veranstaltungen, wir möchten Yoga und Malkurse anbieten, solche Sachen.«

Meine Mama isst etwas, das voll komisch aussieht. Und ich erkenne ganz genau, dass sie das Gesicht verzieht, weil es sie so graust. Aber sie schluckt es hinunter. »Aha«, sagt sie zur Feuer-Alten.

Vielleicht will die Mama auch noch die Altenbude besuchen! Aber sie darf Irmgard und die anderen nicht kennenlernen. Das ist meine Zone, die braucht sie mir nicht wegnehmen. Soll sie zu ihrem Mario, ich brauch sie nicht.

»Und was haben Sie für Hobbys?«, fragt die Kack-Alte.

»Ich gehe ins Fitnessstudio«, sagt Mama und nimmt nur mehr Gemüsezeug. Sie hat voll Panik vorm Dickwerden.

»Ah, Fitnessstudio, toll.«

Die Kack-Alte nickt. Die war in ihrem Leben fix noch nie in einem Fitnessstudio.

Die ganze Zeit reden sie nur Scheißdreck. Meiner Mama ist fad, sie braucht gar nicht so tun, als ob sie das interessiert. Rauchen will sie auch, das merke ich, weil ihre Finger so zucken. Ich will auch rauchen. Warum eigentlich nicht? »Ich gehe eine rauchen«, sage ich und stehe auf. »Ich komme mit!«, ruft meine Mama. Allein hat sie sich nichts zu sagen getraut. Die Fabian-Alte schaut böse. Mir egal, auf die bin ich stinkesauer, was bringt die auch meine Mama mit?

Wir gehen vor das Haus. Mama braucht nicht zu denken, dass sie von mir eine Tschick haben kann! Aber sie hat eine eigene.

»Ich habe gedacht, du hast aufgehört?«, meint sie.

»Nein«, sage ich. »Warum bist du da?«

»Hab ich ja schon gesagt, diese Karin hat mich eingeladen.«

»Ja und?«

Sie schaut jetzt nicht mehr so freundlich drein wie drinnen. »Darf ich nicht hingehen, wo ich eingeladen werde?« Sie hat schon fertig geraucht, sie hält nur mehr den Stummel zwischen den Fingern. »Und außerdem«, sie bläst noch einmal Rauch hinaus, »wollte ich dich sowieso treffen.« Sie zeigt mit ihrem Kopf zum Haus. »Die sind schon komisch, die Weiber. Aber Geld haben sie.«

»Vielleicht«, sage ich.

»Fix. Sonst lassen sie dich nicht gratis da wohnen. Wo ist dein Zimmer?«

Ich will es ihr gar nicht sagen. »Einen Stock drüber.«

Mama sieht sich um. »Da ist ja der Untergang.« Sie nimmt sich noch eine Tschick. »Mario und ich haben eine Wohnung gefunden, wir werden umziehen. Es ist eine super Wohnung mit ein bisschen mehr Platz. Näher für Mario in die Arbeit. Genossenschaft. Wir müssen nur den Anteil zahlen.«

Ich bin geschockt. Warum ziehen die um? »Habe ich da ein Zimmer?«

»Wieso, du wohnst ja hier. Ich habe mir nur gedacht, weil du nichts zahlst und so. Vielleicht kannst du uns was leihen.«

»Ich hab ja selber kein Geld. Und keine Arbeit.«

Mama zieht ihre Augenbrauen zusammen. Den Blick kenne ich.

»Aber du zahlst nichts, diese Karin hat gesagt, du brauchst nicht einmal das Essen zahlen. Dann frag, ob du bei denen irgendwas arbeiten kannst, das wird ja nicht so schwer sein. Und sonst, ich meine …«, sie schaut auf den Boden und tritt mit ihren spitzen Stiefeln auf der Tschick herum, » … du kannst ja auch einfach die Weiber fragen. Sie sollen dir was borgen. Die werden dir sicher was geben, wenn du sagst, dass du es brauchst. Und dann gibst du es mir.«

Die hat einen kompletten Knall. Ich werde fix nicht um Geld fragen und es Mama und dem Mario-Schwanzlutscher geben!

»Ich habe mit Karin und den anderen schon geredet«, sage ich. »Sie haben gesagt, ich habe voll Talent und soll eine Schauspielausbildung anfangen. Die kostet voll viel, und sie haben es schon eingezahlt. Das kann man nicht mehr stornieren jetzt.«

»Ja sicher«, sagt Mama. »Das spinnst du dir zusammen.«

»Du kannst sie ja fragen, wenn du mir nicht glaubst.« Ich ziehe ganz cool an meiner Tschick. Hoffentlich fragt sie nicht nach. »Die Schauspielschule ist voll schwierig. Da kann ich daneben auch nicht arbeiten. Das haben die Weiber gesagt. Und die kennen sich aus. Eine von denen ist nämlich eine bekannte Schauspielerin.« Ich habe sie noch immer nicht ganz überzeugt. »Eine vom Theater. Die mit den blonden Haaren, die da neben der Karin gesessen ist.« Ihre Augenbrauen sind jetzt nicht mehr zusammengezogen. Ich schmeiße die Tschick weg. »Gehen wir wieder hinein«, sage ich.

***

Fabian verzog sich in seinem Zimmer, schloss die Tür ab und war nicht mehr zu hören. Markus sah Karin mit hochgezogenen Augenbrauen an, beide lachten.

»Dass das so anstrengend wird, hat er sich nicht gedacht«, sagte Markus und kicherte. Er arbeitete am Laptop, Karin saß auf der Couch und las in ihrem E-Reader. Die Wohnung blieb still.

»Wahrscheinlich ist er schon eingeschlafen«, vermutete Karin. »Dabei ist heute der erste Tag, an dem er ein bisschen länger bleiben musste.« Sie wandte sich wieder dem Buch zu. Es war enttäuschend langweilig. »Dabei hat er noch einen ziemlich easy Job.« Markus lehnte sich zurück und strecke sich. »Der Sohn eines Kollegen war in einem Behindertenzentrum, das war schon noch einmal eine andere Liga.«

Seit dem Sommer, in dem er sich von der »Matura erholen musste«, wie er es nannte, war Fabian nur auf der faulen Haut gelegen. Jetzt war er Zivildiener in einem Integrationskindergarten. Die Arbeit erledigte ihn. Er ging nicht mehr aus und verschwand nach einem ausgiebigen Essen wortlos in seinem Zimmer. Wurden alle Jugendlichen so schnell müde? Karin konnte sich nicht mehr erinnern. Aber sie glaubte sich zu erinnern, als knapp Zwanzigjährige voller Energie gewesen zu sein.

»Stell dir vor, er wäre wirklich zum Bundesheer gegangen, das hätte er ja nicht einen Tag durchgehalten«, bemerkte sie.

Markus lachte. »Das stimmt.«

Karin war noch immer erleichtert, dass sich Fabian nicht für das Bundesheer entschieden hatte. Schon vor der Matura hatte sie ihn bearbeitet. Sie hatte ihn gezwungen, sich eine Dokumentation über die Bedingungen beim Heer anzusehen. Eine Freundin stellte Kontakt zu einem Studenten her, der im Jahr davor seinen Heeresdienst geleistet hatte. Nachdem sie sich mit ihm telefonisch über seine Erfahrungen ausgetauscht hatte, lud sie ihn ein. Die Horrorgeschichten schienen Fabian im ersten Moment nicht zu beeindrucken. Aber irgendwie musste es doch Klick gemacht haben. Denn zwei Wochen verkündete er ganz nebenbei, doch den Zivildienst antreten zu wollen.

Nach seinem ersten Tag als »Mädchen für alles« im Kindergarten hatte er noch geflucht. Mittlerweile schien ihm selbst dafür die Energie zu fehlen. Obwohl er schon am frühen Nachmittag zuhause war, kam er mit dem Schlaf nicht aus.

Karin kuschelte sich in die Wolldecke. Wie konnte es schon wieder Herbst sein? Sie hatte das Gefühl, gerade erst die Winterjacke ausgezogen zu haben und nun musste sie sich schon wieder darin einpacken. »Barbara hat angerufen«, fiel ihr ein.

»Was gibt's?«, fragte Markus.

»Nichts Besonderes, nur schöne Grüße. Sie hat meine Bilder in dem Raum aufgehängt und den Rest haben sie einstweilen in Julias Zimmer verstaut.«

Markus nickte abwesend.

Barbara hatte noch im Sommer nach Karins Bildern gefragt. »Bevor sie bei dir in der Wohnung verrotten, hängen wir sie lieber auf. Sie sind so toll!« Geschmeichelt hatte ihr Karin einen Großteil der Bilder vorbeigebracht. Sie hatte sogar wieder zu malen begonnen. Während der heißesten Tage war sie schwitzend in der Dachgeschoßwohnung vor Riesenleinwänden gehockt und hatte Farbexplosionen fabriziert, wie Markus es nannte.

»Ich werde übermorgen mal hinfahren«, sagte Karin.

»Mhm«, erwiderte Markus.

»Auch mal sehen, wie es Julia geht.«

»Mhm.«

»Barbara hat vorgeschlagen, dass ich einen Mal-Workshop für die Frauen abhalten könnte. Ich überlege, es zu machen.«

»Mhm.«

Karin seufzte. Sie würde sich ein anderes Buch herunterladen müssen, wenn sie sich unterhalten wollte. Mit Markus war heute keine Konversation möglich.

Zwei Tage später traf sie Barbara zum Frühstück in der Stadt. »Wie geht es Julia, hast du sie einmal getroffen?« fragte sie.

»Es ist schon länger her, sie hat oft Dienst«, antwortete Barbara. Sie hatte einen neuen Haarschnitt, den Karin fürchterlich fand. Barbara sah aus wie ein Althippie. Während ihres Urlaubs in Griechenland hatte sie sich ein geknüpftes Haarteil in ihre Haare einflechten lassen.

»Sie ist ganz schön eingeteilt, was?«

Barbara lächelte. Ihr Gesicht war noch immer sommerlich gebräunt. »Das kann man sagen. Aber sie macht sich gut.« Barbara nahm sich noch einen Schöpfer ihres Breis. Sie aß nur noch vegan, daher hatten sie sich in einem speziellen Lokal treffen müssen. »Ich habe mit dem Direktor gesprochen. Ein ausgesprochen netter Mann, übrigens«, erzählte Barbara mit vollem Mund. »Er hat gemeint, die Leute im Seniorenhaus mögen sie sehr gern.«

Karin schüttelte den Kopf. »Wer hätte das gedacht? Ich hatte Angst, dass sie wegen ihres neuen Freundes alles hinschmeißen könnte.«

»Ihr *neuer* Freund?« Barbara lachte. »Den hat sie schon lang nicht mehr.«

»Das habe ich gar nicht mitbekommen.« Karin war gekränkt. Warum hatte Julia Barbara davon erzählt, und sie wusste nichts?

»Ich bin mir nicht sicher«, setzte Barbara fort, »aber ich glaube, sie hat schon wieder einen anderen Neuen. Vielleicht ist sie auch mit dem Alten wieder zusammen, ich habe den Überblick verloren. Wie geht es Fabian?«

»Na ja, er ist extrem angestrengt.« Karin lächelte. »Jetzt lernt er mal den Ernst des Lebens kennen.«

Barbara rührte in einer Schüssel die Linsen zusammen. »Der Arme, ist sicher nicht einfach. Hat er noch seine Freundin?«

Karin nickte. »Allerdings sehen sie sich so gut wie nicht mehr. Sobald er zuhause ist, geht er sofort ins Bett.«

Fabians Freundin war genauso, wie sich Karin eine Freundin für ihren Sohn immer schon vorgestellt hatte. Anna sah sympathisch aus, hatte gute Manieren, eine angenehme Stimme sowie eine klare Idee, wie ihre Zukunft aussehen sollte (Medizin studieren und Ärztin werden) und keinerlei Laster. Sie war langweilig. Damit passte sie perfekt zu Fabian. Karin mochte Anna, Markus mochte Anna, sogar Fabians Großmutter mochte Anna.

»Da fällt mir ein, im Altersheim hat ein ganz entzückender junger Mann begonnen. Er ist aber nicht Zivildiener, sondern macht eine Pfleger-Ausbildung«, erzählte Barbara. »Ich finde es ja schon toll, dass sich ein Mann für diesen Beruf interessiert. Aber er ist noch dazu ein wirklich sympathischer Kerl. Ich glaube«, Barbara trank einen Schluck Malzkaffee, »er würde mit Julia perfekt zusammenpassen.«

Karin verzog das Gesicht, ihr Tee schmeckte scheußlich. »Das klingt wirklich nett, seit wann ist er da?«

»Er hat vor zwei Wochen angefangen. Ich habe Julia seitdem nicht getroffen, sie ist so fleißig. Sogar am Wochenende hat sie oft Dienst, aber sie hat sich kein einziges Mal darüber beschwert.«

»Toll, wirklich.« Karin dachte nach. »Du, vielleicht ist das eine gute Idee, was hältst du davon, wenn wir die beiden einmal zum Essen einladen? Wenn du magst, können wir es gern auch bei uns in Wien machen. Dann müsstet ihr eben wieder zurückfahren. Als Motivationsschub für Julia und als kleiner Kennenlern-Termin mit dem jungen Mann, was meinst du?«

Barbara war sofort begeistert. »Das ist eine super Idee. Hm, wenn ich so darüber nachdenke, da würde auch der Direktor hervorragend dazupassen. Weißt du, was? Ich mache ein großes, schönes Essen.«

Karin nickte, es war ihr nicht unrecht, das Essen nicht vorbereiten zu müssen, sie hatte keine Lust zu kochen.

Barbara kostete von einem Gemüseaufstrich. »Was hältst du davon, wenn ich so etwas in der Art als Vorspeise mache?«

Karin nickte. »Toll.«

***

Dieser Typ ist ein Volltrottel und so was von hässlich, der kommt direkt aus der Geisterbahn. Ich bin schon viel länger da, und der braucht nicht so reden mit mir. Als ob ich nur ein Putztrampel wäre. Ich bin aber kein Putztrampel. Sondern eine Reinigungskraft. Und ich kann viel mehr als nur das. »Gehst du bitte hinaus?«, hat er gesagt. Was, gehst du hinaus? Spinnt der? Wieso soll ich hinausgehen? Ich bin schon viel länger da als er, und ich kenne die Leute sicher besser.

Aber er will, dass ich hinausgehe, weil er eine Wunde von Karl Martusch im Zimmer 31 verbinden will. Nur mach ich grad das Zimmer von dem. Was glaubt er? Dass ich umfalle, wenn er den Verband wechselt?

»Glaubst du, ich fall um, wenn du den Verband wechselst?«, frage ich.

»Nein«, sagt der Typ und lächelt falsch. Ich weiß genau, wenn wer falsch lächelt. Bei *Anna und die Liebe* hat die Carla auch so gelächelt. »Nein, ich glaub nicht, dass du umfällst, ich bin mir sicher, du hältst das durch.« Er redet irgendwie komisch. Hat der einen Sprachfehler? Die Kack-Alte hat gemeint, das ist, weil er aus Vorarlberg kommt. Dann soll er halt reden lernen, wenn er von da herkommt. »Ich weiß, dass du tough bist.« Jetzt grinst er noch blöder. »Aber ich glaub, wir müssen die Privatsphäre von Herrn Matusch respektieren. Es ist ihm sicher lieber, wenn nicht fünf Leute beim Verbandwechseln zuschauen.«

»Also ich bin nur *eine* Leut«, sage ich, und das ist so eine coole Aussage, dass ich kurz nichts sage, weil es so cool ist. »Und ich kenne Herrn Matusch schon voll ewig lang. Es macht ihm sicher nichts aus, wenn ich da bin.«

Der Typ zuckt mit den Schultern. »Ich weiß nicht, fragen wir ihn eben. Herr Matusch, soll die Julia hinausgehen?«

»Ja«, sagt der Matusch.

»Er sagt ja immer Ja«, schimpfe ich. »Wenn ich ihn frage, ob es draußen schneit, sagt er auch Ja!«

»Nein, heute scheint die Sonne«, sagt Herr Matusch.

Der Typ lacht. Das ärgert mich so, dass ich gehe.

Draußen knalle ich fast mit dem Direktor zusammen. »Alles in Ordnung?«, fragt er. Ich sage gar nichts. So sauer bin ich. Dabei rede ich mit dem Direktor sonst immer. Aber jetzt bin ich so auf hundert, dass ich ins Rauchereck gehe und mir eine Tschick anzünde. Die Raucherecke ist ein kleiner Hof neben den Mülltonnen. Ich kann mich gar nicht mehr beruhigen, das ist wie bei *Gute Zeiten, schlechte Zeiten*, da hat Dominik auch einen Wutausbruch gehabt. Aber es bekommt keiner mit, weil ich ja ganz allein da draußen stehe. Nicht einmal Frau Ruba ist heute da, dabei tschickt die normalerweise durchgehend. Ich glaube, die braucht gar kein Zimmer, weil sie immer im Rauchereck steht. Ich rauche noch eine, damit ich mich beruhige.

Margit hat mir erzählt, dass der Direktor Frau Ruba einmal beim Rauchen in ihrem Zimmer erwischt hat, und da hat er sie geschimpft wie ein kleines Kind. Mich hat er noch nie geschimpft, aber er hat ja keinen Grund dazu.

»Hallo«, sagt wer hinter mir. Ich drehe mich um, und dann steht echt der Trottel vor mir mit seinen grauslichen Würschtelhaaren und seinem ranzigen Pullover. Er zündet sich auch eine Tschick an. Ich habe schon bemerkt, dass er raucht, aber bis jetzt bin ich immer weggegangen, wenn ich ihn im Rauchereck gesehen habe. Ich opfere jetzt sicher nicht meine neue Tschick wegen dem. »Na, wie geht's«, fragt er. Der ist so falsch, das ist ganz schlimm.

»*Gut*«, sage ich, und ich sage das aber nicht freundlich, sondern voll arrogant. Das habe ich gelernt von Ole, der bei *Berlin – Tag & Nacht* mitspielt.

»Du bist ja schon länger da, wie gefällt es dir? Kennst dich wahrscheinlich schon gut aus. Ich habe gemerkt, dass die Leute dich gern haben.«

Da muss ich ein bisschen lächeln, aber nur ganz kurz. »Ja, ich kenne mich *sehr gut* aus«, sage ich.

»Wohnst du da? Du bist ja jeden Tag voll früh da, ich komme immer mit dem Bus aus der Stadt, und das dauert ewig.«

Will der mich ausfragen? »Ja, ich wohne da. Sogar im Haus.« Das wollte ich jetzt gar nicht sagen, aber ich habe mich verplappert.

»Echt? In dem Haus? In dem Teil da rechts, oder?«

Ich nicke. Warum will der alles wissen, steht der auf mich oder was? Ich schau ihn unauffällig an.

Margit hat gesagt, der Typ macht eine Ausbildung zum Pfleger. Das ist voll irre. Welcher Mann wird Pfleger? Ich werde ja auch nicht Maurer! Also ich weiß nicht, aber er schaut nicht schwul aus. So ein Filzpatschentyp. Ich bin nach ein paar Tagen frei in die Altenbude gekommen und auf einmal war er da.

»Ich habe mir auch überlegt, ob ich da herziehe, aber in der Stadt bin ich schon auch gern.«

»Aha«, sage ich, das interessiert mich alles voll überhaupt nicht.

»Vielleicht gehen wir ja einmal was trinken nach der Arbeit oder so, was meinst?«

Der steht wirklich auf mich! Wie kann das sein, so Filzpatschentypen mögen ja nur Filzpatschenweiber! Echt arg. Aber vielleicht will er mich auch nur aushorchen und – ich glaub, ich dreh durch – mich *mobben*! Er will sicher auch beliebt sein, und da bin ich ihm im Weg! Aber das werde ich sicher nicht zulassen!

»Ach, jetzt weiß ich, von wem die Frau geredet hat, die ich das letzte Mal getroffen habe«, sagt er.

Was meint er damit?

»Was meinst du?«

»Ich habe vorige Woche eine Frau getroffen, so eine mit ganz kurzen Haaren, um die vierzig, schätze ich. Sie hat gesagt, sie würden da so einem Raum für Frauen betreiben. Und dass ein Mädchen, das im Altersheim arbeitet, darüber wohnt.«

Er grinst, und ich bin mir sicher, dass er die Kack-Alte getroffen hat. Warum muss die ihm gleich alles erzählen?

»Du warst aber nicht da, und danach habe ich es irgendwie vergessen«, sagt er. »Aber sie hat gemeint, sie lädt uns mal beide zum Essen ein, das wäre ja super.«

Ich habe endlich meine Tschick ausgeraucht, lasse sie auf den Boden fallen und dämpfe sie aus. »Ja, voll super.« Ich weiß nicht, ob er bemerkt, dass ich nur auf freundlich tu. Es ist mir auch egal, ich weiß jetzt, dass ich aufpassen muss. Ich lasse ihn stehen und gehe hinein. Der wird sich noch anschauen.

***

»Er hat gesagt, dass er in der Schule aufgehört hat.« Irmgard gähnt ganz laut. Margit redet weiter. »Ich habe mir zuerst gedacht, was ist denn das, was der auf dem Kopf hat?«

Ich kann mich nicht auf die Wiederholung von *GZSZ* konzentrieren. Margit quatscht mich wieder voll. Aber sie redet von dem Koffer, also kann ich nicht weghören.

»Die Haare sind so grausig«, sage ich. »Und mir hat er gesagt, dass er mit der Schule nicht aufgehört hat, sondern dass sie ihn hinausgeschmissen haben, weil er so frech war.« Das ist mir einmal fast passiert, da hat die Direktorin gesagt, wenn ich noch einmal frech bin, schmeißt sie mich hinaus.

»Frech?«, fragt die Irmgard. »Der ist nicht frech. Der ist freundlich, der Bub. Nur komische Haare hat er. Was macht er da?«

Das gibt es ja wohl nicht, dass Irmgard, *meine* Irmgard, so über den Wichser redet. »Der ist so etwas wie ich«, sage ich ihr. »Hausmädchen. Obwohl er ein Bub ist.« Ich lache, aber sonst lacht niemand.

»Der ist nicht Hausmädchen, der ist Pfleger«, mischt sich Kurt ein. Kurt weiß immer alles besser.

»Das ist ja so was wie ich«, sage ich.

»Nein, das ist was anderes«, meint der Kurt.

»Was denn?«

»Der darf Medikamente geben. Und die Frau Käfer hat er gewickelt.«

Ich weiß nicht, woher Kurt das weiß. Margit kichert. Die hat er *gewickelt* ... Welcher Mann wickelt freiwillig eine Neunzigjährige? Der muss pervers sein.

»Ich kann das auch«, sage ich noch einmal, aber darauf reagiert keiner. Wenn sie es mir nicht glauben, muss ich es ihnen eben beweisen. »Ich habe ihn erwischt, da ist er nur herumgestanden und war voll faul«, sage ich.

»Wer war faul?«, fragt die Stimme von dem Typen. Der hat sich angeschlichen und mitgehorcht! Wer weiß, wie lang der schon da steht.

»Du! Hat die Julia gesagt«, ruft Margit. War ja klar, dass die mich verrät.

»Ich habe das nicht so gemeint«, sage ich, aber der Typ grinst. Der ist so blöd, findet er das lustig, oder was? Er setzt sich neben mich. Ich möchte Anna-Sophie whatsappen, aber der klebt so auf mir drauf, dass ich nicht unauffällig meine Nachricht verschicken kann.

»Was machst du da?«, fragt er.

»Fernsehen.«

»Verstehe. Bist du schon fertig für heute?«

Jetzt möchte der mich auch noch kontrollieren. So eine Frechheit. Ich bin ja nicht seine Angestellte! »Ja.« Ich bin zwar noch nicht fertig, aber ich darf ja wohl einmal eine kleine Pause machen für eine halbe Stunde. Der Direktor hat noch nie was dagegen gesagt. Ich meine, er weiß es nicht so wirklich. Aber es geht ja darum, dass ich die Arbeit mache und nicht, wie viel ich Pause habe.

»Ich habe gerade zufällig die nette Frau getroffen, die dich auch kennt. Die mit den kurzen Haaren und dem komischen Namen, den ich mir nicht merke«, sagt der Typ.

»Aha.« Ich schaue absichtlich nur auf den Fernseher, der braucht nicht zu denken, dass ich mich für das, was er sagt, interessiere.

»Sie hat gesagt, sie lädt uns diesen Freitag zum Essen ein. Musst du da arbeiten? Hat sie schon mit dir geredet?«

»Nein.« Endlich taucht Paco auf. Warum redet die Kack-Alte mit dem? Wieso lädt sie ihn ein? »Aber wir werden sicher noch reden, weil wir reden voll viel miteinander«, sage ich. »Ja, bestimmt, sie meldet sich sicher noch.« In dem Moment piepst mein Handy. Es ist nicht die Kack-Alte, sondern Fabians Alte. Sie schreibt: »Hast du am Freitagabend Zeit für ein gemütliches Essen mit zwei Überraschungsgästen?«

Was ist da los, sind jetzt alle verhext von dem Typen? Warum kommt die Fabian-Alte? Ich kenn mich überhaupt nicht mehr aus. »Ja«, schreibe ich zurück. Der erste Überraschungsgast ist fix der Typ, das check ich voll ab! Aber ich bin neugierig, wen sie noch dabei haben.

»Ja, ich komm«, sage ich zu dem Typen. Eigentlich wollte ich in den Dome gehen, aber mit Anna-Sophie ist das nicht so lustig, wie es mit Michelle war. Anna-Sophie ist noch urjung und sie ist gar nicht so eine Freundin-Freundin, nur mit Michelle ist nichts mehr anzufangen. Sie redet vom Heiraten, und wenn die so weitermachen, ist es bald so weit. Ich möchte auch heiraten, aber nachdem ich mit Aron zusammen war, glaube ich, dass ich nie wen finden werde. Aron war ein Volltrottel. Eigentlich waren alle meine Freunde Volltrottel. Wie soll man zwischen lauter Volltrotteln einen gescheiten Typen finden?

»Super, dann sehen wir uns dort«, sagt der Pflege-Wichser und klopft auf meine Schulter.

Der will mich nur antapschen, wahrscheinlich schaut den sonst keine an. Oder er spielt ein ganz arges Spiel, falsche Leute tun ja so, als ob sie einen mögen. »Hast du eine Idee, was ich mitbringen soll zum Abendessen?«

»Was?«, frage ich. Was will er denn mitnehmen, wir bekommen ja dort was zu essen?

»Ach, egal, mir fällt schon was ein, schönen Nachmittag noch, arbeite nicht zu viel.« Er grinst.

Das war jetzt echt eine ganz fiese Aussage. Will er damit sagen, dass ich zu wenig hackle? Das kann ja wohl nicht sein. Ich sehe ihn auch jedes Mal nur rauchen.

»So ein netter junger Mann«, sagt Irmgard.

Was? Ich speib gleich! Noch länger mag ich mir das nicht geben, dass die da alle von dem Deppen schwärmen.

Am Freitag werde ich extra was Geiles anziehen, damit dem Pflegewichser so richtig die Augen herausfallen. Mein Leiberl ist so was von eng, meine Titten quetschen oben richtig heraus. Leider quetscht das auch meinen Bauch heraus, aber das fällt nicht so auf, wenn die Titten gut zu sehen sind, hat mir Aron einmal gesagt. Das war auch das einzig Sinnvolle, was er je gesagt hat. Ich bin neugierig auf den Überraschungsgast. Hoffentlich schaut der gut aus.

Die neuen Schuhe habe ich gerade mit meinem ersten Geld von der Altenbude gekauft. Mit denen bin ich wahrscheinlich noch größer als der Pflegewichser. Der ist nicht nur hässlich, der ist auch ein Zwerg.

Vor dem Haus von der Kack-Alten höre ich schon Stimmen und Lachen von drinnen. Bin ich gut geschminkt? Zur Sicherheit hole ich meinen kleinen Spiegel heraus. Scheiße, in dem Licht sehe ich nichts. Egal, scheiß drauf. Ich läute an, und da steht die Kack-Alte. Sie lacht und hat rote Wangen, überhaupt ist sie voll braun. Kein Wunder, die war ja auch ewig faul auf Urlaub in der Sonne. Ich glaube, sie ist schon angesoffen, ihre Augen sind so rot wie die vom Mario, wenn er viel getrunken hat. »Julia«, sagt sie, und ihre Stimme ist auch schon ganz daneben. »Komm rein, komm rein. Lass die Schuhe ruhig an, die Putzfrau kommt morgen.«

Ich habe gar nicht vorgehabt, sie auszuziehen. Ich gehe ihr nach.

Im Wohnzimmer steht die Fabian-Alte Karin und hat ein Glas in der Hand, und neben ihr steht – der Direktor! Er schaut überhaupt nicht aus, wie er sonst ausschaut. Er hat einen uralten, voll hässlichen Pullover und Jeans an. Ich habe den Direktor noch nie in Jeans gesehen. Er sieht überhaupt nicht wie der Direktor aus. So ohne Krawatte, das passt gar nicht. Er guckt mich auch blöd an. Kein Wunder ist, normal sieht er mich ja immer in den hässlichen Kack-Alten-Fetzen, die ich zum Putzen anhabe. »Julia, schön, dass wir uns einmal außerhalb der Arbeit sehen«, sagt er, und ich glaube, der ist auch schon angesoffen.

»Na, dein Chef – ist das eine Überraschung?«, fragt die Fabian-Alte.

Der Direktor ist der Überraschungsgast?! Das ist ja Beschiss! Ich bin fast froh, dass der Pflegewichser auch kommt und ich nicht mit dem Zombiehaufen allein sein muss.

***

Es läutete. »Ich geh schon!«, zwitscherte Barbara.

Karin hatte sie selten so ausgelassen erlebt. Es erinnerte sie an die übertriebene Art Magdas, die heute zum Glück nicht dabei war.

»Sie sind also Barbaras Schwägerin? Hallo, ich bin Bernhard.«

Der Direktor gab ihr die Hand. Er wirkte nett, etwas langweilig und farblos vielleicht. Er schien Barbara zu gefallen, vielleicht hatte sie Magda deshalb nicht eingeladen. Magda nahm den Raum und alle, die sich darin befanden, immer völlig ein.

»Ja, genau. Ich kenne auch Julia.«

Karin wies lächelnd auf das Mädchen. Zum Glück war der

Direktor schon leicht beschwipst. Julias Kleidung machte wirklich alles andere als einen guten Eindruck. Wie sie angezogen war – unglaublich. Karin musste unbedingt ein ernstes Wort über Bekleidung mit ihr reden, und welches Outfit für welchen Anlass passte.

»Hier ist Paul«, trällerte Barbara, die mit einem jungen Burschen ins Wohnzimmer zurückgekehrt war. Er hatte seine Dreads zusammengebunden und war leger, aber ganz geschmackvoll angezogen. Ein typischer Zivildiener, dachte Karin.

»Einen schönen guten Abend«, sagte er und deutete eine kleine Verbeugung an.

»Paul hat mir tolle Blumen mitgebracht, sind die nicht traumhaft?« Barbara streckte Karin den Strauß entgegen. »Rieche einmal, herrlich, nicht wahr?«

Karin roch daran. »Toll.«

»Ich hol gleich eine Vase. Paul, was möchtest du trinken? Wein, Bier?«

Paul schüttelte den Kopf. »Nein, danke, für mich keinen Alkohol.«

»Bist du nicht mit den Öffis da? Komm, einen kleinen Schluck kannst du schon trinken.« Barbara hatte offensichtlich schon genug intus. Nie würde sie sonst auf die Idee kommen, jemanden zu Alkohol zu überreden.

»Ich nehme ein Bier«, sagte Julia.

»Ein Bier, jawohl, kommt sofort!« Barbara schwankte davon.

Karin gab dem Burschen die Hand. »Karin.«

»Paul.« Er hielt auch Julia die Hand hin. »Hi«, sagte er und lächelte.

Als Jugendliche wäre Karin von ihm begeistert gewesen. Er wirkte cool, aber nicht arrogant, hatte ein umwerfendes Lächeln und Charme. Dass er nicht besonders groß war, fand Karin sympathisch. »Na gut, dann setzen wir uns einmal, was meint ihr?«, schlug sie vor.

Sie setzten sich an den Tisch, den, das musste Karin zugeben,

Barbara hübsch dekoriert hatte. Karin war erschöpft, es war eine anstrengende Arbeitswoche gewesen, und die Gespräche mit Markus hatten nicht zur Stimmungsverbesserung beigetragen. Nachdem sie einige Tage zuvor eine Freundin und ihr Neugeborenes besucht hatten, war die Frage nach einem gemeinsamen Kind wieder zum beherrschenden Thema geworden.

Barbara kam mit einem Bier und einer Karaffe Wasser aus der Küche zurück. »So, einmal Bier, einmal Wasser.« Sie setzte sich und trank ihren Prosecco aus. Besser gesagt: Sie kippte ihn mit einem Schluck hinunter. »Gut, dann können wir ja beginnen, ich hoffe, ihr mögt alle Fisch.«

»Herrlich!«, rief Paul, der Direktor nickte.

Karin atmete auf, die vegane Phase hatte wohl nur kurz gedauert. Nur Julias Mundwinkel fielen nach unten.

Barbara schaffte es nicht, die drei Goldbrassen zu filetieren. Der Direktor musste ihr helfen.

»Sie machen das gut«, sagte Barbara.

»Ich habe eigentlich Koch gelernt«, erzählte er.

»Was?«, rief Barbara übertrieben laut. »Nein, das ist ja großartig, ich habe mir schon immer gewünscht, einen Koch zu kennen.«

Ihre Flirtversuche waren peinlich, aber in ihrer ungeschickten Art auch süß. Karin konnte sich ein Lächeln nicht verkneifen. Dafür blieb die Stimmung zwischen Julia und Paul eisig. Karin versuchte, ein Gespräch zu starten. »Was hast du vorher gemacht, Paul? Wie bist du auf die Idee gekommen, im Altersheim zu arbeiten?«

»Pensionistenwohnhaus, bitte«, wies der Direktor sie von der Seite zurecht.

Karin wurde rot. »Natürlich, Pensionistenwohnhaus, Verzeihung.« Sie wusste doch, dass Altersheim politisch völlig inkorrekt war, wie konnte sie es sagen?

Paul legte das Besteck zur Seite. »Ich war in der Schule, in einer HTL in Vorarlberg, aber dann habe ich gemerkt, dass das nichts für mich ist. Ich wollte viel lieber mit Leuten zu tun haben und nicht nur auf Maschinen herumschrauben. Kurz habe ich überlegt, im Kindergarten zu arbeiten.«

Julia lachte auf. Alle sahen zu ihr, sie zuckte mit den Schultern. »Kindergarten, ich meine ... ein *Mann* im *Kindergarten*?«

»Ich finde es toll, wenn ein Mann im Kindergarten arbeitet, aber warum hast du dich doch für die älteren Menschen entschieden?« Karin bemühte sich, Julia nicht strenger zurechtzuweisen. Sie überlegte, Fabians derzeitigen Job im Kindergarten zu erwähnen, ließ es dann aber doch sein. Julia konnte nichts dafür; in der Welt, in der sie aufgewachsen war, gab es keine Gender-Sensibilität.

»Ja, das fand ich dann doch spannender, die Geschichte, die Lebenserfahrung alter Leute und das alles, ich höre immer gern zu.«

»Ich auch«, fiel ihm Julia ins Wort. »Ich höre immer zu, mir erzählen die Leute in der Altenbude immer voll viel. So tolle Geschichten von früher.«

Karin bemerkte, dass der Direktor beim Wort »Altenbude« zusammenzuckte, obwohl ihn Barbara in ein Gespräch verwickelt hatte.

»Stimmt, dich haben sie sehr gern«, bemerkte Paul.

»Was haben deine Eltern dazu gesagt? Und deine Freunde?«, wollte Karin wissen.

Paul kaute bedächtig am Brokkoli, bevor er antwortete. »Ach, das war nicht so einfach. Meine Eltern haben zwar immer so getan, als wären sie mit allem, was ich tue, einverstanden. Sie haben sich für viel liberaler gehalten, als sie tatsächlich waren. Aber dann hat sich gezeigt, dass dem nicht so ist. Mein Papa hätte sich eine technische Ausbildung gewünscht. Und meine Mama wollte einen Juristen als Sohn.« Er lachte. »Ich in Anzug und Krawatte! Na ja. Meine Freunde waren cool, die fanden es gut, nur haben sie gemeint, dass man damit nichts verdient.

Okay, das stimmt auch.« Neckisch klopfte er dem Direktor auf die Schulter, der zögernd in sein Lachen miteinstimmte.

Barbara verbog sich vor Lachen. »Da müssen wir wohl ein ernstes Wörtchen mit deinem Chef reden, nicht wahr?«, wieherte sie.

»Ich verdiene viel weniger«, bemerkte Julia todernst.

Was war mit ihr los? Sonst brachte sie oft kein Wort heraus, und heute hatte sie nur dumme Sprüche auf Lager.

»Du hast auch keine Ausbildung dafür absolviert«, erinnerte Karin sie.

Das Mädchen verzog das Gesicht und stopfte sich ein Erdäpfel-Fisch-Mischmasch in den Mund.

Paul fuhr fort. »Ja, und dann habe ich mich beworben und war zuerst in einem riesigen Haus in der Stadt. Das war mir zu unpersönlich. Also hab ich mich hier gemeldet – und nach einem Bewerbungsgespräch mit Herrn Humema« – er deutete mit dem Kopf zum Direktor – »bin ich da.«

Barbara klatschte. »Zum Glück!«, rief sie. »Ich bin mir sicher, dass Bernhard froh ist, dass er dich hat, nicht wahr?« Sie zwinkerte dem Direktor zu.

Karin wollte es nicht gelingen, ihn mit seinem Vornamen zu verbinden, er sah einfach zu sehr nach Direktor aus. Julia starrte weiterhin wütend auf ihren Fisch. Hatte sie sich mit Paul überworfen? Wie konnte das sein, er war doch ausgesprochen zuvorkommend und nett zu ihr? Vielleicht war ihr einfach eine Laus ihr über die Leber gelaufen.

»Mein Papa hat sich immer gewünscht, dass ich Krankenschwester werde. Aber er ist ja leider nicht mehr da ...«, sagte Julia traurig.

***

Ich schaue so dramatisch drein, wie es geht. So wie die Mädchen bei *Germany's Next Topmodel*, wenn es vor der Entscheidung steht, ob sie ein Foto bekommen. Hoffentlich hat meine Mama der Karin- und der Kack-Alten nichts von meinem Papa erzählt. Weil er ist ja schon noch da, aber halt nicht jetzt mit uns da – also ist es nicht ganz gelogen.

Alle schauen ganz geschockt aus – Mama hat zum Glück nichts erwähnt, glaube ich.

»Das tut mir sehr leid«, sagt der Direktor. Aber dann sagt die Fabian-Alte mit einer ganz komischen Stimme: »Ich habe geglaubt, du hättest deinen Papa gar nicht kennengelernt?«

Das hat sie bestimmt von meiner Mama, aber Mama lügt voll. Sie sagt immer, dass ich ihn gar nicht kenne, aber das stimmt nicht. Ich habe ihn kennengelernt, und er war auch bei uns. Eine Zeit lang hat er sogar bei uns gewohnt. Bis ich fünf war, ist er eigentlich immer wieder mal gekommen. Meistens war er dann ein bisschen angesoffen. Aber ärger drauf als die Kack-Alte war er auch nicht, finde ich. Das mit der Krankenschwester stimmt auch. Fast. Weil einmal hat er gesagt: »Wenn du groß bist und als Krankenschwester arbeitest, brauch ich nicht mehr ins Krankenhaus, wenn ich wieder was am Herzen hab. Dann pflegst du mich.« Das habe ich mir gemerkt, weil er hat wirklich ein paar Monate vorher einen Herzinfarkt gehabt.

»Ich habe meinen Papa schon gekannt! Und er hat immer wollen, dass ich Krankenschwester werde«, stelle ich klar. Soll doch die Fabian-Alte so blöd schauen, wie sie will. Wenn sie jetzt den Gnom so super findet, braucht sie mich nicht mehr. Blöde Kuh. »Aber meine Mama hat immer nur gesagt, dass ich Geld verdienen soll, damit ich bald ausziehen kann.«

Das stimmt jetzt wirklich. Schon als ich ganz klein gewesen bin, hat Mama gesagt, dass ich bald Geld verdienen muss, weil ich ihr alles aus der Tasche ziehe. Der Satz ist in meinem Hirn voll eingefixt. *Verdiene endlich dein eigenes Geld.* Jetzt verdiene ich mein eigenes Geld, und meine Mama möchte es mir am liebsten wegnehmen. Aber von mir bekommt sie sicher keinen Cent. Ich kann mich nämlich noch genau erinnern, dass ich ein paar

Mal so gern etwas haben wollte, und sie hat immer Nein gesagt. Sich selbst hat sie trotzdem Fetzen gekauft. Wenn ich dran denke, werde ich richtig grantig.

Ich glaube, die Weiber sind beide verknallt in den Gnom. Dabei ist der so falsch und blöd, und überhaupt. Das hat er sich ja schön ausgedacht, dass er sich da auch noch breitmacht. Vielleicht spitzt er sogar auf mein Zimmer, aber das kann er sich abschminken!

»Das ist nicht schön von deiner Mama«, sagt die Kack-Alte, die nur mehr am Tisch hängt. »Ich finde, es ist wichtig, sich selbst zu erproben und nicht nur auf das Geld zu schauen. Es tut mir leid, dass das bei dir nicht so war.« Sie macht so ein Gesicht, das sieht aus, als möchte sie mir gleich wieder die Wange streicheln. Zum Glück sitze ich weit weg.

»Also ich hätte auch nicht gedacht, dass ich irgendwann Direktor eines Pensionistenwohnhauses werde.«

Der Direktor hat einen blöden Lacher, das ist mir noch nie aufgefallen.

»Ich hätte mir auch nicht gedacht, dass ich einmal Beamtin werde«, sagt die Karin-Alte.

»Ja, dabei hättest du eine Künstlerinnenkarriere einschlagen sollen«, meint die Kack-Alte.

Das ist jetzt alles so fad, was die reden, dass ich unter dem Tisch mein Handy heraushole und nachsehe, was sich auf Facebook tut. Aron hat ein neues Foto gepostet. Er schaut schon gut aus.

»Ist dir langweilig?« Der Gnom redet in mein Ohr.

Ich zucke mit den Schultern und tippe weiter.

»Facebook?«, fragt er.

Was will der jetzt schon wieder von mir? Kann der mich nie in Ruhe lassen?

Er sagt: »Mein Papa hat auch immer gesagt, dass wir Geld verdienen sollen.«

Das interessiert mich alles gar nicht.

»Meine Schwester und mein Bruder haben beide studiert und werden wahrscheinlich viel mehr als ich verdienen. Aber mir macht es wenigstens Spaß.«

Ich kann nicht sagen, dass mir das Putzen in der Altenbude Spaß macht. Das Fernsehen macht mir Spaß. Aber das verrate ich natürlich nicht. Ich gucke alle Facebook-Postings durch, leider ist nichts Spannendes dabei.

»Wann ist dein Papa gestorben?«

Jetzt reicht es mir aber. »Mein Papa ist nicht tot.« Das sage ich leise, die anderen brauchen das nicht mitzubekommen.

»Aber du hast doch gesagt, er ist nicht mehr da.«

»Ja, nicht da, wo ich bin, habe ich gemeint. Und ich hab auch keinen Kontakt zu ihm.«

»Ach so.«

Ich schaue mir ein Katzenvideo an, das Anna-Sophie gepostet hat.

»Warum?«

»Was warum?«

»Warum hast du keinen Kontakt?«

Die Kack-Alte lacht laut. Die Karin-Alte und sie reden noch immer mit dem Direktor über früher. »Das war so, wir haben keine andere Möglichkeit gehabt«, höre ich den Direktor sagen. Ich kann mir nicht vorstellen, dass der einmal jung gewesen ist.

»So halt. Interessiert mich nicht«, sage ich.

Mit so sechs Jahren habe ich den Papa das letzte Mal gesehen. Da hat er vorher kurz bei uns gewohnt. Dann hat ihn die Mama irgendwann hinausgeworfen, weil sie mit einem anderen Typen zusammengekommen ist. Ich glaube, er hat Gerald geheißen. Papa hat gemeint, er kann ja trotzdem bei uns wohnen, der Gerald stört ihn nicht. Aber das war der Mama nicht recht. Gerald war bald danach auch weg. Also eigentlich hat es sich gar nicht ausgezahlt, dass Papa ausgezogen ist. Aber Mama hat gemeint, dass sie genug von ihm hat.

»Mich haben meine Eltern auch so genervt eine Zeit lang, ich habe dann sogar bei einem Freund gewohnt.« Der Gnom redet noch immer in mein Ohr.

Mit zwölf wollte ich sogar zu Papa ziehen. Ich habe seine Nummer herausgefunden. Wobei das gar nicht so schwer war. Ich habe einfach die gewählt, die er immer gehabt hat, und er hat abgehoben. Bevor er noch was hat fragen können, habe ich ihm gesagt, dass ich bei ihm wohnen will. Er hat aufgelegt. Also habe ich noch einmal angerufen, ein paar Stunden später. Er hat abgehoben und gemeint, dass er in einer Einzimmerwohnung wohnt, arbeitslos ist und ich fünfzig Euro im Monat zahlen muss, wenn ich bei ihm bleiben will. Da habe ich aufgelegt.

»Aber dann bin ich doch wieder zurückgezogen«, redet der Gnom weiter. »Und jetzt verstehen wir uns alle richtig gut. Du wirst schon sehen, das wird bei dir auch so.«

Ich weiß nicht, was er damit meint. Ich ziehe sicher nicht mehr zu Mama, und zu Papa schon gar nicht. Mein Zimmer ist super, und vor allem ist es gratis. Er braucht nicht glauben, dass er das haben kann.

Ich erzähle dem Gnom gar nichts. Endlich gibt er auf und hört auf mit seinem Gequatsche. Er fragt den Direktor, ob er auch auf einem Schiff gearbeitet hat. Das tut er nur, weil er sich einschleimen möchte. Aber der Direktor steigt voll drauf ein. Er erzählt, dass er auf irgendeinem Luxusdampfer gearbeitet hat und dass das Boot mindestens so groß war wie das Traumschiff. »Aber in der Küche hat man von dem Luxus nichts gemerkt. Die Hygiene war ein Desaster. Und dass wir von Meer umgeben waren, hat nicht bedeutet, dass bei uns frischer Fisch auf dem Teller gelandet ist. Er war tiefgekühlt.«

Die Kack-Alte haut sich so ab, dabei war das jetzt echt nicht lustig. »Mein Fisch ist auf alle Fälle bio«, sagt sie. »Fisch gönne ich mir einmal im Jahr. Ansonsten bin ich vegetarisch, fleisch- und fischlos.« Sie redet eigentlich nur mehr mit dem Direktor.

»Das ist schade, ich hätte dich einmal mit einem Schweinsbraten verwöhnen können ...«

»Wer weiß, vielleicht werde ich dann doch schwach?«

So aufgekratzt habe ich die echt noch nie gesehen. Vielleicht hat sie genug von der Lesben-Sache.

Ich lasse fast die Hälfte übrig und gatsche das alles so zusammen, damit es ausschaut, als ob es wegen der Gräten ist. Die Kack-Alte kommt jetzt mit einem Nachtisch. »Ayurvedisch«, sagt sie.

»Wow, nicht schlecht«, meint der Gnom.

Ich hab noch nie ayurvedisch gegessen, und ich weiß nicht, ob das eine Frucht ist, oder was anderes. Aber das gebe ich nicht zu. Es schmeckt sowieso grauslich, nur weil ich höflich bin, esse ich alles weg.

Bis zum Schluss ist es voll fad. Aber als Erste gehen traue ich mich nicht. Endlich sagt die Karin-Alte: »Gut, ich werde mich jetzt auf den Heimweg machen.« Ich springe sofort auf.

»Ich auch.«

»Schon so spät? Huch!« Der Direktor sieht auf seine Uhr.

»Schade, aber das machen wir bald wieder«, sagt die Kack-Alte.

Ich bin sicher nicht mehr dabei! Wir gehen wie im Kindergarten alle nach der Reihe hinaus und stehen dann um die Autos von der Karin-Alten und vom Direktor. Er hat einen voll sportlichen Audi. Der passt gar nicht zu ihm. Er braucht eher so eine Familienkutsche. Beim Verabschieden drückt die Kack-Alte alle noch einmal und schmust uns ab.

»Soll ich dich mitnehmen?«, fragt die Karin-Alte den Gnom.

»Nein, danke, sehr nett. Aber ich habe zur Not eine Couch im Pensionistenwohnhaus. Pssst, davon darf der Herr Direktor nichts wissen.«

Der Direktor lacht, weil er das weiß. Sogar ich weiß das. Wenn der Gnom Nachtdienst hat, schläft er immer da.

»Na dann, bis bald.« Fabians Alte schüttelt dem Typen die Hand und mich drückt sie. »Pass auf dich auf, Mädchen.«

Der Direktor geht auch zu einem Auto und auf einmal steh ich mit dem Gnom allein da.

»Da waren es nur noch zwei«, sagt er und grinst mich an.

***

»Ich habe es mir überlegt.« Karin saß ihrer Chefin gegenüber. Sie hatte extra um einen möglichst ungestörten Termin gebeten, doch ständig läutete Margarets Handy.

»Einen Moment. Hallo?«

Karin sah sich im Büro um. Viel gab es nicht zu entdecken. Ein Foto ihres Hundes und ein weiteres von ihrem Freund mit dem Hund.

»Ja, alles, ja, sicher, du, ich bin in einer Besprechung, ich rufe dann zurück, gut? Alles klar, bis dann!«

Margaret war knapp fünfzig und leitete die Abteilung seit rund zehn Jahren. Noch nie hatte Karin sie in dieser Zeit ohne ein Halstuch gesehen, selbst im Hochsommer erschien sie stets mit einem bunten, leichten Stoff um den Hals.

»Ich finde es natürlich schade, und wir müssen es mit der Personalstelle besprechen. Entschuldige.« Sie griff zum Handy, das schon wieder läutete. »Das ist wichtig, da muss ich dran.«

Karin seufzte innerlich. Margaret nahm sich gern Zeit für ihre Vorgesetzten, nur ihre eigenen Mitarbeiter hatten Nachrang. Das war zwar nicht besonders motivierend, aber es würde sich nicht ändern. Außerdem konnte es Karin egal sein, sie hatte sich entschieden, und wer wusste, was daraus werden würde. Margaret stand auf, telefonierte weiter und ging aus dem Zimmer. Sie ließ Karin allein im Büro sitzen. Gut, dann musste sie eben warten. Karin tippte eine WhatsApp.

»Im Margaret-Büro. Sie lässt mich warten, war ja klar.«

Markus war nicht online und meldete sich auch nicht zurück. Sie schrieb noch zwei Messages an Freundinnen, auch sie blieben unbeantwortet. Nachdem ihr nichts mehr einfiel, rief sie ihre

Mails ab. Es tat sich nichts Neues. Karin betrachtete das Foto mit Margarets Freund und dem Hund. Sie sahen sich ähnlich, obwohl der Hund semmelblond und ihr Freund schwarzhaarig waren. Wie das Herrl, so das Gscherl, fiel Karin ein.

Margaret und Karin hatten in der Abteilung in derselben Position begonnen. Doch Margarets Ehrgeiz, ihr hundertprozentiger Einsatz und vor allem ihr Geschick als charmante Netzwerkerin hatten sie schnell nach oben gebracht. Karin hatte sich damit getröstet, dass sie dafür in der Kunst ihre Erfüllung fand. Damals war es mit ihrer künstlerischen Karriere leicht aufwärts gegangen. Eine Zeit lang hatte sie sich versetzen lassen wollen, doch das war nicht so einfach und hätte finanzielle Einbußen mit sich gebracht. Nun saß sie noch immer hier. Aber nicht mehr lang. Ob es eine kluge Entscheidung war?

Karin wandte sich ab. Die Warterei brachte sie nur auf dumme Gedanken. Wann kam diese Frau endlich zurück? Gut, sie mochte viel zu tun haben, aber die fünf Minuten konnte sie sich doch Zeit nehmen. In diesem Moment ging die Tür wieder auf. Margaret telefonierte noch immer.

Karin hatte geflunkert. Sie hatte es sich nicht gut überlegt. Im Grunde war es eine Bauchentscheidung gewesen, und das war für sie außergewöhnlich. Bisher hatte sie sich bei größeren Entscheidungen immer einen Plan gemacht, das Für und Wider abgewogen und aufgeschrieben, sich mit allen Freundinnen und Freunden besprochen und sich wochenlang damit beschäftigt. Sobald sie eine Entscheidung gefällt hatte, hatte sie danach damit gehadert. Aber diesmal war es ganz einfach gewesen. Sie hatte sich vor zwei Tagen entschieden, ganz ohne Zweifel, ohne Frage, ohne Für und Wider. Am Abend hatte sie es Markus mitgeteilt. Er war zwar erstaunt gewesen, hatte es ihr aber nicht, wie Karin vorher befürchtet hatte, ausreden wollen. Im Gegenteil, er hatte äußerst positiv reagiert.

»Es tut mir leid, aber das konnte ich unmöglich verschieben. Also gut.« Margaret hatte endlich aufgehört und ließ sich auf ihren Sessel fallen. Sie war ziemlich füllig, und der Stuhl wippte unter ihr. Obwohl ihre Figur nicht den gängigen Schönheitsmaßen entsprach, war sie eine attraktive Frau. Ob sie sich Botox spritzte? »Wenn du dir das gut überlegt hast, werde ich dir nicht im Weg stehen. Natürlich wird es für uns nicht ganz einfach, aber gut, wir werden eine Lösung finden müssen. Du willst sicher mit Jahresende aufhören? Das ist ja doch bald.« Margaret zog ihre Augenbrauen hoch, sie sah besorgt aus. »Du weiß ja, Jahresende ist immer Hochbetrieb. Das heißt für alle anderen im Team: noch mehr Arbeit.«

Karin hatte schon erwartet, dass Margaret an ihr schlechtes Gewissen appellieren würde. Aber sie würde sich nicht erweichen lassen, um keinen einzigen Tag. »Nein, ab Jänner startet mein Kurs.« Ihr Kurs startete zwar erst einige Wochen später, aber das würde Margaret nicht nachkontrollieren. Letzten Endes ging es sie auch nichts an, was sie in ihrer Bildungskarenz vorhatte.

»Na gut, dann werde ich einmal alle informieren und der Personalabteilung Bescheid geben, dass du dich bei ihnen rühren wirst. Ja, dann haben wir ja nur noch ein paar Wochen vor uns, bevor du weg bist, die werden wir gut ausnutzen.« Damit war das Gespräch beendet.

Karin verließ das Büro und ging in ihres zurück.

»Na, du siehst aber gut gelaunt aus.« Gabis Stimme war noch gereizter als sonst, vielleicht störte sie sich an Karins guter Laune.

»Ja, bin ich auch.«

»Was gibt's?« Ihre Kollegin rollte den Stuhl näher an den Tisch.

»Nichts Großartiges«, wehrte Karin ab.

Den restlichen Nachmittag fragte Gabi immer wieder nach, doch Karin verriet nichts. Sollte Margaret doch alle informieren.

Karin hatte nach ihrer Entscheidung nicht lang gebraucht, einen passenden Kurs zu finden. Aber in Wahrheit ging es ihr nicht um Weiterbildung. Sie wollte ihre Bildungskarenz zum Malen nutzen. Im Kopf hatte sie den Plan schon fixiert. Sie würde bis zum Sommer noch mindestens sechs Werke produzieren, den Sommer für das Marketing und die Vorbereitungen nutzen, im Herbst fand die Ausstellung statt. Vielleicht musste sie einen Tagesplan erstellen, um nicht der Faulheit zu verfallen. Zusätzlich hatte sie sich auch für einen Türkisch-Intensivsprachkurs eingeschrieben. Die Sprache fand sie spannend, und gleichzeitig brachte ihr der Kurs den für die Bildungskarenz notwendigen Weiterbildungsnachweis.

Je länger sie darüber nachdachte, desto klarer wurde ihr, dass sie doch schon alles vorbereitet und durchdacht hatte. Aber immerhin hatte sie sich endlich durchgerungen und die Auszeit genommen, die ihr schon lang im Kopf herumspukte.

Am Abend telefonierte sie mit dem Direktor. »Hallo, ja, es ist alles klar«, sagte er. »Ich habe meiner Bekannten jetzt alle Bilder gezeigt. Sie haben ihr gut gefallen. Mit Herbst müsste es sich ausgehen, hat sie gemeint, du sollst sie einfach anrufen. Ich gebe dir gleich die Nummer.«

Karin notierte die Nummer. Sie traute der Chance noch immer nicht, vielleicht würde ihr die Galeristin am Telefon absagen. Dann hatte sie umsonst um ihre Karenz angesucht.

***

Irmgard war schon gestern so schlecht drauf. Heute kommt sie nicht einmal aus dem Zimmer. Ich klopfe an ihre Tür. Es bleibt still. Sonst hole ich sie immer ab, und sie steht schon vor der Tür. Ich gehe hinein. Da liegt sie. Sie hat die Augen zu. Vielleicht ist sie tot. Aber das kann nicht sein, weil sie zu schnarchen anfängt. Ich rüttle ein bisschen an ihrer Schulter. Es ist nicht nett von mir, dass ich sie wecke. Wenn ich tief schlafe und mich wer weckt, mag ich das auch nicht. Aber ich will nicht ohne sie ins Fernsehzimmer gehen. Das ist wie bei *Verliebt in Berlin*, Lisa ist so ein Gewohnheitstier gewesen. Das bin ich auch. Ich setze mich an den Bettrand und schau zu, wie sie in Zeitlupe die Augen aufmacht. Es ist, als ob sogar das für sie schwierig ist. Ich weiß es ja nicht, vielleicht tut einem sogar das Augenaufmachen weh, wenn man so alt ist.

»Irmgard, wir müssen gehen«, sage ich leise, damit sie sich nicht erschrickt.

»Maria«, sagt sie auch ganz leise und dann hustet sie. Sie hat feuchte Augen.

Muss sie weinen? Ist sie traurig? Geht es ihr schlecht? Ich hoffe, sie wird nicht krank, und noch mehr hoffe ich, dass sie nicht stirbt. Wenn Irmgard stirbt, werde ich weinen, ich glaube, so viel wie überhaupt noch nie. Sie macht die Augen wieder zu und dann dauert es lang, bis sie sie wieder offen hat. »Aufstehen«, sagt sie.

»Willst du aufstehen?«, frage ich. Das ist eine blöde Frage, weil warum soll sie das sonst sagen. Sie nickt. Ich bin nervös. Ich weiß nicht, wie ich ihr aufhelfen soll. Normal steht sie einfach auf. Jetzt macht sie keinen Rührer.

»Tut dir was weh?«, frage ich. Sie nickt.

»Was denn?«

»Alles.« Na gut, alles ist vielleicht ein bisschen viel, um es wieder einzurenken. Ich glaube, ich sollte den Gnom anrufen. Er weiß, was man tun muss, damit die Leute aufstehen können. Ich habe ihn vor ein paar Tagen beobachtet, da hat er Herrn Magnar aus dem Bett herausgehoben. Herr Magnar ist steif wie ein Brett. Nur will ich den Gnom nicht anrufen. Er denkt sowieso schon, dass er alles besser kann. Und das Schlimme ist, dass die anderen das auch denken. Dabei kenne ich mich auch aus.

»Ich helfe dir«, sage ich zu Irmgard und nehme sie an den Schultern, damit ich ihren Oberkörper aufziehen kann.

»Au, au, aua«, jammert sie.

Schnell lasse ich los. Vielleicht sollte ich einfach ihre Füße zuerst hochheben. Ich gehe auf die andere Seite vom Bett. Ihre Füße stecken in dicken Socken, obwohl es total warm ist. Mir graust ein bisschen. Trotzdem greife ich sie an. Ich ziehe ihre Beine zur Seite, so muss sie aus dem Bett kommen.

»Auauaa«, jammert sie wieder.

Das gibt's ja nicht, dass ihr alles wehtut! Ich lasse ihre Füße aus und denke nach. Ich werde sie einfach in der Mitte nehmen und hochheben. Sie ist nicht schwer, und wenn ich mich recht erinnere, hat das der Gnom bei Herrn Magnar auch so gemacht. Oder so ähnlich.

Dafür muss ich ihre Decke wegtun. Irmgard hat ein ganz langes Nachthemd an. Wenn sie nicht im Bett ist, hat sie einen Morgenmantel drüber. Sie ist ein richtiges Knochengestell. Das graust mich auch ein bisschen, der Körper ist so alt und kaputt. Dafür ist es sicher kein Problem, sie zu tragen. Ich war ja im Sommer zweimal im Fitnessstudio, das hat sich bestimmt ausgezahlt. »Keine Angst, Irmgard, wir schaffen das schon, ich hol dich da raus.« Das ist ein Satz wie aus dem *Dschungel-Camp*. Ihre Mitte ist total knochig. Zum Glück ist das Nachthemd drüber. Das ist nicht angenehm, mir kommt vor, ich breche sie ab.

»Aaahaaah!« Sie brüllt. Geschockt lasse ich los. »Ahhh«, brüllt sie weiter, aus ihren Augen schießen Tränen, sie weint und wimmert, ich habe sie zum Weinen gebracht, ich habe sie kaputt gemacht, jetzt muss sie vielleicht im Rollstuhl sitzen, oh nein, bitte nicht.

»Hilfe!« brülle ich. »Hilfe!« Kurt steckt den Kopf bei der Tür herein.

»Paul, hol Paul!« Ich versuche Irmgard zu trösten, was ist, wenn sie nie mehr gehen kann oder so schlimm verletzt ist, dass sie stirbt?

»Paul!«, rufe ich, so laut es geht, ich brauche ihn, er muss mir helfen.

»Ja, bin da, bin da.«

Ganz plötzlich steht Paul im Zimmer, ich bin so froh, so froh.

»Irmgard«, sage ich, mehr kann ich gar nicht sagen, weil mir Tränen in die Augen schießen und ich wie blöd flennen muss.

»Alles gut, Irmgard, wo tut es denn weh? Julia, geh doch bitte hinaus, okay? Das wird schon, aber wenn du da bist und weinst, stresst das Irmgard noch mehr, okay? Alles ist gut, keine Sorge.«

Ich bleibe noch kurz stehen, aber Irmgard wimmert wie ein Baby. Das halte ich nicht mehr aus, ich gehe an Kurt vorbei, der in der Tür steht. »Was ist denn los?«, fragt er. Ich antworte nicht, renne durch die Gänge in die Raucherecke.

Dort rauche ich zwei Tschick hintereinander, so schnell, dass ich husten muss. Noch immer rinnen mir die Tränen hinunter. Ich kann mich nicht beruhigen. Immer muss ich daran denken, dass Irmgard vielleicht nicht mehr gehen kann oder stirbt. Und das nur, weil ich sie aufheben wollte. Ich traue mich nicht mehr hineinzugehen. Was ist, wenn Paul sagt, dass es vorbei ist mit ihr? Mir fallen ganz viele Szenen aus Serien und Filmen ein. Jemand kommt aus dem Zimmer und schüttelt den Kopf. Das typische Zeichen, dass es wer nicht geschafft hat. »Ich habe alles versucht«, sagt Paul und schüttelt den Kopf. Ich bekomm einen Heulkrampf und muss mich hinsetzen.

Von hinten greift wer auf meine Schulter. Ich will mich nicht umdrehen, vielleicht ist es der Direktor, der mich schon überall sucht, weil ich Irmgard kaputt gemacht habe.

»Alles gut«, sagt die Stimme vom Gnom. Ich habe mir nicht gedacht, dass ich irgendwann froh sein werde, dass ich es höre. Er hockt sich neben mich und nimmt mich in die Arme, und es ist überhaupt nicht wie bei Anna und Jonas oder Elena und Stefan, aber es ist irgendwie besonders.

***

»Das war's?«

»Das war's.« Karin legte demonstrativ die Füße auf den Tisch. Das tat sie nur zu besonderen Anlässen. Zu ihrem Geburtstag zum Beispiel oder nach Fabians Matura. Aber ein Jahr lang nicht mehr ins Büro zu müssen, war es nicht nur wert, die Füße auf den Tisch zu legen. Sie hatte sogar eine Flasche Champagner gekauft, obwohl sie ihn nicht besonders mochte. Nur Marianne schenkte sich fleißig nach.

»Unglaublich, ein Jahr nichts tun.«

»Na ja, nicht ganz nichts, aber sicher nicht mehr so.«

»Toll, dass du das durchgezogen hast, ich kann dir sagen, du wirst es nicht bereuen.« Anja nahm sich eine Weintraube.

»Ah, da fällt mir ganz was anderes ein, das passt zwar nicht dazu, aber ich hab gestern Tanja getroffen, könnt ihr euch erinnern? Stellt euch vor, sie hat gekündigt und will jetzt auf Floristin umsatteln«, erzählte Marianne.

»Floristin? Wie – warum?«, fragte Anja.

»Sie hat gesagt, sie hätte genug von der PR und möchte endlich etwas mit den Händen machen.«

»Dass sie da so viel verdienen wird, kann ich mir nicht vorstellen.«

Karin hörte nicht mehr zu. Sie erinnerte sich an die letzten Tage im Büro, wie sie jedes Mal abends gerechnet hatte: noch eine Woche, noch fünf Tage, noch vier, drei ... An ihrem letzten Tag war es sogar noch stressig geworden, bei ihrem Abschied, zu dem sie alle Kollegen eingeladen hatte. Alle waren mit ihren Gedanken woanders gewesen. Sie hatte sich geärgert, aber wozu? Es war vorbei, von einem Tag auf dem anderen hatte ein neuer Lebensabschnitt begonnen.

Sie hörte als Einzige, dass Fabian nachhause kam, die anderen waren zu sehr ins Gespräch vertieft. Er stahl sich an der Tür vorbei. Welcher Sohn wollte schon einer Gruppe leicht angetrunkener Freundinnen der Mutter begegnen? Sie hätte den Abend doch lieber mit ihm und Markus verbringen sollen. Ein ruhiges Abendessen, nur zu dritt.

»Was ist jetzt mit dir und Baby?« Marianne stieß sie von der Seite an.

Karin zuckte nur die Schulter. »Nichts.«

Wie waren sie von der Floristin plötzlich auf dieses Thema gekommen? Darüber wollte sie nun wirklich nicht reden. Auch wenn sie es Markus nicht sagen konnte, doch die Nachwuchsfrage war in Karins Prioritätenliste weit nach unten gerutscht. Sie musste malen und die Ausstellung vorbereiten. Die Galeristin hatte ihr nicht abgesagt, obwohl Karin noch immer damit rechnete. Sie würde in einer der renommiertesten Galerien der Stadt ausstellen. Warum auch nicht? Es war nicht das Kunstmuseum, aber doch mehr, als sie sich erwartet und erhofft hatte.

Zu ihrer Überraschung war die Galeristin sogar sympathisch, sie hatte nichts von der affektierten Arroganz, der Karin in der Kunstszene so oft begegnet war. Im Gegenteil, sie wirkte bodenständig und realistisch und hatte Karin nichts vorgemacht. »Dass Sie was verkaufen, außer an Verwandte und Bekannte, ist ziemlich unwahrscheinlich. Nur damit Sie keine falschen Erwartungen haben.«

Ans Verkaufen hatte Karin überhaupt nicht gedacht. Auch wenn Markus, Fabian und sie jetzt mit weniger Geld auskommen mussten, Karin konnte es sich leisten, nichts zu verkaufen. Am Ende war und blieb es ihr verträumtes Hobby, von dem nichts abhing.

Nein, heute würde sie sich keinen unnötigen Grübeleien über die Babyfrage hingeben. »Ich hole noch Chips«, sagte sie, stand auf und ging in der Küche.

Markus saß auf dem Barhocker und sah sich auf dem Tablet einen Kinotrailer an.

»Willst du nicht doch reinkommen?«, fragte sie.

Er hob seinen Kopf, lächelte. »Nein danke.«

Sie ging zu ihm, küsste seine Wange und lehnte sich an ihn.

»Ich hätte nichts dagegen, wenn sie alle bald gehen. Meine Feierstimmung ist gar nicht so groß, wie ich gedacht habe. Im Moment würde ich am liebsten mit Fabian und dir gemütlich fernsehen.«

Markus schob das Tablet weg. »Ich bin auch nicht in Feierstimmung«, sagte er. Seine Stimme verriet, dass er verärgert war.

»Was ist los?«

»Ich hab gehört, dass die Frauen dich gefragt haben. Wegen einem Kind.«

»Ach so, das. Ja, ich weiß, aber ich wollte heute wirklich nicht darüber reden.«

Markus lachte, doch es klang nicht amüsiert. »Das ist das Problem, Karin. Du willst nie darüber reden. Mit mir genauso wenig. Immer gibt es Wichtigeres. Immer sind es andere Dinge, die gerade anstehen. Und dann sagst du: ›Ach so, das‹. Für mich ist ein Kind nicht ›Ach so, das‹. Es ist etwas, das mir wichtig ist. Nicht nur, dass du kein Kind willst. Du ignorierst auch völlig, dass *ich* es will. Du ignorierst meine Wünsche.«

Karin ging zur Seite, verschränkte die Arme. Was war das? Wollte er ihr den Abend verderben? Konnte er nicht damit umgehen, dass es auch andere Dinge in ihrem Leben gab und nicht nur sein Kind? »Ich habe mit dir sehr wohl schon darüber geredet und es ist absoluter Blödsinn, dass ich deine Wünsche ignoriere. Aber weißt du, was, ich wünsche mir, dass du auch meine akzeptierst. Es ist mein großer Traum, endlich auszustellen. Ja, mag sein, dass es kindisch ist und nichts bedeutet, aber *mir* bedeutet es etwas. Ich freue mich und bin stolz drauf, dass ich es geschafft habe und endlich tue, was ich schon so lang machen wollte. Und nein, ich habe heute tatsächlich keine Lust, heute, gerade heute über das Kinder-Thema zu streiten.«

Markus' Hand ballte sich zur Faust. »Wie ich gesagt habe. Diese Lust hast du nie gehabt und du wirst sie auch nie haben. Ich habe dir gesagt, dass ich damit leben kann, wenn du Zeit zum Nachdenken brauchst. Aber das brauchst du nicht, denn du weißt schon längst, dass es nie etwas werden wird. Nur ich weiß nicht, was dann aus uns wird.«

Er glitt vom Barhocker, nahm das Tablet und ging. Aus dem Wohnzimmer hörte Karin die Frauen lachen.

***

Ich sehe meine Mama. Sie hat einen Mini an, der ist aber mehr wie ein Gürtel. Neben ihr steht Mario und der hat dafür ein Hemd an, das er vor mindestens fünfzig Jahren gekauft hat. Dass sie da sind, war nicht meine Idee. Aber Karin und die anderen Weiber haben gesagt, sie finden es wichtig, dass meine Mutter dabei ist. Bitte, dann ist sie eben dabei. Wir haben noch kein Wort miteinander geredet, und ich glaube, Mario und Mama wissen nicht einmal, was das heute ist.

Ich stehe neben den anderen Leuten vom Kurs auf der Bühne, und es ist schon cool, weil ich bin noch nie vor so viel Publikum gewesen. Leider bin ich nicht allein da oben und die Leute sind nicht eine Menge, die uns zujubelt. Kein Wunder, der Leiter vom Kurs, der gerade da vorne redet, ist zum Einschlafen. Da, Mario gähnt! Aber ich kann ihm jetzt nicht einmal böse sein. Die Rede ist so langweilig! Ich stelle mir vor, dass ich das Mikro nehme und mit einer voll coolen Stimme zum Singen anfange. Jetzt gähnt meine Mama. Nur die Weiber schauen noch immer alle ganz komisch drein. Die Feuer-Alte wischt sich beim Auge ab. Heult die? Also das ist ja echt super peinlich. Hoffentlich glaubt keiner, dass das meine Mama ist. Bei dem, was die Kack-Alte heute anhat, ist mir der Fetzen von meiner Mama noch lieber. Das schaut wenigstens sexy aus.

Endlich Applaus, das heißt, der Typ ist fertig. Ich habe keine Ahnung, was der geredet hat. Hauptsache, wir bekommen bald unsere Auszeichnung und dann gibt es ein Buffet.

Was, jetzt redet noch wer? Bitte, das ist ja schlimmer als eine Stunde bei der Borofsky. Da bin ich schon fast gestorben vor

Langeweile. Vor mir steht die blöde Kuh vom Diplomlehrgang. Gestern hat sie mir noch erzählt, dass die ohne Diplom früher nichts bekommen haben, und dass sie es voll blöd findet, dass wir jetzt auch auf der Bühne sind und ausgezeichnet werden. Ich habe ihr gesagt, dass ich dafür schon voll lang in einem Altersheim arbeite und mich sicher genauso gut wie wer mit Diplom auskenne. Da hat sie blöd gelacht und ist gegangen. Am liebsten möchte ich ihr Ketchup auf ihren hässlichen Fetzen spritzen, vielleicht mache ich das noch, dann passiert wenigstens etwas Lustiges.

Die Frau, die jetzt redet, ist genauso schlimm wie der davor. Jetzt hat sogar Karin gegähnt. Neben ihr steht die Kack-Alte und hält Händchen mit dem Direktor. Das ist das Allerärgste. Die ist nicht mehr lesbisch, sondern fix mit dem Direktor zusammen. Vor über einem Jahr war das Essen bei der Kack-Alten und kurz darauf habe ich sie beim Schmusen im Direktorenzimmer erwischt, weil ich anzuklopfen vergessen habe. Das war so was von peinlich.

Die beiden schauen fürchterlich aus. Ich verstehe überhaupt nicht, wie das geht, dass die auf einmal eine Beziehung haben. Wobei die sicher ganz grausliche Sexsachen machen, da bin ich mir sicher. Wieso sollte eine Lesbe sonst mit einem Altersheimdirektor ficken? Brrr, nein, da will ich nicht daran denken. Dahinter steht Paul, jetzt seh ich ihn erst. Er ist so klein, dass er hinter dem Direktor verschwindet. Da, er winkt mir zu. Ich will zurückwinken, aber das kommt nicht gut. Man muss sich richtig aufführen, wenn man auf der Bühne steht.

Endlich kommen auch Michelle und Malik. War ja klar, dass die zu spät sind. Malik schaut noch immer so verdammt geil aus. Dafür ist Michelle voll unscheinbar. Weil er sie nichts mehr anziehen lässt; das was sie anhat, ist wie ein Jutesack.

Wieder Applaus. Jetzt muss es aber endlich vorbei sein. Aber nein, schon wieder redet ein Mann, der mindestens hundert ist. Wer sind die Leute alle? Ich habe sie noch nie gesehen, in der

Schule waren sie jedenfalls nicht. Dass ich das Jahr überstanden habe, wundert mich noch immer. Aber jetzt ist es vorbei. Heute saufe ich mich an.

Malik legt den Arm um Michelle. Er ist jetzt voll auf Terror und IS und so. Gestern hat sie mir gewhatsapped, dass sie im Frühling heiraten wollen. Ich glaube, dass Michelle und ich danach gar nichts mehr zusammen zu tun haben werden. Aber ich habe eine neue Freundin gefunden in der Schule. Mit Selina war ich schon mindestens fünfmal im Dome. Wir haben voll Spaß gehabt. Das war gut. Weil nachdem ich mich von Achmet getrennt habe, war ich schon ein bisschen traurig und da habe ich Aufheiterung brauchen können. Selina ist mit mir auf der Bühne, und ich kann genau sehen, dass sie es so fad findet wie ich. Jetzt schaut sie mich an. Logisch müssen wir fast lachen. Aber wir reißen uns zusammen. Sonst müssen wir noch von der Bühne, oder so. Also gucke ich wieder hinunter. Felix winkt mir. Er hat sich extra ein neues Piercing in den Mund gesteckt, weil er so stolz auf mich ist. Felix ist der liebste Typ, mit dem ich je zusammen war. Leider ist er nicht besonders gut aussehend. Ich glaube nicht, dass das mit uns für immer ist. So wie bei Michelle und Malik. Dabei ist Felix viel cooler als Malik. Er kommt nicht auf die Idee, dass er mir sagt, was ich anziehen soll. Aber wehe, wenn Kamil einmal nicht dabei ist, dann ist Michelle gleich hergerichtet wie die ärgste Nutte. Gut, kann mir ja egal sein.

Jetzt erkenne ich erst, dass Paul mit seiner Freundin da ist. Wenn ich die sehe, muss ich immer ein bisschen lachen. Sie ist noch kleiner als Paul. Ein viereckiger Kasten. Klein und kompakt. Paul und sie sind ein ganz perfektes Paar. Er hat sich sogar die Haare schneiden lassen, und jetzt haben sie fast denselben Kurzhaarschnitt. Von hinten verwechsle ich sie manchmal. Er hat mir verraten, dass sie seine große Liebe ist. Er möchte mit ihr zurück aufs Land, weil beide von dort sind. Das finde ich schade, weil ich ja mit ihm so gern zusammengearbeitet habe. Da kommt sicher nur ein Trottel nach.

Schade, dass Irmgard nicht da ist. Felix macht Fotos mit dem Handy. Die nehme ich ihr mit.

Karin hat auch schon ein bisschen Bauch. Dass sie noch schwanger hat werden können, ist ein medizinisches Wunder. Sie ist ja schon uralt. Ich wollte schon beim Fernsehen anrufen und fragen, ob sie nicht bei ihr vorbeikommen wollen. Aber dann habe ich nicht gewusst, wo ich anrufen soll, bei *RTL Explosiv* findet man nirgends eine Nummer. Wenn ich so alt bin, möchte ich kein Kind mehr haben. Lieber so mit zwanzig. Jetzt passt Felix immer auf, weil ich die Pille meistens vergesse und er keine Kondome mag. Jetzt fällt mir ein, dass ich schon länger keine Regel gehabt habe.

»... gratuliere ich folgenden Absolventinnen und Absolventen ...«

Mein Herz klopft. Jetzt sind wir gleich dran. Alles kribbelt.

Was mache ich, wenn ich hinfalle?

»Julia Kratowatz.«

Ich gehe vor und schüttle die Hand der Frau. Sie gibt mir mein Zeugnis, und ich schaue noch einmal ins Publikum. Alle klatschen. Sogar Mario.

So muss Katy Perry sich auch fühlen.

Lesetipps von Milena

Jan Kossdorff
SUNNYBOYS
Roman

Zwei Brüder, ein Sonnenstudio, die süße Jenny und dann noch die Eltern auf einer Sexparty! Eine menschliche Komödie um Beziehungen, Verhältnisse, Affären und retour.

Eigentlich hat sich Clemens Kommenda in seinem Leben bequem eingerichtet. Er führt gemeinsam mit seinem Bruder Claudio ein gut gehendes Sonnenstudio. Seine Freundin, die attraktive und fürsorgliche Volksschullehrerin Martina, wäre die ideale Kandidatin für die Rolle der Ehefrau und Mutter seiner Kinder.
Aber: Erstens gibt's da noch die Affäre mit Jenny, zweitens arbeitet Clemens im Nebenjob als Privatdetektiv und drittens gerät er dadurch in die Situation, die alles verändert. Er erhascht einen entlarvenden Blick auf seine Eltern, und all die Dinge, die bisher nicht ausgesprochen wurden, drängen nun an die Oberfläche. Clemens erkennt: Nicht nur seine Eltern haben ein Doppelleben geführt.

Sunnyboys ist eine Wiener Komödie mit einer kleinen Orgie in der Mitte. Es wird nicht tiefenpsychologisch, doch wird die Familiengeschichte ernst genommen. Die Gefühle werden es ebenfalls. Jan Kossdorff ist gelernter Drehbuchautor. Und gut ist er!
Peter Pisa, Kurier

ISBN 978-3-903184-06-0

Lesetipps von Milena

Jan Kossdorff
KAUFT LEUTE
Roman

Wenn ganz in Ihrer Nähe ein Menschenmarkt aufmacht – würden Sie da nicht hinschauen? Zumal wenn es total legal ist … Ein unterhaltsamer und spannender Roman zum Zynismus unserer Konsumgesellschaft und des heutigen Arbeitsmarktes.

Am größten Shopping-Gelände vor den Toren der Stadt öffnet ein neuer Markt seine Türen. Neu ist, dass seine Waren atmen, sprechen und im Schaufenster posieren: HÜMANIA ist ein Abholmarkt für Menschen. Arbeiter, Haushaltshilfen, Lover, Lebensmenschen oder den heiß ersehnten Nachwuchs – jeder kann hier kaufen, was ihm oder ihr zum Glück fehlt.

Die Werbetexterin Caro ist nach Beziehungsende und Kündigung verzweifelt genug für eine »spannende, neue Herausforderung«: Sie heuert bei dem medial massiv gehypten Megamarkt an und wird Produkttexterin. Schnell kapiert sie, dass es ihr für dieses Business an Skrupellosigkeit fehlt. Sie beginnt nach den Schicksalen hinter der »Menschenware« zu fragen und legt sich mit den Profiteuren des neuen Sklavenhandels an.

Ein Leseerlebnis – vergnüglich und nachhaltig verstörend!
Gudrun Hamböck, Ö1

ISBN 978-3-90295-091-8

Gedruckt mit freundlicher Unterstützung durch

WIEN KULTUR

LAND KÄRNTEN
Kultur

Umschlag: Boutique Brutale, www.boutiquebrutal.com
Umschlagfoto: © loskutnikov / Shutterstock.com
Druck und Bindung: Interpress, Budapest

A–1080 Wien, Wickenburggasse 21/1–2

www.milena-verlag.at
ISBN 978-3-903184-03-9

Unser Gesamtverzeichnis
finden Sie auf www.milena-verlag.at